Dulce locura

ANNA CASANOVAS

Dulce locura

LOS HERMANOS MARTÍ *Helena*

TITANIA

Argentina • Chile • Colombia • España
Estados Unidos • México • Perú • Uruguay

1ª. edición Octubre 2022

Copyright © 2022 by Anna Casanovas
All Rights Reserved
© 2022 by Ediciones Urano, S.A.U.
Plaza de los Reyes Magos, 8, piso 1.º C y D – 28007 Madrid
www.titania.org
atencion@titania.org

ISBN: 978-84-17421-73-1
E-ISBN: 978-84-19251-08-4
Depósito legal: B-15.021-2022

Fotocomposición: Ediciones Urano, S.A.U.
Impreso por Romanyà Valls, S.A. – Verdaguer, 1 – 08786 Capellades (Barcelona)

Impreso en España – Printed in Spain

Para quienes sienten que no encajan.

Sin tu luna, sin tu sol, sin tu dulce locura
Me vuelvo pequeña y menuda
La noche te sueña y se burla
Te intento abrazar y te escudas

Dulce locura

La Oreja de Van Gogh

PRÓLOGO

Londres, septiembre de 2006

Anthony Phellps nació una lluviosa tarde de septiembre, en una de las más prestigiosas clínicas de Londres, hacía exactamente veintisiete años. Su madre, Lillian Phellps, había pasado toda la semana descansando en la mansión que la familia tenía en las afueras de la ciudad. Los dos hermanos mayores de Anthony, Jeffrey (al que todos llamaban Frey) y Sabina, estaban con su niñera, la señora Potts, esperando entre molestos y ansiosos la llegada de lo que creían que iba a ser un nuevo juguete para ellos. Su padre, Harrison Phellps, seguía en Londres dirigiendo el prestigioso bufete de abogados que su bisabuelo había creado hacía casi cien años.

La familia Phellps gozaba de un enorme prestigio y poder, y todos sus miembros eran perfectos. Cuando nació Anthony, Harrison Phellps tenía cuarenta y cinco años, pero aparentaba treinta y ocho como mucho, su bufete se había convertido en el más respetado de la ciudad y su cuenta bancaria era una de las más envidiadas del banco. Su esposa había estudiado Bellas Artes en Londres, pero había vivido unos meses en Florencia, lo que le daba una sofisticación y altanería envidiables. Ella tenía treinta y seis años, aunque aparentaba diez menos, provenía de una familia adinerada y de buena reputación y era la anfitriona perfecta. Y si su marido tenía una amante, sabía mirar hacia otro lado. Los dos hijos que por entonces tenían en común también eran la envidia de todo el mundo.

Y llegó Anthony. Frey, su hermano mayor, tenía cuatro años, era rubio de ojos azules y a esa temprana edad ya se adivinaba que iba a ser igual de inteligente que su padre. Sabina, su hermana, que tenía solo dos años y también era rubia y de ojos azules, ya se veía que iba a ser toda una belleza. Era delicada y grácil como su madre, y seguro que también iba a saber utilizar sus encantos. Todos eran perfectos, excepto Anthony. Esa era la frase que había marcado su infancia.

«¡Es mi maldito cumpleaños!», pensó Anthony, vaciando la que era su segunda copa de *whisky*. Estaba solo en su apartamento, sentado en el sofá, con la corbata todavía puesta a pesar de que se la había aflojado, y con los dos botones del cuello de la camisa desabrochados. Era su cumpleaños, cumplía veintisiete años, y ni sus padres ni sus hermanos lo habían llamado. La señora Potts sí que lo había hecho, esa misma mañana, a eso de las ocho y media, cuando él todavía fingía que no se acordaba de qué día era, y lo había felicitado con aquella voz tan dulce que era uno de los pocos buenos recuerdos que él tenía de su infancia. Miriam, la señora Potts, lo había reñido por llevar tanto tiempo sin ir a verla y se había despedido con un beso. Después de ducharse y tomarse una taza de café se había dirigido al trabajo, aunque todavía era muy pronto, y se había concentrado en repasar los planos del último proyecto en el que estaba trabajando. Llevaba un par de horas en su despacho cuando le sonó el móvil. Recordó la conversación y bebió otro sorbo. Seguro que sus amigos no le perdonarían que no se hubiera presentado a su propia celebración...

—No trates de decirme que no es tu cumpleaños —le dijo Gabriel antes de que Anthony tuviera tiempo de nada—. ¡Felicidades!

—Gracias —respondió resignado—, pero ya sabes que no me gusta celebrarlo.

—Lo sé, aunque nunca me has contado por qué. Amanda y Jack tienen varias teorías al respecto.

—Diles a esos dos que no pierdan el tiempo pensando tonterías. ¿No se supone que siempre tenéis tanto trabajo en la revista? —se defendió Anthony, aunque levantó la comisura del labio con lo que podría considerarse una sonrisa.

—Muchísimo, así que cualquier excusa es buena para relajarnos un poco. ¿Te va bien quedar esta noche para tomar algo?

—No.

—Vamos, no seas aguafiestas.

—¿Cómo van las cosas con Ágata? —Anthony sabía que su mejor amigo estaba enamorado, aunque el propio Gabriel se negara a reconocerlo—. ¿Has visto ya la luz o sigues comportándote como un idiota?

—Ven esta noche y dejaré que me insultes todo lo que quieras. Ágata también vendrá, y ya sabes que Jack y Amanda te llamarán cada hora hasta convencerte.

—Está bien, iré.

—Perfecto. Nos vemos a las siete en ese antro que tanto te gusta.

—No es ningún antro.

—Lo que tú digas. Nos vemos. —Y colgó antes de que a Anthony se le ocurriera alguna excusa para no ir.

Anthony se sirvió otra copa. Cuando colgó después de hablar con Gabriel creía de verdad que iría a tomar algo con sus amigos, pero a medida que fue pasando el día se fue deprimiendo cada vez más, hasta que, al llegar las siete, decidió que no se veía capaz de estar con ellos y seguir fingiendo que lo único que pasaba era que no le gustaba cumplir años. Se quedó en el despacho hasta las ocho y media, ignorando los mensajes que recibió de Gabriel y de Jack en el móvil, y luego se fue a casa.

Miró el reloj que tenía colgado en la pared de la cocina y vio que pasaban unos minutos de las doce. Por fin. Sabía que el miedo y la tristeza que lo invadían cada 7 de septiembre no tenían sentido, pero no podía evitarlo. Al fin y al cabo, se dijo a sí mismo bebiendo un poco más, era el único día que se permitía recordar que ni siquiera sus padres habían creído nunca en él.

La mañana siguiente, Anthony se despertó un poco más tarde de lo habitual y con un considerable dolor de cabeza. Nada raro, a juzgar por la botella medio vacía de *whisky* que había tumbada en el suelo. Se duchó y se tomó un café antes de dirigirse al trabajo. En el metro, escuchó los mensajes que había ignorado la noche anterior; los dos primeros, los de Gabriel y Jack, dejaban claro lo enfadados que estaban por haberles dado plantón; el tercero, de Amanda, era más de preocupación que de otra cosa. Tan pronto como salió del túnel, le escribió un par de líneas a su amiga para pedirle perdón, prometiéndole que la llamaría más tarde. También escuchó un mensaje que Ágata le había dejado en el buzón de voz. Igual que los demás, estaba preocupada por él y le decía, sin ningún rodeo, que ya que la estaba ayudando tanto con el terco de Gabriel, ella estaba dispuesta a hacer lo mismo con él, fuera cual fuese la causa de su malestar. Más tarde la llamaría y le daría la misma excusa que a los demás.

Entró en el despacho, y no llevaba allí ni cinco minutos, cuando su jefe asomó por la puerta.

—Anthony, me alegra ver que ya estás aquí —lo saludó el señor Warren, un prestigioso arquitecto de unos sesenta años—. ¿Te importaría venir un momento? Me gustaría comentarte algo.

—Enseguida —respondió él, dejando sus cosas encima de la mesa y colgando el abrigo antes de seguir al hombre hacia la sala de reuniones. Al entrar, vio que ahí estaban también los otros dos socios del despacho—. Buenos días —los saludó.

—Supongo que te extrañará que te hayamos reunido aquí sin avisar —empezó Lucas Warren—. Íbamos a decírtelo más tarde, pero te he visto entrar y he pensado que lo mejor sería ponerte al día de todo cuanto antes.

—¿Al día? —Anthony se sentó en la silla que había vacía en uno de los extremos de la mesa.

—Sí. Como sabrás, hace semanas que andamos detrás del proyecto Marítim.

El proyecto Marítim consistía en dos edificios, uno de oficinas y otro de viviendas, en Barcelona, justo frente al mar, en una zona que la ciudad española estaba reformando a raíz del Fórum que se celebró allí en 2004.

—Sí, señor, estoy al corriente. —Todos los arquitectos del despacho lo estaban.

—Pues bien, aparte de nosotros tres —Warren señaló a sus dos socios—, eres el primero en saber que lo hemos conseguido. La constructora Mediterránea nos ha elegido para llevar a cabo el diseño y la gestión de la obra.

—¡Felicidades! —dijo él con sinceridad—. Es un gran proyecto.

—Lo es, y por eso hemos pensado en ti. —Lucas Warren lo miró a los ojos y esperó a que Anthony reaccionara.

—¿En mí? Pero si en la sucursal de Barcelona...

—En la sucursal de Barcelona hay gente muy preparada, pero necesitamos a alguien como tú allí, Anthony. Necesitamos a alguien que conozca bien nuestro modo de operar y de pensar, y el señor Alcázar, el gerente de Barcelona, coincide con nosotros en que el cliente es demasiado importante como para que una sola persona esté al frente de la dirección.

Anthony recordó brevemente al señor Alcázar, al que había conocido un año atrás cuando este visitó Inglaterra. Era un hombre amable, de mirada inteligente, y que debía de rondar los cuarenta años. Sin duda, uno de los mejores arquitectos que había conocido nunca. Él no estaba a la altura, pero no iba a decírselo a sus jefes. Ese proyecto en Barcelona podía ser justo lo que necesitaba.

—Anthony, todavía tenemos que pulir muchos detalles y faltan meses para que todo esto se materialice, pero queremos que cuando suceda te traslades a Barcelona y te encargues de todo. Serás nuestro enlace entre Barcelona y Londres. El papel que desempeñaste en el equipo que se ocupó del edificio de la City nos demostró que, a pesar de tu juventud, estás preparado, y los resultados te respaldan.

—Era un único edificio, y fue mérito de todo el equipo. No habría podido hacer nada sin ellos —dijo con sinceridad.

—Cierto, pero sin tus planos y sin los cambios que sugeriste, habría sido todo muy distinto y mucho más caro para nuestro cliente.

—Lucas hizo una pausa—. ¿Hay algún motivo por el que no quieras ir a Barcelona?

—Ninguno, señor. —Anthony soltó el aliento que estaba conteniendo—. Todo lo contrario. Es una oportunidad magnífica. Gracias por confiar en mí. Será un auténtico reto; espero no defraudarlos.

Lucas Warren se levantó y los otros dos caballeros, el señor Larson y el señor Smith, hicieron lo mismo.

—Estamos convencidos de que no lo harás. —Le tendió la mano—. Ya hablaremos de los detalles más adelante. Tú no tendrás que preocuparte de nada; llegado el momento mi secretario se pondrá en contacto con la sede de Barcelona para que te busquen piso y todo lo demás. Sabemos que la posibilidad de trabajar en el extranjero no está contemplada en tu contrato y tendremos que hacer cambios. Desconocemos si algo te retiene aquí en Londres, pero si ese fuera el caso también podríamos hablarlo.

—No me retiene nada, señor. Trabajar con el equipo de Barcelona es una gran oportunidad. Gracias por pensar en mí para este proyecto. —Anthony le estrechó la mano y luego repitió el gesto con los demás socios.

Segundos más tarde, entró en su despacho, cerró la puerta tras él y se sentó en la silla reclinable. Apoyó los pies encima de la mesa (un vicio de su época universitaria del que nunca había conseguido librarse), respiró hondo y cerró los ojos. No podía creerse que le hubiesen elegido para aquel proyecto tan importante.

Todavía faltaban unos meses, pero su horizonte ya era distinto al de esa mañana: iba a trasladarse a Barcelona. A él no le gustaban los cambios, pero a juzgar por el día de ayer había llegado el momento de hacer uno, y no estaría mal eso de ver el sol más a menudo que dos o tres veces al mes. Sabía hablar español bastante bien, gracias a la prima andaluza de la señora Potts, que siempre iba a pasar un mes a Inglaterra, y gracias también a la insistencia de Gabriel, que en su época estudiantil le amargó la vida hasta que se apuntó a clases del idioma.

La teoría de Gabriel era que si él había sido capaz de adaptarse a vivir en el Reino Unido después de abandonar España, y de todo lo que había dejado allí, su mejor amigo inglés bien podía hacer el esfuerzo de aprender español. Y Anthony lo hizo, a pesar de que seguía teniendo mucho acento y jamás había logrado pronunciar bien la letra «j» ni la «r».

No, a él no le gustaban los cambios, pero sabía perfectamente que no podía rechazar la oferta que le habían hecho sus jefes; no si quería seguir trabajando en ese despacho de arquitectura y progresar en su profesión. Abrió los ojos y decidió que lo mejor sería que se concentrara en todo lo que había dejado pendiente el día anterior; de nada le serviría seguir dándole vueltas al tema.

Por la tarde, el señor Warren volvió a pedirle que se reuniera con él, aunque esta vez en su despacho, y le confirmó que su eficiente secretario ya se había puesto en contacto con la delegación de Barcelona, donde lo esperaban con los brazos abiertos, y que habían empezado a buscarle un piso donde vivir. En principio, le dijo el señor Warren, se quedaría en España durante un año, hasta que el proyecto estuviera en su fase final. Por supuesto, la empresa se haría cargo de los gastos del traslado y del piso, y también pondrían a su disposición varios billetes de ida y vuelta entre Londres y Barcelona, así Anthony podría visitar a su familia. Al escuchar esa última parte de la explicación, Anthony no corrigió al señor Warren, y se limitó a darle las gracias por tan generosas condiciones. Aprovecharía esos billetes para ver a sus amigos.

Esa misma tarde, al salir del trabajo, llamó a Gabriel para contárselo y para disculparse por el plantón de la noche anterior. Gracias a la noticia de su próximo traslado a Barcelona, tanto Jack como Amanda le perdonaron enseguida no haber ido a celebrar su cumpleaños con ellos, y Ágata hizo lo mismo. Todos dieron por hecho que dicho plantón había sido causado por ese fantástico proyecto que iba a llevarse a su amigo a la ciudad española, y se olvidaron del tema para concentrarse en organizar una cena para celebrar la promoción el sábado siguiente y un calendario de visitas. Cualquiera diría que se iba como cooperante de guerra a Bagdad y no a una ciudad que apenas estaba a dos horas en avión.

A partir de aquel día las semanas pasaron volando y llegó el momento de la partida. En el trabajo, pasó los temas que tenía pendientes a varios de sus colegas, con los que quedó en mantenerse en contacto vía *e-mail* para cualquier duda. En lo personal, ni se planteó hacérselo saber a sus padres, pero a la que sí llamó fue a la señora Potts, y su antigua niñera lo felicitó por el éxito y le exigió que la llamara de vez en cuando, recordándole que fuera valiente y que no se dejara intimidar por nada. Como si eso fuera posible, pensó él al recordar la conversación el domingo por la mañana, mientras lo repasaba todo por enésima vez para asegurarse de que no se dejaba nada. Su vuelo salía de Heathrow al cabo de tres horas y Amanda se había ofrecido voluntaria para acompañarlo. Desde el día que se conocieron había existido una conexión especial entre los dos que no se basaba para nada en la atracción física. Anthony solía pensar que Amanda era la hermana que le gustaría tener en lugar de Sabina, aunque a ella no se lo había dicho nunca. A ninguna de las dos, en realidad.

Durante el trayecto hablaron de banalidades, pero al llegar a la terminal su amiga no pudo más y lo abrazó emocionada. Anthony, que no tenía demasiada experiencia en lo que a recibir muestras de afecto se refería, le devolvió el abrazo con torpeza y la consoló lo mejor que pudo.

—Vamos, Amanda. Barcelona está aquí al lado —le dijo.

—Lo sé, pero todos te echaremos mucho de menos —le respondió ella—. Piensa que te esperamos dentro de cinco semanas, y esta vez no se te ocurra dejarnos plantados.

—No lo haré —le prometió, soltándola—. Será mejor que me vaya; tengo que facturar y pasar el control de pasaportes.

—De acuerdo. —Amanda lo abrazó una última vez—. Llámanos. No te pido que escribas porque sé lo poco que te gusta —añadió.

—Te llamaré tanto que te aburrirás de mí. Piensa que no tengo amigos en Barcelona, así que algo tendré que hacer para pasar las horas que me queden libres.

—No digas tonterías; seguro que no tardarás en estar ocupadísimo.

—Lo dudo.

—Yo no. Vamos, vete antes de que me ponga tonta otra vez.

—Está bien. Gracias por acompañarme y por aceptar quedarte con una copia de las llaves del apartamento.

—Ni lo menciones. Sabes que no tienes que darme las gracias por ser tu amiga, ¿verdad? A veces creo que se te olvida que hace años te declaré oficialmente «mi hermano adoptivo». —A Anthony no se le había olvidado, pero no se lo dijo. Amanda siguió hablando—: Además, aprovecharé para ir a curiosear entre tus cosas.

—Tú verás, pero creo que te llevarás una gran decepción. En serio, gracias.

—Está bien, me rindo. Tú y tus «gracias». De nada, Anthony.

Los dos se dieron un abrazo y, cuando se separaron, él se dirigió hacia el mostrador para sacar la tarjeta de embarque y facturar sus pesadas maletas.

1

CANTANDO BAJO LA LLUVIA

Barcelona, 2007

Los primeros meses transcurrieron sin ningún contratiempo. A Anthony le encantaba el proyecto Marítim y trabajar con el señor Alcázar (Juan, como él había insistido en que lo llamara) era de lo más estimulante. Era un arquitecto atrevido, a la vez que respetuoso con las líneas básicas, y capaz de contagiar su entusiasmo al constructor más reticente. En lo que se refería a la vida personal de Anthony, un par de compañeros de trabajo le habían invitado a salir con sus amigos en unas cuantas ocasiones y se había apuntado al mismo gimnasio al que iba Guillermo, el hermano de Ágata y amigo de Gabriel, al que conocía desde hacía años. Guillermo también se había ofrecido a enseñarle la ciudad y habían salido unas cuantas veces, pero lo cierto era que a Anthony le gustaba estar solo y descubrir cómo era vivir en Barcelona por sí mismo. De momento lo más emocionante que le había sucedido desde que estaba allí había sido presenciar cómo su mejor amigo, Gabriel, la cagaba con Ágata y después intentaba arreglarlo.

Ser testigo de la historia de amor entre los dos le había hecho sentir algo que nunca había creído posible: ganas de compartir su vida con alguien, y eso que él sabía perfectamente que nunca sería capaz de hacerlo. Él, que desde el primer día de su amistad tenía motivos de sobra para envidiar a Gabriel, nunca lo había hecho hasta ahora. No estaba enamorado de Ágata, no era eso, por ella sentía algo muy parecido a lo que sentía por Amanda. El sentimiento que le había aparecido en el pecho era mucho más complicado. No envidiaba que Gabriel estuviera con Ágata, sino que su amigo hubiese sido capaz de abrirse lo suficiente para dejar entrar a otra persona en su corazón. Envidiaba esa capacidad de arriesgarse.

Ese día había quedado con ellos, tal vez por eso no paraba de pensar que él siempre iba a estar solo y estaba a punto de tener náuseas. Incluso había pensado en llamarlos para anular la cita, pero Ágata insistía en devolverle el favor que le había hecho él en Londres y no iba a aceptar una negativa de su parte.

Cualquiera diría que Ágata se había propuesto dejar su profesión de diseñadora gráfica y convertirse en la mejor guía turística de toda Barcelona por la cantidad de planes que le había preparado. Cada fin de semana tenía alguna visita pensada, y Anthony estaba convencido de que había estado en más atracciones turísticas de la Ciudad Condal que la mayoría de sus habitantes. Hoy había quedado con ella y con Gabriel en un café cerca del Portal del Ángel y luego irían a visitar el Museo Picasso. Anthony siempre había sido un gran enamorado de la pintura, y tenía muchas ganas de conocer más de cerca las obras del gran pintor. Estaba lloviendo, así que se sentó dentro a esperar a sus amigos y pidió un café. No habían pasado ni cinco minutos cuando oyó el tintineo de las campanillas que colgaban junto a la puerta y vio aparecer a Ágata junto a otra chica.

—Tú debes de ser Anthony —le dijo en ese momento la desconocida, que se detuvo a su lado. Tenía el pelo mojado y recogido en una trenza, y estaba peleándose con un paraguas que se negaba a cerrarse.

—Sí —fue lo único que atinó a decir él—. ¿Quieres que te ayude?

—No, gracias —respondió ella—. Ya está. —Se oyó un clic y las varillas cedieron.

—Hola, Anthony. —Ágata se acercó a él para saludarlo—. Siento haber llegado tarde, pero al parecer Helena es incapaz de mirar el reloj.

—¿Helena? —Anthony desvió la mirada hacia la muchacha del paraguas—. ¿Tu hermana?

—¡Ay, lo siento! Creía que os había presentado —contestó Ágata algo avergonzada—. Como siempre hablo de vosotros, estaba convencida de que os conocíais. Helena, Anthony.

—Hola —saludó ella, y él vio que se sonrojaba.

—Hola. Encantado de conocerte.

—Igualmente. —Helena se apartó un mechón de pelo que le había soltado y pegado a la frente.

—Toma. —Anthony sacó un pañuelo perfectamente planchado del bolsillo y se lo ofreció—. ¿Cómo es que te has mojado tanto?

—Mi querido paraguas, el mismo que hace unos segundos se negaba a cerrarse, era igual de reticente a abrirse. Y Ágata no aparecía por ninguna parte. —Miró a su hermana al mismo tiempo que aceptaba el pañuelo—. Gracias.

—Bueno —dijo Ágata—, supongo que ya te has dado cuenta de que Gabriel no podrá venir. Lo ha llamado Sam y le ha pedido que echara un vistazo a no sé qué, y tu querido amigo no ha sabido decirle que no. En fin, seguro que me entiendes.

Anthony asintió, aunque la verdad era que no le había prestado demasiada atención, pues desde que Helena le había dirigido la palabra parecía incapaz de fijarse en nada que no fuesen sus ojos verdes.

—Por suerte, he llamado a Helena y la he convencido para que me acompañara, aunque ha llegado tarde a buscarme —añadió Ágata antes de terminar con su explicación.

—¿Que yo he llegado tarde? —rio su hermana—. Me has tenido cinco minutos esperándote en el portal.

—Ya te he dicho que lo siento, pero es que cuando salía del piso Gabriel me ha distraído y...

—Lo que tú digas. —Helena dio por zanjado el tema, pero miró a Anthony con una sonrisa, y él no pudo evitar devolvérsela.

—Si quieres, podemos dejar la visita al museo para otro día —le sugirió él a su amiga. Seguía sin saber muy bien qué le había pasado a Gabriel, pero le pareció de buena educación sugerirlo.

—No digas tonterías; me apetece mucho ir. Podemos tomarnos un café aquí con Helena y luego irnos al museo.

—¿Tú no vienes? —le preguntó Anthony a Helena.

—No puedo.

—Nunca puede hacer nada —intervino Ágata—. Siempre está estudiando, o en clase, o haciendo un trabajo, o...

—No todas somos tan listas como tú —se defendió su hermana.

—¡Ja! Muy graciosa. Eres la persona más lista que conozco, Helena. Y lo sabes. Pero, en fin, al menos he conseguido arrancarte de tus libros para que vinieras a tomar un café con nosotros.

Anthony observó fascinado el intercambio entre las dos. Era evidente que se adoraban y que tenían una relación muy estrecha. Él ya sabía que los hermanos Martí estaban todos muy unidos, incluso había visto a Ágata y a Guillermo, el mayor de todos, juntos en varias ocasiones; pero no podía evitar sorprenderse cada vez que veía a dos hermanos comportarse de ese modo. Sonrió resignado; le resultaba imposible imaginarse a Frey o a Sabina tratándolo con cariño.

—¿Por qué sonríes? —le preguntó Helena.

—¡Oh! Por nada, lo siento. ¿Por qué no puedes venir al museo? —Desde su llegada a Barcelona, era la primera vez que sentía curiosidad acerca de algo o, mejor dicho, de alguien. Y los ojos moteados de Helena exigían que los estudiara.

—Tengo mucho trabajo atrasado —le explicó, y él habría jurado que ella lamentaba de verdad no poder acompañarlos.

—¿Qué quieren tomar? —les preguntó un camarero que apareció de repente.

Pidieron sus bebidas y Ágata le contó a Anthony que Gabriel ya estaba del todo instalado en su piso y que los dos habían decidido quedarse unas semanas en Barcelona. Él trató de prestarle toda la atención que se merecía, pero no podía evitar que la mirada se le desviara hacia Helena y su pelo entre castaño y rojizo, que todavía tenía algo mojado. Esta casi no dijo nada más, pero por los pocos comentarios que salieron de sus labios, Anthony detectó que quería mucho a su hermana y que se alegraba de verdad de que hubiera encontrado la felicidad junto a Gabriel. Veinte minutos después, terminaron las bebidas y pagaron la cuenta. Ágata se despidió de Helena diciéndole que hiciera el favor de no olvidarse de cenar y recordándole que la llamase si quería despejarse un rato. Ella asintió, le dio un cariñoso beso y, paraguas en mano, salió del local. Anthony le sujetó la puerta a Ágata, después las siguió y, ya en la calle, se acercó a Helena.

—¿De verdad no puedes venir al museo? —volvió a preguntarle, sintiendo que unas gotas de lluvia le caían sobre la cara.

—No puedo. —Sacó los auriculares que llevaba en el bolso al tiempo que trataba de abrir el paraguas—. Recuerdo la última vez que estuve, hará un par de años. —Sin pedírselo, Helena le tendió los auriculares y el bolso a Anthony para que lo sujetara mientras ella intentaba abrir el dichoso paraguas—. Acompañé a una amiga portuguesa que vino a la ciudad. Me gustó mucho un cuadro, si no me falla la memoria, creo que se llamaba *La espera*. No sé si sigue allí.

—¿Vas a escuchar música? —le preguntó él y, mentalmente, tomó nota de buscar la obra que a ella tanto le había gustado.

—¡Ah, sí! Cuando voy en metro o en autobús me gusta escuchar música —respondió, dejando el paraguas por imposible y resignándose a que la lluvia volviera a mojarle el pelo. Daba igual, tampoco la esperaban en ninguna parte.

—¿Qué estás escuchando?

—Antony & The Johnsons. Nadie sabe...

—Sé quiénes son. A mí también me gusta la música triste.

Helena se quedó mirándolo y, cuando le contestó, le regaló una sonrisa que Anthony no había visto hasta entonces, como si la hubiera creado solo para él. Sacudió la cabeza para dejar de imaginarse tonterías.

—¿Crees que a mí me gusta la música triste?

Anthony tuvo miedo de sonrojarse, no sabía qué demonios le estaba pasando, y para disimular fingió tos. Por suerte, la aparición de Ágata, que se había retirado un poco para llamar por el móvil, evitó que tuviera que responder.

—¿Nos vamos? ¡Sorpresa! Gabriel ha conseguido terminar de revisar ese artículo y dice que nos alcanzará en el museo —explicó, levantándose el cuello del abrigo.

—Genial. —Anthony se plantó delante de Helena para seguir unos segundos más con ella—. Bueno, supongo que ya nos veremos. —Se agachó un poco y le dio un único beso en la mejilla izquierda.

Ella levantó una mano, pero se detuvo antes de tocar la zona que él había besado. Esta vez fue ella la que se sonrojó.

—Claro, dime si descubres alguna canción triste nueva —dijo, más tímida de lo que lo había estado hasta ahora—. Yo me voy hacia allí. Seguro que te gustará mucho el museo. Adiós.

Anthony se quedó mudo y no reaccionó hasta que oyó que Ágata se despedía y consiguió balbucear un absurdo «adiós».

Afortunadamente, Ágata o no se había dado cuenta o había decidido ser buena con él y no comentar nada, y se dirigieron juntos y en silencio al Museo Picasso, que los esperaba unas calles más abajo.

2
¿QUIÉN ES ESA CHICA?

Tres días después de aquella conversación bajo la lluvia, Anthony reunió el valor suficiente para llamar a Ágata y pedirle el teléfono de Helena. Habría podido llamar a Gabriel, incluso a Guillermo, pero sabía que ellos dos serían mucho más crueles con él y que tendrían mucha más memoria si eso que tenía intención de hacer no salía bien.

Ágata fue buena con él y lo cierto es que se comportó como si fuera lo más normal del mundo que le pidiera el teléfono de su hermana. Lo único que le dijo fue que, si llamaba a Helena esa misma tarde, le recordara que el viernes tenían una cena y que tenía que asistir. Nada de excusas. Anthony, perplejo por la ausencia de interrogatorio, le prometió que le daría el recado; él también estaba invitado al acontecimiento y ahora que sabía que Helena iba a estar tenía aún más ganas de que llegase el día de la fiesta.

Se trataba de la primera cena que organizaban Ágata y Gabriel en el piso de Barcelona desde su reconciliación y no estaba dispuesto a perdérsela por nada del mundo. Anthony colgó el teléfono y decidió sentarse en el sofá unos segundos. Había conocido a Helena el sábado anterior. Ella no había hablado demasiado, pero a él lo había fascinado el modo en que elegía las palabras, igual que si las sopesara una a una. Helena se despidió con una sonrisa y un sonrojo, y Anthony consiguió pasar la tarde sin interrogar a Ágata sobre su misteriosa hermana pequeña. Incluso aguantó sin decir nada a nadie ni el domingo ni el lunes, a pesar de que vio a Gabriel en dos ocasiones y este sacó el tema del café. El martes decidió que todo aquello era una tontería y que lo mejor que podía hacer era pedir el número de teléfono de Helena a alguien y quedar con ella; una de dos, o se harían amigos, igual que había sucedido con Ágata, o no sabrían de qué hablar, y cuando volvieran a coincidir se limitarían a ser educados. Una parte de la mente de Anthony le recordó que, como mínimo, había dos alternativas más: podían tener una relación o podían enamorarse. La última la descartó por imposible y la penúltima también. Así que finalmente no la llamó, y cuando una voz en su interior le dijo que era un cobarde, otra le recordó que era mejor así.

Desde muy joven, Anthony había clasificado a las mujeres en dos categorías muy bien definidas y que nunca se mezclaban: sus amigas y sus compañeras de cama. El distinguido primer grupo solo estaba formado por Amanda y Ágata. A Amanda la conoció cuando Gabriel entró a trabajar en *The Whiteboard* y se la presentó unos días después. Enseguida le gustó, pues era cariñosa y directa, y desde el minuto uno fue más que obvio que no existía ningún tipo de atracción entre ellos. Amanda era lo más parecido a una hermana mayor que jamás había tenido, y sin duda ese título le pertenecía mucho más a ella que a Sabina. A Ágata hacía menos que la conocía, y tenía que reconocer que la primera vez que la vio le pareció atractiva, pero tan pronto como se dio cuenta de lo que sucedía entre ella y Gabriel, y lo perfectos que eran el uno para el otro, le entregó su amistad sin cuestionárselo y ella hizo lo mismo. Además, si era sincero consigo mismo, por Ágata nunca había sentido el repentino interés que le había despertado su hermana pequeña nada más verla. Tal vez una parte de él siempre había reconocido que con Ágata iba a tener una simple amistad, y en cambio con Helena sentía que podía existir algo más. Algo imposible.

En el segundo grupo, mucho más reducido de lo que sus amigos creían, estaban las mujeres con las que había mantenido algún tipo de relación física. En realidad, solo habían sido cuatro, y de tres de ellas guardaba un grato recuerdo, confiando en que ellas también lo tuvieran de él. A la primera, Olga, la había conocido en la universidad cuando estudiaba Arquitectura, y era cinco años mayor que él. Coincidieron en un seminario y su relación acabó al mismo tiempo que las clases; luego ella empezó a salir con un profesor con el que terminó casándose. A la segunda, Roxana, la conoció en un viaje que hizo solo a Costa Rica. Era estadounidense y todavía se mandaban algún *e-mail* de vez en cuando. Se había casado hacía poco y esperaba gemelos. La tercera, Marta, era quizá la única a la que querría olvidar, no porque él hubiera sentido algo profundo por esa mujer, sino porque su relación acabó cuando Anthony se enteró de que ella estaba casada. Él sería muchas cosas, pero no le gustó nada ser el culpable de hacer daño a otra persona, y menos sin saberlo. Después de eso, se volvió todavía más cauto y la cuarta, Cristina, tardó bastante tiempo en aparecer. Cristina trabajaba para una importante empresa petrolera y viajaba muchísimo; la había conocido una noche en un *pub* y no tardaron demasiado en irse a la cama. Cristina estaba centrada en su carrera profesional y, para ella, Anthony era solo otra vía de escape, cosa que a él le parecía bien. Cuando coincidían en Londres iban a cenar, a tomar algo y luego iban al perfecto y aséptico apartamento de ella. Nunca se quedaba a dormir allí, a Anthony ni siquiera se le había pasado por la cabeza, y Cristina nunca se lo había insinuado. No la había visto desde su traslado a Barcelona, pero le había enviado un *e-mail* para contárselo, y ella le respondió unos días después, felicitándolo por la promoción y diciéndole que si algún día pasaba por España lo llamaría. Anthony también tenía grupos mixtos de amigos, es decir, que incluían a los hombres que de un modo u otro formaban parte de su vida, y era lo bastante listo para saber que esos dos grupos femeninos no incluían a todas las mujeres que conocía; pero a él, debido a sus circunstancias, lo ayudaba clasificarlas así.

En esos grupos no incluía a las personas que conocía solo de pasada, como el recepcionista de la oficina o la encargada del gimnasio, por ejemplo. Y tampoco a las que necesitaba por cuestiones objetivas, como por ejemplo su médico. Luego había personas a las que no quería tener en ningún grupo, básicamente los miembros de su familia y algún que otro excompañero de su primer colegio. Y por último estaban las personas a las que no era capaz de clasificar. Un grupo que, al parecer, había creado Helena Martí y que estaba formado solo por ella.

Mejor sería que dejase de dar vueltas al tema y se centrase en lo que estaba haciendo. Anthony se pasó la tarde tratando de plasmar los últimos cambios que tanto él como Juan habían ideado para los edificios. Esa misma mañana, cuando se estaban tomando un café cerca de la obra, Juan le contó que él y su mujer se estaban divorciando. A Anthony le sorprendió que le explicara algo tan íntimo, pero Juan le dijo que lo hacía porque en los próximos días iba a tener que ausentarse del despacho en varias ocasiones, y no quería que creyera que lo estaba dejando solo ante el peligro. Le explicó también que, desde la central de Londres, le habían ofrecido tomarse unas pequeñas vacaciones, pero que él había preferido no hacerlo. El trabajo le ayudaba a no pensar en lo que le estaba sucediendo. Anthony le dijo que no se preocupara, que él se ocuparía de todo, y que se tomara todo el tiempo que necesitara. Bajó la tapa del portátil que habían llevado hasta el bar y esperó a que Juan regresara de la barra de pagar las bebidas. De vuelta a la mesa, dobló los planos en los que habían estado trabajando, pero no se dirigió hacia la puerta, sino que volvió a sentarse. Anthony estaba a punto de irse y dejarlo solo con sus pensamientos cuando el arquitecto español dijo:

—Tengo cuarenta y tres años. —Y se frotó la cara como si esos años le pesaran más que varios siglos—. Conocí a Lourdes, mi mujer, cuando los dos teníamos dieciséis, y ahora dice que nunca ha sido feliz, que nunca me ha querido.

Anthony se sentó y lo escuchó en silencio, convencido de que el otro aún no había terminado de decir todo lo que quería.

—Hace unos meses empezó a decirme que yo trabajaba demasiado, y pensé que quizá tenía razón, así que le monté un fin de semana romántico en París. Fue un desastre. Tendría que haber sabido leer entre líneas y anular el viaje, pero no quería ver lo que tenía delante de mis narices y prácticamente la obligué a irnos. Al regresar, me dijo que quería el divorcio. —Juan levantó la vista—. No sé por qué estoy contándote todo esto. Lo siento.

—No, no pasa nada. A veces es mejor contarle las cosas a un desconocido o casi desconocido. Créeme, lo sé.

Juan lo miró durante un instante y respiró hondo.

—No puedo hablar con nadie. Todos nuestros amigos han decidido no opinar, no ponerse a favor de ninguno de los dos, y no quiero agobiar a nuestros hijos. Tenemos dos: Miguel, de catorce años, y Sonia, de doce.

—Quizá las cosas terminen por arreglarse —aventuró Anthony, sin saber muy bien qué decir.

—Ella está con otro. —Ante la mirada atónita de su interlocutor, Juan por fin se desahogó—: Llevan casi un año juntos. Se llama Pedro y lo conoció en un curso de cocina.

—Lo siento.

—Y yo. En fin, será mejor que regresemos al despacho, tenemos que corregir los planos y yo...

—Dámelos a mí. —Anthony no esperó a que lo hiciera, sencillamente se los sacó a Juan de las manos y los guardó en su bolsa—. ¿Por qué no te vas a casa?

Juan volvió a respirar hondo.

—Te lo agradezco, Anthony. La verdad es que me iría bien dormir un rato. Desde que Lourdes no está en casa, todo se me hace bola. No doy al abasto y tengo la sensación de que todo lo hago mal. Tal vez, si me voy ahora, podría comer con mis hijos.

—Claro, no te preocupes. Nos vemos mañana.

—Está bien. —Juan se levantó y dirigió hacia la puerta del bar, pero al llegar a esta se detuvo y dio media vuelta—. Siento... —Movió las manos sin poder explicarlo mejor—. Siento todo esto.

—Ni lo menciones —contestó él, sincero.

Juan salió del local y Anthony lo vio meterse en su coche e irse del aparcamiento cercano a las obras del edificio. Él regresó al trabajo y se encerró en su despacho, donde en esos momentos, cinco horas más tarde, seguía tratando de corregir y mejorar los planos, al mismo tiempo que no podía quitarse de la cabeza la imagen de su compañero, tan derrotado por la vida. Anthony siempre había admirado su trabajo, y en los pocos meses que llevaba en España había llegado también a admirarlo como persona, y le gustaba creer que entre los dos había al menos una amistad incipiente. No conocía a Lourdes, pero la historia que Juan le había contado lo había dejado estupefacto. ¿Cómo era posible que dos personas tuvieran una visión tan distinta de lo que había sido su vida en común durante los últimos veintisiete años? Bueno, pensó para sí, él nunca había tenido ninguna relación tan larga con nadie, pero sabía que no se podía confiar en los sentimientos de las personas. Viendo que no iba a hacer nada más de provecho, y teniendo en cuenta que pasaban varios minutos de las ocho, decidió irse a casa.

Iba andando por la calle y pensando en sus cosas (o, mejor dicho, tratando de dejar de pensar en sus cosas), cuando oyó que alguien lo llamaba. Volvió la cabeza a ambos lados y vio que, justo en la acera de enfrente, estaba Helena y no pudo evitar sonreír. Al parecer, no había servido de nada que no la hubiera llamado; si él creyera en ese tipo de cosas, pensaría que el destino estaba tratando de decirle algo.

—Hola —lo saludó ella, que cruzó la calle antes de que Anthony consiguiera reaccionar.

—Hola. ¿Qué haces aquí?

—Martina y yo vivimos en un piso alquilado aquí cerca —le explicó—. ¿Y tú?

—Yo también vivo en este barrio, unas calles más abajo. ¿Te importa que caminemos juntos?

—Claro que no —contestó ella con una sonrisa. Y ambos retomaron la marcha.

—Estudias Medicina, ¿no? —se atrevió a preguntar él. Por algún motivo, cuando estaba con Helena no sabía muy bien cómo reaccionar.

—Sí.

—¿Y te gusta? —le preguntó, al detenerse en un semáforo.

Helena lo miró un segundo para luego volver a fijar la vista al frente.

—Siempre he querido ser médico.

—Te entiendo. Yo de pequeño solo jugaba con el lego; me encantaba construir edificios.

—Mi hermana me dijo que eres arquitecto.

—Así es. Es impresionante la cantidad de contenedores que hay en esta ciudad.

—¿Qué has dicho? —preguntó ella, sorprendida.

—Los contenedores. Hay muchísimos —le explicó Anthony con una sonrisa.

—¡Vaya! ¿Acaso no tenéis contenedores en Londres? —preguntó Helena, burlándose un poco de él.

—Sí, claro que sí, pero supongo que no me llaman tanto la atención. O estoy tan acostumbrado a verlos que ni me fijo.

—¿Lo echas de menos?

—¿A los contenedores?

—No, bobo. A Londres.

Ambos sonrieron y Anthony se dio cuenta de que estaba flirteando. Él nunca coqueteaba, apenas sabía hacerlo. En las relaciones que había tenido se había saltado esa parte, siempre se había relacionado con mujeres que buscaban lo mismo que él. Se aclaró la garganta para disimular y respondió:

—Algunas cosas, pero la verdad es que no demasiadas.

—¿Como cuáles?

—El pastel de queso que hacen en una cafetería cerca del trabajo, las vistas de los edificios de la City con la catedral de Saint Paul al fondo, la lluvia.

—¿La lluvia?

—Sí, la verdad es que sí. Huele distinta a la de aquí —respondió él, sorprendiéndose a sí mismo—. Cuando deja de llover, todo está más limpio, como si fuera nuevo.

—Pues tienes suerte de que Inglaterra sea un país tan lluvioso. —Sonrió—. Ya hemos llegado. —Helena se detuvo frente a un portal—. Gracias por acompañarme.

—Bueno, la verdad es que no ha tenido ningún mérito. —Se metió las manos en los bolsillos—. Esta mañana le he pedido tu número de teléfono a Ágata —soltó de repente.

Helena, que había deslizado la llave en la cerradura de su portal, se detuvo y se dio media vuelta para mirarlo.

—¿Ah, sí? —dijo. A ella se le daban fatal ese tipo de conversaciones—. ¿Ibas a llamarme?

Anthony sonrió con timidez y se sonrojó un poco.

—La verdad es que iba a hacerlo, pero después lo he pensado mejor y no lo he hecho —respondió y, asombrado, comprobó que a Helena le resultaba imposible mentirle.

—¡Oh, vaya! —dijo ella, sonrojándose con incomodidad—. ¿Y qué ha sido lo que te ha decidido a descartarme?

—No te he descartado. —Levantó una mano y la puso en el marco de la puerta. Vio que ella no le creía—. Vale, lo he hecho, pero ha sido por tu bien.

—¿Por mi bien? —Helena no sabía si reírse o dejar a ese chico, que inexplicablemente le aceleraba el corazón, plantado en el portal—. Eso suena muy pretencioso, la verdad.

—En mi cabeza sonaba mejor —exhaló avergonzado—. Deja que me explique, o que lo intente al menos. —No podía creerse lo que estaba sudando—. Iba a llamarte, pero luego he pensado que tal vez no debería hacerlo y por eso...

—¿Por qué no deberías? —preguntó ella con curiosidad.

Él se encogió de hombros, un gesto al que al parecer recurría a menudo en presencia de Helena.

—No lo sé. Supongo que quiero evitarme complicaciones —optó por decir, aun a riesgo de quedar como un idiota. Los dos se quedaron mirándose durante unos segundos.

—Complicaciones —repitió ella—. ¿Y cómo sabes que entre tú y yo las cosas serán complicadas? ¿Eres adivino?

Anthony podía decirle que no, que no era adivino, pero que había pasado por suficientes malas experiencias para saber que la gente, incluso la que te gusta, suele decepcionarte. Y algo le decía que él no soportaría que Helena lo decepcionase. También podía decirle que era un cobarde y que la posibilidad de que las cosas no fueran complicadas entre ellos, sino todo lo contario, le aterrorizaba. Pero lo cierto era que no quería decirle ninguna de esas dos cosas, lo que quería era seguir hablando con ella y descubrir por qué cuando Helena le sonreía, él creía que el día ya había valido la pena, así que lo que dijo fue:

—¿Te apetece ir al cine el viernes? Podríamos ir antes de la cena en casa de tu hermana. Yo también estoy invitado y, por cierto, cuando le pedí tu número a Ágata me ordenó que te recordara que tenías que ir, que esta vez no podías escaquearte —bromeó para disimular el miedo que tenía a que ella se negase.

Helena le sonrió y Anthony se sintió ganador.

—Ni loca me perdería esa cena. Por fin Gabriel tendrá que cenar ante todos los hermanos Martí sin que mis padres puedan protegerle. Creo que Guillermo tiene pensadas varias torturas. —Respiró hondo—. ¿Al cine? Claro, podría estar bien, pero no tengo ni idea de qué hacen ahora. No estoy muy al día de la cartelera.

—Yo me encargo —contestó Anthony, que todavía no podía creerse lo que estaba haciendo—. Si te parece bien, te llamo mañana y acabamos de concretarlo.

—De acuerdo. —Ella ladeó la cabeza, adivinando todo lo que a él se le estaba pasando por la mente—. Tranquilo, Anthony, ir al cine no es complicado, ya lo verás. —Le guiñó un ojo—. Voy a entrar.

—Claro. —Dio un paso hacia atrás porque si seguía allí de pie acabaría haciendo una locura, como acariciarle la mejilla o apartarle un mechón de la cara—. Nos vemos el viernes.

—Adiós, Anthony.

Él se fue casi corriendo de las ganas que tenía de tocarla.

Helena se apoyó en la pared del pasillo. Había oído hablar mucho sobre el tal Anthony, pues tanto su hermana como Gabriel lo consideraban uno de sus mejores amigos. Los dos le habían contado lo bien que se había portado con ambos, tanto en Londres como en Barcelona, y era obvio que Anthony sentía mucho cariño por ellos. Helena ya sabía que él iba a caerle bien, lo contrario era casi imposible, pero al parecer, tanto su hermana como su casi cuñado se habían olvidado de mencionar que Anthony tenía los ojos más tristes que cabía imaginar y que, a pesar de lo alto y serio que parecía, todo él emanaba dulzura. No había podido dejar de pensar en él desde aquella tarde bajo la lluvia. Negó con la cabeza y no pudo evitar sonreír; si sus hermanas supieran lo que pensaba, seguro que se reirían de ella. Helena era consciente de que tanto Ágata como Martina creían que era sosa o, como mínimo, algo aburrida. Cuando sus hermanas la pinchaban diciéndole que nunca salía con nadie, ella siempre se escudaba en sus estudios, pero la verdad era que las pocas veces que había salido con un chico no había sabido qué hacer ni qué decir. Por no mencionar que los besos que había compartido con los chicos en cuestión dejaban tanto que desear que había llegado a pensar que todas las novelas románticas que había leído deberían estar en la sección de ciencia ficción de las librerías, pues los chicos de esas historias eran más difíciles de encontrar que los extraterrestres. Se apartó de la pared y subió la escalera repitiéndose cada dos escalones que solo había quedado para ir al cine; seguro que Anthony, siendo tan inglés y educado como era, la había invitado por compromiso después de que ella lo interrogase sobre los motivos por los que no la había llamado. En fin, al menos había conseguido disimular y no decirle directamente que le parecía el chico más interesante y atractivo que había conocido nunca.

Fiel a su palabra, Anthony la llamó al día siguiente y le dijo que, si estaba de acuerdo, pasaría a buscarla el viernes a eso de las seis para ir al cine a ver una película clásica, de la que mantuvo el título en secreto, y luego podían ir juntos a casa de Ágata y Gabriel. Helena aceptó encantada, y ni durante un segundo se planteó si tenía que estudiar; le dijo que no hacía falta que fuera a recogerla, que podían quedar delante del cine, pero no sirvió de nada y terminó por aceptar que él se comportara como el caballero que era. El resto de la semana fue de lo más complicado, tanto para Anthony como para Helena; él tuvo que hacerse cargo del proyecto por completo, pues Juan se ausentó en varias ocasiones, y ella tuvo que entregar varios trabajos en la facultad.

Cuando llegó el viernes, los dos tenían muchas ganas de verse, aunque ambos trataron de convencerse de que no había para tanto. Al fin y al cabo solo iban a ir al cine. Así que, a eso de las cinco, Helena fue a vestirse; se puso unos vaqueros, una camiseta color violeta que le encantaba y se recogió el pelo con una trenza. Completó su atuendo con unos pendientes pequeños y algo de colorete. Helena no tenía ningún complejo y la verdad es que nunca había pensado demasiado en su físico. Ella se gustaba, estaba cómoda en su piel, y esperaba que el día que encontrase a alguien esa persona la quisiera por cómo era por dentro y no por fuera.

Helena había convertido en un arte lo de pasar desapercibida, no como Martina, su hermana pequeña, que con sus largas piernas siempre llamaba la atención. O como Ágata, que con su cara angelical y sus enormes ojos oscuros atraía más de una mirada. No, a ella le encantaba pasar desapercibida porque así podía fijarse en todo lo que la rodeaba sin que nadie la molestase. Tenía el pelo bonito, eso lo sabía; una melena castaña que solía llevar recogida con unas ligeras ondas y mechas pelirrojas que, aunque parecían artificiales eran herencia de una de sus abuelas. Tenía los ojos verdes con vetas marrones y, según su madre, se parecían a las hojas de un árbol, pero Helena estaba convencida de que aquella comparación tan poética solo era fruto del amor maternal y que nadie más lo veía así. Era de estatura normal y, como le gustaba mucho nadar, siempre se había mantenido en buena forma. La ropa le quedaba bien y tenía buen gusto, aunque según Martina era incapaz de vestirse para ligar. Con todas esas premisas, Helena sabía sacarse partido. A decir verdad, era una de esas privilegiadas que le dan al aspecto físico su justa importancia. «Menos mal —pensó, dándose un último repaso ante el espejo—. Si con lo tímida que soy fuera además insegura, jamás saldría de casa.»

La timidez de Helena era uno de los mayores misterios familiares. Tanto sus padres como sus hermanos se preguntaban cómo era posible que una chica tan segura de sí misma en tantos aspectos y que era tan cariñosa con ellos fuera casi incapaz de hablar con desconocidos. En realidad era un fenómeno fascinante. Helena podía estar relajada, charlando con sus hermanas sobre cualquier cosa, pero si alguien se acercaba a ellas, aunque fuera solo para saludar, se quedaba muda. Años atrás se había apuntado a uno de esos seminarios para superar fobias, pero se largó diez minutos después de la primera sesión porque le había parecido insultante.

Ella, al igual que la gran mayoría de personas reservadas, no era incapaz de hablar con desconocidos; el problema era que casi nunca sabía qué decir o, simplemente, no le interesaba hablar con esas personas. Además, siempre había tenido la sensación de que su cuerpo o, mejor dicho, su mente, elegía a la gente con quien merecía la pena hablar de verdad. Por ejemplo, nunca había tenido problemas para hablar con Gabriel, el novio de su hermana, ni de pequeña ni cuando había vuelto a verlo de mayor, y eso que era un hombre muy atractivo. Tampoco tenía ningún problema para dirigirse a sus profesores de facultad cuando tenía alguna duda, ni para quejarse en un restaurante si la atendían mal. Pero cuando se trataba de hablar con alguien en un entorno más social, era como si su cerebro se cerrase en banda.

Su padre le había aconsejado que pensara que estaba hablando con uno de sus hermanos, pues en casa siempre participaba en todas las conversaciones, pero Helena no quería fingir, así que al final o se iba o se limitaba a escuchar y a observar. Gracias a eso, tenía un amplio conocimiento sobre la vida de sus amigas y de la mayoría de sus compañeros de clase.

Sonó el timbre y corrió a contestar. Era Anthony, así que Helena dejó de pensar en su supuesta timidez (pues era evidente que con él no le pasaba), se colgó el bolso del hombro y bajó la escalera a toda velocidad. No quería hacerle esperar.

3
HISTORIAS DE FILADELFIA

Anthony llevó a Helena a ver *Historias de Filadelfia* y le contó que era un enamorado del cine clásico, en blanco y negro, por supuesto. Ella le confesó que nunca había prestado especial atención al séptimo arte y él fingió horrorizarse, diciéndole que si no corregía eso pronto no volvería a dirigirle la palabra. A Helena le encantó la película y le prometió a Anthony que vería otras comedias protagonizadas por Katharine Hepburn para poder tener lo que él había llamado «una conversación decente sobre cine».

La verdad era que cuando dieron las nueve y cayeron en la cuenta de que tenían que ir a la cena que habían organizado Ágata y Gabriel, ninguno de los dos parecía tener demasiadas ganas. No habían dejado de hablar todo el tiempo; incluso durante la proyección de la película no pudieron evitar hacer varios comentarios acerca del argumento o del trabajo de los actores. Y los dos temían que, una vez se reunieran con los demás, la magia que había empezado a aparecer entre los dos perdería algo de fuerza. A pesar de todo, se dirigieron hacia el piso de Ágata, con el acuerdo tácito de que, una vez allí, los dos fingirían que no estaba sucediendo nada entre ellos. Helena siempre había sido muy reservada y, aunque tenía mucha confianza con sus hermanas, no quería contarles nada hasta tener más claro lo que de verdad estaba sucediendo, si es que estaba pasando algo entre ella y Anthony.

Por su parte, él estaba completamente descolocado. Nunca había conocido a una mujer que le gustara tan de repente, y el hecho de que Helena fuera la casi cuñada de su mejor amigo complicaba todavía más las cosas de lo que ya era habitual en él.

Llegaron al piso y vieron que todos, incluso Guillermo, que siempre llegaba tarde, los estaban esperando. Nadie hizo ningún comentario, pero Anthony tuvo la sensación de que tanto Guillermo como Gabriel lo miraban de un modo extraño. Haciendo caso omiso de sus miradas, Anthony charló animadamente con Ágata y conoció al resto de sus hermanos, con los que todavía no había coincidido. Y se esforzó por no mirar demasiado a Helena.

Gabriel y Ágata les contaron a todos que iban a quedarse en Barcelona un par de meses. Gabriel por fin se había tomado unas vacaciones y Ágata quería organizar bien sus cosas antes de mudarse definitivamente a Londres, pues *The Whiteboard* estaba allí y creían que, por ahora, esa ciudad era el mejor lugar donde empezar a vivir juntos.

Por su parte, Guillermo les dijo que al cabo de pocos días tendría que irse a Nueva York, y que se quedaría allí durante un tiempo. Su empresa le había encargado que se ocupase de la fusión entre dos importantes firmas farmacéuticas, así que probablemente tardaría un tiempo en regresar.

Estuvieron comiendo y bebiendo hasta bien entrada la madrugada, y cuando los bostezos se hicieron más frecuentes, Anthony fue el primero en anunciar que tenía que irse. Todos se levantaron y empezaron las despedidas. Anthony aprovechó que ninguno de sus dos amigos parecía prestarle atención para decirle a Helena que si quería podía acompañarla a casa. Ella se sonrojó un poco y quizá le hubiera dicho que no, pero en aquel instante Guillermo, que hasta segundos antes no estaba lo bastante cerca para oír la conversación, apareció y le dijo que era muy buena idea, pues él había aparcado muy lejos y con Anthony llegaría antes a pie. Helena miró entonces a Martina, y esta le dijo que ella se iría a casa de sus padres con sus hermanos Álex y Marc, por lo que no tenía que preocuparse por ella. Finalmente, Helena accedió a que Anthony la acompañara a casa y, tras despedirse de todo el mundo, se puso el abrigo y se marchó con él.

Bajaron la escalera en silencio y, al llegar a la calle, comenzaron a andar el uno muy cerca del otro, pero no lo bastante como para tocarse o darse la mano.

—Me alegro de que Ágata y Gabriel se queden en Barcelona una temporada —dijo Anthony, que fue el primero en hablar.

—Y yo. La eché de menos cuando estuvo en Inglaterra, aunque no sé muy bien por qué.

Anthony sonrió.

—Es bonito ver que estáis tan unidas —comentó.

—¿Tú tienes hermanos? —le preguntó ella.

—Sí, dos —respondió él pasados unos segundos.

—Has dudado. ¿Sueles dudar acerca de su existencia? —Helena le tomó un poco el pelo—. ¿Acaso son tan malos como los míos?

—¡Qué más quisiera! —Anthony respiró hondo—. La verdad es que hace mucho tiempo que no sé nada de ellos, así que no sabría decirte. ¿En qué curso de Medicina estás?

Ella lo miró y, aunque hacía muy poco que lo conocía, supuso que necesitaba cambiar de tema.

—Vale, pues hablemos de mis estudios. Estoy en segundo, pero tengo alguna asignatura de primero y una de tercero. Es muy raro. A veces no sé si me equivoqué eligiendo esta carrera —se sorprendió contarle.

—¿No sabes si quieres ser médico? —Él la miró a los ojos y Helena se preguntó por qué había sacado aquel tema precisamente con él—. ¿Es porque es difícil? Todo lo que vale la pena es difícil; si fuera fácil no lo valoraríamos.

—Tienes razón, pero no. No es eso o no del todo. No es solo que sea difícil, es... Creo que quería ser médico porque tenía la feliz idea de que así podría ayudar a la gente, salvar al mundo, ¿sabes? Pero ahora veo que no haré eso necesariamente o que, no sé, que hay muchas otras maneras de ayudar y que no implican abrir la caja torácica de alguien. —Al ver que él la miraba algo confuso, se lo explicó—: No sé si tengo lo que hay que tener para eso.

—Entiendo. Mira, no sé si va a servirte de algo, pero te aseguro que a mí me faltan varios atributos de los que se supone que necesita un arquitecto y aquí estoy. Si quieres ser médico, no dejes que eso te detenga. Y no lo digo en plan idea feliz, quizá al final la realidad acabará impidiéndotelo, pero si tienes vocación, lucha por ello. Ahora bien, y puede que me esté metiendo donde no me llaman, si no quieres ser médico, no lo seas.

—Ese es el problema, que no sé si quiero serlo. Hay días que sí y otros que saldría corriendo de la facultad y no volvería nunca.

—Eso ya es un poco más complicado. Mi único consejo, y sé que no me has pedido ninguno, es que te des tiempo. No seas tan estricta contigo misma y permítete pensarlo un poco.

—No es mal consejo. Lo haré. Gracias, Anthony.

—De nada. ¿Puedo hacerte una última pregunta? —esperó a que Helena asintiera antes de seguir—: ¿Qué es lo que más te gusta de ser médico? A mí lo que más me gusta de ser arquitecto es poder crear algo con la mente, sin necesidad de recurrir a las palabras, solo con mis dibujos.

—¡Vaya! Nunca lo había visto así.

—En Londres hay un lugar al que voy muy a menudo. Un banco en un parque. No es nada especial, pero me siento allí y observo los edificios que se han ido construyendo en la ciudad y me imagino lo que podría hacer con ellos. A veces los dibujo.

—Podrías enseñármelos —le sugirió ella en voz baja. Anthony parecía haber hablado casi para sí mismo.

—¿El qué?

—Los dibujos, podrías enseñármelos.

—Sí, supongo. La verdad es que nunca se los he enseñado a nadie. A decir verdad, nunca le había hablado de ellos a nadie.

—Bueno, yo tampoco le había contado a nadie lo que me pasa. Me alegro de que conmigo hayas decidido hacer una excepción.

—Lo mismo digo.

Siguieron andando en silencio, y Helena trató de cambiar otra vez de tema para ver si así Anthony volvía a animarse.

—Creo que mañana o la semana que viene buscaré alguna de las películas que me has recomendado en la biblioteca.

—Eso espero. —Sonrió—. Me parece increíble que alguien tan inteligente como tú nunca haya visto una obra maestra como *Sed de mal*.

—¡Eh! ¡Que no soy tan inteligente! Y no haber visto *Sed de mal* es lo más normal del mundo. Hace unas cuantas horas ni siquiera sabía de su existencia.

—A eso me refiero. Inconcebible. Menos mal que estás dispuesta a rectificar. —Anthony le guiñó un ojo y Helena sintió un ligero cosquilleo en el estómago.

—Ya hemos llegado. Apenas hace una semana que nos conocemos y ya me has acompañado a casa más veces que cualquiera de mis amigos, exceptuando a mis hermanos, claro. No sé qué les pasa a esos tres; cualquiera diría que nacieron en el siglo pasado.

—No te quejes, es señal de que se preocupan por ti. Os cuidáis los unos a los otros —añadió—. Es bonito.

—Supongo. —Sacó las llaves del bolso—. Gracias por acompañarme y por invitarme al cine y por...

De repente Anthony se agachó y, sorprendiéndolos a ambos, le dio un beso en la mejilla. Aunque ella habría jurado que se acercó más a la comisura de los labios.

—De nada —le dijo él al apartarse y sin darle otra explicación. La había besado en la mejilla porque necesitaba estar cerca de ella y porque no quería que siguiera dándole las gracias por la que había sido su mejor tarde en mucho tiempo—. Buenas noches, Helena.

—Buenas noches.

Anthony dio media vuelta dispuesto a irse, pero antes de ponerse en marcha lo pensó mejor, porque ladeó un poco la cabeza y volvió a hablar:

—No me has contestado.

—¿Qué? ¿Qué no te he contestado?

—Qué es lo que más te gusta de ser médico. Piénsatelo. Te llamaré el lunes.

Ella se limitó a asentir y entró en el portal.

A partir de entonces, Anthony y Helena se llamaron casi a diario para contarse lo que hacían. Él le explicaba cómo iba avanzando la construcción del edificio Marítim, y ella lo duras que le estaban resultando ciertas clases. Una tarde, Anthony le enseñó el cuaderno en el que dibujaba siempre que iba a pasear por Londres, y Helena estudió cada boceto igual que si fueran obras maestras.

El viernes siguiente volvieron a ir al cine, aunque en esa ocasión eligió ella y lo llevó a ver una película comercial. Anthony aguantó estoico e incluso comió palomitas, pero al salir le dijo que, para compensarlo del sufrimiento, como mínimo tendría que acompañarlo a ver una película tailandesa. Helena se rio horrorizada y al final consiguió negociar que fuera una película francesa.

Mientras Anthony y Helena quedaban cada vez más a menudo, tanto Ágata como Gabriel, así como el resto de los hermanos Martí, observaban fascinados los cambios que se iban produciendo en ambos. Anthony, que nunca contaba nada a nadie, y que en Londres era famoso por prestar atención a mujeres normalmente mayores que él, se estaba desviviendo por conocer a una chica con la que se llevaba ocho años y que era completamente opuesta a él, pero que era la única que había conseguido hacerle sonreír. Por su parte, Helena nunca había mostrado tanto interés en nada ni en nadie como en Anthony. Ella siempre priorizaba sus libros o cualquier otra actividad que pudiera hacer a solas a quedar con gente, pero por él había roto todos y cada uno de los límites de su timidez. Ella afirmaba que no era tan raro y que, cuando se veían, ella y Anthony solo iban al cine y charlaban. Ninguna de sus hermanas había conseguido sonsacarle nada más, pero todos los que los conocían daban por hecho que estaba naciendo algo especial entre ambos.

Helena también lo creía. Hasta un maldito viernes en el que todo cambió.

En Barcelona, Anthony tenía la sensación de que el cielo estaba siempre azul y de que nada podía salirle mal. En el trabajo, a pesar del estrés habitual, todo iba sobre ruedas e incluso le parecía que Juan empezaba a levantar cabeza. A lo largo de los últimos días, Anthony había compartido más de un café con él, y este le había contado cómo iban avanzando sus trámites de divorcio. Al parecer, los hijos del matrimonio ya estaban al tanto de toda la verdad y ambos, aunque no le habían dado completamente la espalda a su madre, se habían puesto claramente a favor de su progenitor.

A Anthony siempre se le había dado bien escuchar; el problema lo tenía a la hora de hablar. Era capaz de escuchar durante horas y horas las dudas y los conflictos de sus amigos, y siempre trataba de ayudarlos y aconsejarles de la mejor manera posible, pero nunca, nunca, compartía nada con ellos. Amanda siempre se lo echaba en cara y Ágata, aunque hacía menos que la conocía, también le había dicho en más de una ocasión que le gustaría saber más cosas de él. Las dos tenían razón, Anthony nunca hablaba de su vida, ni de sus sueños, ni de su familia, y mucho menos de su infancia. Hasta que conoció a Helena, pensó por enésima vez mientras dibujaba el rostro de ella en una de las hojas de su cuaderno.

Lo había abierto para dibujar un edificio de la Rambla que esa mañana le había llamado la atención y, sin saber cómo ni por qué, terminó dibujando sus ojos. Hacía muy poco que la conocía, pero esas semanas habían significado mucho para él. Helena era la primera persona con la que Anthony tenía la sensación de poder ser él mismo, algo que antes solo le había sucedido con la señora Potts, su niñera. Pero además, sentía hacia Helena una especie de atracción inexplicable y completamente desconocida para él hasta entonces. Cierto que había tenido sus historias, pero nunca antes había tenido la sensación de que cada momento contaba. Y eso era lo que sentía cuando la veía: que cada segundo era importante. Todavía no la había besado, ni siquiera la había tomado de la mano, y no lo había hecho porque quería que fuera especial. Él, que siempre había preferido las relaciones prácticas y que nunca se había planteado dejar entrar a otra persona en su complicado mundo, quería que su primer beso fuera especial. Y lo habría sido de no ser por aquella llamada.

—¿Sí? —preguntó al descolgar el teléfono de su despacho.

—Anthony —dijo la recepcionista—, te paso una llamada de Londres.

—Gracias —respondió él sin prestar demasiada atención, pero al escuchar la voz procedente del otro lado se quedó helado.

—¿Anthony? Soy yo, tu padre.

—¿Harrison? —Hacía años que había decidido llamar a su padre por su nombre. El hecho de que le debiera la vida no le daba derecho a ostentar tal título.

—Veo que sigues igual —dijo el otro hombre, severo—. No importa. Necesito que vengas a Londres inmediatamente.

«¿Necesito?»

—¿Cómo has conseguido este número? —logró preguntar Anthony sin recuperar todavía la compostura.

—He llamado a tu despacho en Londres. Unos amigos nos dijeron que trabajabas allí —le explicó, como si fuera lo más normal del mundo que lo llamara después de dieciséis años de silencio—. Te he reservado un vuelo para mañana. Llegarás a Heathrow a las cuatro de la tarde y habrá alguien esperándote.

—Un momento —dijo él—. ¿Puede saberse a qué viene todo esto?

—Tengo leucemia, Anthony. Y los doctores creen que un trasplante de médula podría ser la solución.

—Pero...

—Ninguno de tus hermanos es compatible. Y encontrar un donante lleva tiempo. Tiempo del que no dispongo. Así que, por una vez en tu vida, podrías serme útil —sentenció Harrison Phellps con crueldad.

«Y pensar que había estado a punto de decir que sí», pensó Anthony.

—No voy a ir.

—Sabía que ibas a decir eso —dijo sarcástico—. Mis abogados han preparado la documentación necesaria para solicitar tu presencia por vía judicial. Tú eliges: o vienes mañana por las buenas o vendrás dentro de unos días por las malas.

Anthony respiró hondo y se recordó que ya no era un niño indefenso, desesperado por obtener la aprobación y el respeto de su padre. Y del resto de su familia.

—No creo que te apetezca montar un escándalo —continuó el hombre—; al fin y al cabo, tienes una reputación que mantener. Y, que yo sepa, me debes gran parte de ella. Sin mi dinero...

—Está bien. Iré. —Apretaba el auricular con tanta fuerza que temió que fuera a romperse—. Pero no hace falta que nadie venga a buscarme. Dime en qué hospital estás.

Su padre le proporcionó los datos sin inmutarse y sin darle las gracias. Y Anthony colgó antes de perder la poca calma que había conseguido mantener. Respiró hondo y abrió y cerró los puños unas cuantas veces. Hacía muchos años que no escuchaba el tono de desprecio de Harrison Phellps, pero al parecer seguía afectándolo. En un acto reflejo, sacó el iPod que guardaba en un cajón y escuchó la canción que la señora Potts le ponía de pequeño. Era una canción de lo más tonta y a la señora Potts le daba vergüenza cantársela, pero al final Anthony siempre conseguía convencerla. La voz de Dean Martin y las notas de *That's amore* lo fueron apaciguando, pero por desgracia no consiguieron hacerle olvidar lo que había recordado al hablar con su padre.

Era viernes y a eso de las seis lo llamó Helena para preguntarle a qué hora era la película. Su voz lo devolvió a la realidad, pero a una realidad en la que ya no brillaba el sol. Una realidad en la que Anthony no estaba ni de lejos preparado para contarle su historia a esa chica, así que le dijo que pasaría a buscarla al cabo de una hora y pensó en lo que iba a hacer para alejarse de ella y no volver a verla.

Helena escogió con mucho esmero la ropa de esa noche. Aquellos últimos días habían sido increíbles; ella nunca se había sentido así, incapaz de concentrarse pero al mismo tiempo convencida de que sola podía enfrentarse al mundo entero. Cada vez que veía a Anthony se olvidaba de las clases, de sus dudas sobre la carrera y de todo lo demás, pero sabía que si él seguía mirándola de aquel modo sería capaz de superar cualquier obstáculo. Todo era como siempre había soñado; el único problema era que todavía no se habían besado, por eso había decidido tomar cartas en el asunto y que de esa noche no pasara.

Esa noche iba a besar a Anthony, y seguro que todo sería todavía más perfecto.

Fueron al cine y la película resultó ser malísima, pero a diferencia de otras ocasiones en las que eso les servía para darse un hartón de reír, esa noche Anthony estaba muy callado. Cuando Helena le preguntó qué le pasaba, él se limitó a responderle que estaba cansado. Fueron a cenar y Helena tuvo la sensación de que él la miraba de un modo distinto. Ella siempre había creído que Anthony tenía los ojos tristes, pero aquella noche parecían desolados. Trató de darle la mano por encima de la mesa, pero él la apartó con disimulo. En el camino de regreso a su piso, Helena se dijo que no pasaba nada malo, que solo estaba cansado, tal como le había dicho el propio Anthony, y trató de quitarle importancia a lo mal que había ido la noche. Se detuvieron en un semáforo y él se agachó para besarla en la mejilla. Ella, sin darse tiempo para pensarlo, giró ligeramente la cara y lo besó en los labios.

Y él no hizo nada. Nada. Se quedó quieto como una estatua, completamente inmóvil. Helena creyó notar que a él le temblaban las manos, pero debió de equivocarse, pues lo único que hizo fue levantarlas para sujetarla por los hombros y apartarla con cuidado. Helena apretó los ojos, que todavía tenía cerrados, y deseó que la tierra se la tragara. Era la primera vez que ella tomaba la iniciativa y no podía haberle salido peor. Soltó el aliento que contenía y abrió los ojos, consciente de que, si quería salir de aquello con la dignidad intacta, tenía que enfrentarse a Anthony.

—Lo siento —le dijo con la voz más firme de lo que había esperado.

—No. —Él dio un paso hacia atrás—. No te disculpes. Yo... —respiró hondo— debería habértelo dicho antes.

Helena, que lo único que quería era irse de allí cuanto antes, se obligó a quedarse y a mirarlo a los ojos.

—¿El qué?

—Yo... Mira, Helena. Estas últimas semanas... —Metió las manos en los bolsillos del abrigo—. Estas últimas semanas —repitió— han estado muy bien, pero yo... Yo no te veo de ese modo. —Ella enarcó una ceja y él continuó—: Yo solo quiero que seamos amigos.

—Amigos —repitió Helena—. Entiendo. No, la verdad es que no lo entiendo. Has sido tú quien se ha agachado para darme un beso en la mejilla. Vale, yo he girado la cara y te he besado en los labios, pero tú te has agachado en un semáforo para besarme en la mejilla.

—Lamento haberte confundido —reconoció él—. Y te pido disculpas. No era mi intención hacerlo. Mira, nos llevamos casi ocho años. No me malinterpretes, somos amigos, me gusta estar contigo.

—Pero solo como amiga —dijo, furiosa consigo misma por haberse permitido soñar que Anthony se estaba enamorando de ella.

—Sí, solo como amiga. —Señaló con la cabeza calle abajo—. Será mejor que me vaya. Es muy tarde.

—Por supuesto. —Helena se aferró al mal humor para ver si así conseguía entrar en su casa sin llorar—. Supongo que ya nos veremos.

—Por supuesto que nos veremos, somos amigos. —Anthony la miró a los ojos y ella creyó ver de nuevo en ellos la desolación que había visto en el restaurante—. Vamos, te acompaño a casa. ¿Qué escena de la peli te ha parecido más horrible, cuando ese coche ha saltado de un puente a otro sin un arañazo o cuando el tipo ese ha...?

Ella se plantó en medio de la calle. No podía dar ni un paso más con él a su lado.

—Mira, será mejor que me vaya sola. Quiero irme sola. —Lo miró a los ojos sin ocultarle nada—. Solo falta media calle para llegar a mi casa. Me voy. No quiero que me acompañes, ¿está claro?

—Helena, yo...

—¿Está claro?

—Claro, por supuesto.

—Adiós, Anthony.

Dio media vuelta y se fue sin mirar atrás.

Helena abrió la puerta del portal como una autómata y subió la escalera hasta su piso con lágrimas en los ojos. No estaba enfadada porque él no le correspondiera, se repetía una y otra vez; al fin y al cabo, hacía menos de un mes que se conocían. Estaba enfadada porque, por primera vez en su vida, se había permitido correr el riesgo de bajar la guardia, de abrirle su corazón y su alma a alguien, o al menos de intentarlo, y él solo quería ser su amigo.

—Lo que te pasa es que tienes el orgullo herido —dijo en voz alta—. Eso es lo que te pasa. Nada más.

Ya en su piso, se puso el pijama furiosa y lanzó toda la ropa al cesto de la ropa sucia, como si así, con el jabón y el suavizante, pudiera eliminar el recuerdo de aquel estúpido beso. Si es que a aquello podía llamársele «beso». Sintió que una última lágrima le resbalaba por la mejilla y se la secó con el dorso de la mano. «Mira que hay que ser tonta para empezar a soñar con un hombre al que acabas de conocer —le dijo una voz en su cabeza—. ¿Y qué esperabas? Tan solo habéis ido al cine unas cuantas veces y a tomar unos cafés.» «Sí —dijo otra voz—, pero me enseñó sus dibujos y me sonrió.» Lo de discutir consigo misma carecía completamente de sentido y solo serviría para hacerla enfadar más, así que Helena optó por irse a la cama. Quizá lloraría de nuevo, pero seguro que al día siguiente estaría mejor.

No lo estuvo. Al principio creyó que sí, pero a media tarde Ágata la llamó para proponerle ir a cenar con ellos, y la muy boba no pudo evitar preguntarle si Anthony también estaría. Su hermana, ajena a la tragedia de la noche anterior, le dijo que no, que había hablado con él esa misma mañana y que se había ido a Suiza a pasar el fin de semana con una sueca, o a Suecia con una suiza. Daba igual.

Ahora sí que a Helena le quedaban las cosas claras. Diáfanas. Tragó saliva, y orgullo, y le dijo a Ágata que no podía acompañarlos. Afortunadamente, su hermana no notó nada extraño en su voz y se despidió sin más.

Helena, aunque pasó un fin de semana horrible, con una caja de pañuelos de papel como única compañía y alternando entre ataques de llanto y de rabia, emergió el lunes más fuerte y decidida que antes. Había cometido un error, uno que no volvería a cometer, y en el fondo tenía que estarle agradecida a Anthony por la lección.

4
LOS GONNIES

Después de despedirse de Helena, Anthony se pasó todo el camino de regreso a su apartamento soltando todos y cada uno de los tacos que sabía. Tanto en inglés como en español. La llamada de su padre le había recordado sus limitaciones, y no era justo que arrastrara a Helena con él. Ella no se lo merecía. Helena se merecía a alguien mucho mejor que él. Alguien completo, alguien más valiente, alguien que tuviera algo que ofrecerle. Durante toda la tarde, y también mientras estaban en el cine, viendo aquella película tan horrible, se dijo a sí mismo que, aunque le costara, se apartaría de ella. Y se dijo a sí mismo que era imposible que Helena notara nada raro; seguro que no sentía nada por él.

Anthony no se atrevería a decir que se había enamorado de Helena en tan poco tiempo, pero sí diría sin ninguna duda que era la única mujer que le había tentado a hacerlo. Hablar con su padre le había hecho sopesar si merecía la pena correr tal riesgo. Durante unos instantes, Anthony llegó a la conclusión de que sí, merecía la pena. Le contaría a Helena toda la verdad y seguro que saldrían adelante. Pero cuando volvió a verla, con sus dulces ojos verdes, su sincera sonrisa y su fascinante inteligencia, supo que no podía hacerlo. Ella se merecía algo mejor. Y Anthony lo había llevado bastante bien, pensó, hasta el beso. Ni siquiera se le había pasado por la cabeza que Helena pudiera besarlo. Jamás. Así que cuando sintió sus labios pegados a los de él, un estremecimiento le recorrió todo el cuerpo. Durante unos segundos no pudo ni moverse y, cuando reaccionó, lo que de verdad hubiese querido hacer habría sido tomarla en brazos, pegarla contra el portal y devorarla entera. Pero no lo hizo, sino que, temblando, levantó las manos y la apartó. El primer jodido gesto noble que hacía en toda su vida y había terminado por herir a la primera y única mujer que le había llegado al corazón.

Frustrado y enfadado con el destino y con su propia cobardía, Anthony preparó las maletas para el día siguiente. Había reservado una habitación en un hotel de Londres, cerca del hospital donde su padre había pedido hora para hacerle las pruebas. No quería ir a su apartamento, porque si lo hacía tendría que avisar a Amanda y a Jack, y contarles algo, y no quería mentir a sus amigos. Se quedaría en el hotel, dejaría que los carísimos médicos de su padre le sacaran toda la sangre que quisieran y luego regresaría a Barcelona. En el trabajo les había dicho que le había surgido un problema familiar, pero que regresaría el lunes sin falta, y tanto Juan como el superior de ambos le dijeron que no se preocupara; tenía tantas horas extra acumuladas que podía quedarse en Inglaterra tranquilamente un par de días. Anthony rechazó la oferta, pero en esos momentos, tumbado en la cama esperando a que llegara la hora de salir hacia el aeropuerto, pensó que tal vez le iría bien quedarse allí uno o dos días, aunque solo fuera para pensar. Quizá pudiese aprovechar e ir a visitar a la señora Potts. Sí, se quedaría hasta el martes e iría a ver a Miriam Potts.

Anthony estaba en el aeropuerto de Barcelona, casi a punto de embarcar, cuando le sonó el móvil y vio que era Ágata. Estuvo tentado de no responder, pero al final lo hizo. Durante unos segundos pensó que su amiga iba a reñirlo por haber herido a su hermana pequeña, pero Ágata solo llamaba para invitarlo a cenar con ellos esa misma noche. Anthony, consciente de que Helena terminaría por enterarse, aprovechó para inventarse algo que cimentara todavía más las estupideces que le había dicho la noche anterior frente al portal. Improvisando, algo que se le daba muy bien desde pequeño, le explicó que se iba a Suiza con una amiga azafata. Como historia no mataba, pero serviría. Ágata se quedó seria durante unos segundos, aunque después se despidió de él con normalidad, y le dijo que tuviera un buen vuelo.

—Sí, genial —farfulló, apagando el móvil para ponerse en la cola.

Una vez sentado en el avión, Anthony esperó a que despegaran para ponerse los auriculares y buscó el audiolibro que llevaba días escuchando. Cerró los ojos y trató de dormir, convencido de que su fin de semana solo podía empeorar.

Londres, veinte años atrás

Anthony regresó del colegio secándose las lágrimas de las mejillas que aún tenía cubiertas de barro. Los colegios privados podían tener muchas ventajas, pero una pelea era una pelea en todas partes y, últimamente, Anthony siempre perdía. Su hermano Frey no solo no lo defendía, sino que animaba a aquellos dos brutos que siempre le pegaban. Y, por suerte, Sabina asistía a otro colegio, uno solo de niñas, aunque tampoco lo habría ayudado. Se habían reído de él. Otra vez.

Estaba harto. Harto de no poder defenderse de aquellos ataques y harto de que nadie lo creyera, de que nadie quisiera ayudarlo. Entró en casa. Para variar, su madre no estaba, seguro que tenía algún acto benéfico muy importante al que asistir, pero de haber estado se habría limitado a mirarlo horrorizada y a ordenarle que fuera a cambiarse. Su padre tampoco estaba, pero claro, Harrison Phellps nunca estaba en casa. A no ser que celebrasen una fiesta y tuviera que presumir de familia perfecta delante de alguien más importante y engreído que él.

—¿Qué te ha pasado, Anthony? —le preguntó la señora Potts al verlo entrar en la cocina.

Miriam Potts debía de tener por aquel entonces unos cuarenta años, era viuda y no tenía hijos, y los Phellps la habían contratado como niñera de sus tres vástagos. La mujer trataba de cuidar bien de todos, pero para cualquiera que la viera, era más que evidente que sentía predilección por el pequeño Anthony, que al parecer era el único de aquella familia con un corazón en el pecho en vez de una piedra o una máquina de hacer billetes.

—Nada —respondió él, orgulloso—. Me he caído.

—¿Y el suelo te ha dejado los cinco dedos marcados en la mejilla? —Se arrodilló delante de él y tocó el bolsillo desgarrado de la americana del uniforme—. Quítatela, te la coseré enseguida. Y ve a ponerte algo más cómodo; yo mientras te prepararé un chocolate caliente.

Anthony sorbió por la nariz y obedeció a la niñera, que le dio un beso en la mejilla antes de incorporarse. Subió a su habitación, se cambió y regresó a la cocina decidido a ser más valiente. La señora Potts ya le había preparado la merienda y lo estaba esperando, cosiendo.

—Tu hermano no llegará hasta más tarde —le dijo la mujer al ver que él miraba la puerta—. Tenía clase de alemán. Y tu hermana está en clase de ballet. —Dejó lo que estaba haciendo encima de la mesa—. ¿Qué ha pasado, Anthony?

—Nada —insistió él. Y dio un mordisco a la manzana que tenía delante.

Miriam lo dejó terminar de merendar tranquilamente, y lo único que hizo fue apartarle un mechón de pelo que le cubría la frente. Sin decir nada más, cosió el bolsillo y guardó el costurero. Abrió la mochila del niño y empezó a poner orden en sus cosas.

—¡Vaya! Veo que estáis leyendo *El león, la bruja y el armario* —comentó al sacar un ejemplar de la novela adaptada para niños de ocho años—. ¿Quieres que te lo lea un rato?

A Anthony se le iluminó el semblante y asintió.

—Está bien. Ve a bañarte primero —sugirió la señora Potts—. Y luego, si quieres, te lo leo entero.

El brusco aterrizaje del avión en la pista de Heathrow despertó a Anthony. Se quitó los auriculares y trató de sacudirse de encima los recuerdos que habían despertado con aquel sueño. La voz de la azafata sonó por los altavoces, recordando a todos los pasajeros la temperatura y hora locales y las normas del aeropuerto. Anthony no les hizo demasiado caso, la verdad era que dudaba que alguien lo hiciera, y se limitó a esperar a que el avión se detuviera del todo para poder bajar. No estaba impaciente por ver a su padre, ni a nadie de su familia, pero sí quería resolver todo aquello cuanto antes. Su padre debía de estar realmente enfermo si se había rebajado a llamarlo después de tanto tiempo.

Se instaló en el hotel, pero no perdió ni un minuto en la habitación y se dirigió resuelto hacia el hospital. No se dio tiempo para pensarlo, pues una parte de él estaba convencida de que si dudaba, aunque fuera un instante, se iría de allí. Anthony sabía que su padre le había dicho en serio lo de los abogados, pero también sabía que él encontraría la manera de eludirlos; la cuestión era si estaba dispuesto a enfrentarse a ello.

«Ya no eres un niño —se dijo a sí mismo al cruzar la calle—. Y tampoco eres aquel chico de dieciocho años que se fue de aquella gélida casa. Eres arquitecto. Tienes una buena vida, amigos, personas que están a tu lado pase lo que pase. Y eres perfectamente capaz de enfrentarte a Harrison y Lillian Phellps.»

Vio aparecer el hospital y adoptó la expresión que solía utilizar cuando tenía que hacer alguna presentación o presenciar alguna conferencia llena de diapositivas. Subió directamente a la planta que le había dicho su padre y preguntó en recepción.

—Buenas tardes. Me llamo Anthony Phellps —le dijo a la enfermera.

—Hola, señor Phellps. Su padre y su madre lo están esperando en la consulta del doctor Ross. Si es tan amable de acompañarme...

—Por supuesto.

Siguió a la mujer hasta la citada consulta y por el camino pasó por distintas puertas, en las que dedujo que estaban las habitaciones y también los laboratorios y quirófanos. Según había podido averiguar el viernes por la noche, aquel hospital tenía una planta entera dedicada a oncología. La enfermera se detuvo y dio unos golpecitos en la puerta que le quedó enfrente, aunque abrió sin esperar respuesta.

—Doctor Ross, el señor Phellps ya está aquí —anunció antes de retirarse.

Anthony tuvo apenas unos segundos para observar a su padre y a su madre antes de que estos se volvieran para hacer lo mismo con él. A los dos se les notaban los años, pero no tanto como era de esperar.

«Seguro que han hecho un pacto con el diablo», pensó él.

—Señor Phellps —el doctor se levantó y salió de detrás de su mesa para ir a saludarlo—, bienvenido. Le estábamos esperando.

—Gracias. Y llámeme Anthony, por favor. —Anthony estrechó la mano que le ofrecía el médico. Debía de tener unos cincuenta años y exudaba profesionalidad y frialdad a partes iguales.

El doctor Ross le señaló la única silla que quedaba vacía en la consulta y él regresó a la suya. Anthony se sentó y solo entonces saludó a sus padres.

—Harrison, Lillian —les dijo, sin hacer siquiera el ademán de darles un beso, aunque fuera por educación.

—Anthony —su madre fue la primera en hablar—, deberías haber venido antes. Tus hermanos no se han separado de su padre en semanas.

Él enarcó una ceja y se dijo que no caería en la trampa.

—¿Has traído los informes médicos que te pedí? —preguntó su padre, directo al grano.

—Sí, aquí los tiene, doctor. La empresa en la que trabajo nos sometió a una revisión justo antes de que empezara en el nuevo proyecto, y le he traído los resultados de los análisis.

—Gracias, Anthony —dijo el médico abriéndolos por la primera hoja—. Nos serán útiles, pero debido a la enfermedad de tu padre, me temo que tendremos que hacerte una serie de pruebas específicas.

—Antes, si no le importa, me gustaría hablar con usted, doctor. A solas —especificó.

—Por supuesto.

El doctor Ross miró a Harrison y a Lillian Phellps, y Anthony supo que trataba de transmitirles con la mirada que de ningún modo podían quedarse allí mientras mantenía una conversación privada con un paciente. Y eso era lo que iba a ser él, si accedía a quedarse, por supuesto.

—Iremos a la cafetería —dijo Harrison—. Regresaremos en media hora —añadió, al alcanzar la puerta.

Lillian se limitó a seguir a su esposo.

Anthony no dijo nada más hasta escuchar el sonido de la puerta al cerrarse.

—Supongo que tendrás muchas preguntas, Anthony —ofreció el doctor.

—No tantas. Por desgracia, Harrison no es el primer caso de leucemia que conozco —le explicó, y era cierto. La hermana de la señora Potts había superado una, diez años atrás—. Quisiera saber si de verdad ha descartado a mis dos hermanos como posibles donantes y si el trasplante es la única alternativa posible.

Si al médico le escandalizó la franqueza de Anthony, o el hecho de que llamara a su padre por su nombre, no se reflejó en su rostro.

—El señor Phellps acudió a mi consulta después de que en un control rutinario detectaran algo extraño. Tras realizarle una serie de pruebas, vimos que sufría de un caso extraño de leucemia y que esta estaba en una fase bastante avanzada. —Abrió una carpeta y repasó unos datos—. Esa misma semana, les realizamos las pruebas de compatibilidad al señor Jeffrey Phellps y a la señorita Sabina Phellps. Ninguno de los dos resultó ser compatible.

—¿Y los bancos de médula?

—Me temo que tu padre, debido a su edad y a otros factores, no es un paciente prioritario.

—¿Otros factores?

—Sí. Los bancos de médula responden a las peticiones que realizan los hospitales por orden de prioridad.

«¡Vaya! Al parecer sí hay algo que el dinero no puede comprar», pensó Anthony.

—Le sugerí un par de tratamientos alternativos, pero me temo que ninguno nos ha dado los resultados que esperábamos y, en cambio, han alterado mucho la salud y el estado anímico del paciente. Hace unos días, la señora Phellps te mencionó a ti, y les dije que antes de proceder con otro tratamiento sería preferible descartar la posibilidad de que tu médula fuera compatible con la de tu padre.

—¿Pueden realizarme todas las pruebas este fin de semana?

—Todas no, pero sí muchas. Aunque los resultados tardarán unos días.

—¿Qué pasará si mi médula es compatible con la de Harrison?

—Si ese fuera el caso, tendríamos que prepararos a ambos para la operación. La intervención se realiza simultáneamente y para ti conllevaría ciertos riesgos, siendo el de parálisis el principal. Puedo asegurarte que mi equipo es el mejor de Reino Unido —de eso Anthony sí que no tenía ninguna duda, pues su padre siempre contrataba lo mejor—, pero la medicina, a pesar de lo que digan muchos libros, no es una ciencia exacta. Además, se trata de una operación con anestesia total y requiere unos días de recuperación.

—Y a Harrison, ¿qué le pasaría?

—Una vez recibida la nueva médula, tendríamos que esperar a ver si el cuerpo del señor Phellps se adapta al cambio. Si su evolución es favorable, tendría que someterse a unas revisiones periódicas y tomar de nuevo una serie de medicamentos, pero por lo demás, podría llevar una vida normal.

—¿Y si mi médula no es compatible?

—Entonces, me temo que al señor Phellps no le quedarán demasiadas opciones. Podríamos asegurarnos de que no sufriera dolores, e incluso volver a intentar detener la enfermedad con nueva medicación, pero nada más.

—¿Siguen buscando otro donante?

—Por supuesto. Hemos cursado la petición a todos los bancos de médula, pero, tal como te he dicho, es difícil que consigamos una donación a tiempo.

—Pero podría pasar.

—Podría pasar.

—De acuerdo, doctor Ross —dijo Anthony tras respirar hondo—. Hágame las pruebas.

—Ven mañana a primera hora. —El médico se levantó y abrió el armario que tenía a su espalda—. Ten —le dio unas hojas—, aquí encontrarás una explicación más detallada de todo el procedimiento.

—Gracias.

—La punción no te la haré mañana; esperaremos a tener antes los otros resultados. Tengo entendido que actualmente no vives en Inglaterra.

—No, vivo en Barcelona —respondió Anthony, que también se había levantado.

—¿Y has venido solo? No me malinterpretes; solo lo pregunto porque algunas de estas pruebas pueden resultar algo molestas.

—No se preocupe, doctor. Estoy acostumbrado a valerme por mí mismo —le contestó, y en ese preciso instante su padre y su madre abrieron la puerta de la consulta—. Estaré aquí a las ocho.

Salió sin despedirse, pero tuvo la sensación de que tres pares de ojos lo seguían hasta el ascensor. Regresó al hotel y tan pronto como entró en su habitación, se desabrochó los dos botones del cuello de la camisa y se bebió un refresco. Habría tomado algo más fuerte, pero no estaba seguro de poder hacerlo a pocas horas de que un montón de médicos lo examinaran de arriba abajo. Algo más tranquilo, sacó el móvil del bolsillo y llamó a la señora Potts.

—¿Diga?

—Miriam, soy yo, Anthony.

—Ya sé que eres tú, Anthony —dijo la mujer más vital de toda Inglaterra. Desde siempre, Miriam Potts derrochaba energía por los poros, y era capaz de ganar a cualquiera a los dardos.

—Estoy en Londres —anunció él.

—¿Ah, sí? Pensaba que no ibas a venir de visita hasta dentro de unos meses.

—Ha surgido un imprevisto.

—¿Qué pasa, Anthony? —preguntó la mujer, a la que le habían bastado esas dos frases para saber que algo iba mal—. ¿Vendrás a verme mañana?

—Mañana no puedo —dijo él, ignorando la otra pregunta—, pero ¿te va bien que vaya a verte el lunes? Mi vuelo no sale hasta el martes. —O así sería una vez lo cambiara.

—Ya sabes que puedes venir a verme cuando quieras, Anthony. —Respiró hondo—. Y no creas que voy a dejar que te salgas con la tuya. Tienes que contarme lo que está pasando.

—Y lo haré. El lunes.

—Está bien. Ya sabes que nunca he podido negarte nada —rio su antigua niñera—. Y bueno, ¿esta vez también has venido solo o por fin has dejado de pensar todas aquellas tonterías?

—He venido solo. —Pero por un segundo deseó no haberlo hecho.

—Tan terco como siempre —dijo ella con cariño.

—Ya, no sé de quién lo aprendí —respondió él con el mismo afecto—. Iré el lunes.

Se despidieron y Anthony consiguió desprenderse de la hiel que se le había metido en las venas al ver a sus padres.

«Bueno —pensó—, al menos no has coincidido con Súper Frey y Sabina la Perfecta.»

5

LA GUERRA DE LAS GALAXIAS

Dormir en hoteles nunca había supuesto un problema para Anthony, estaba acostumbrado a viajar y lo cierto era que descansaba en cualquier parte. Quizá fue culpa de lo mucho que tenía que esforzarse para no pensar en Helena, y por no soñar con ella, o porque estaba en Londres como si fuera un turista, escondiéndose de sus amigos y alojado en un hotel sin personalidad en vez de estar en su casa. O quizá se debiera a que había visto a su padre. Fuera cual fuese el motivo, esa noche el descanso de Anthony estuvo plagado de imágenes de su infancia. No eran pesadillas porque en ellas no aparecían monstruos ni universos mágicos ni nada de eso; eran situaciones que él había vivido y que por mucho que creyera que había arrancado de su mente y de su vida seguían ahí, dispuestas a reaparecer cuando menos lo necesitaba.

—Eres tonto —lo insultó Frey montado en su moto—. Mírate, a tu edad y todavía con esos cuentos.

—Déjame en paz, Frey —respondió Anthony sin apartar la vista de lo que estaba leyendo—. No te he hecho nada.

—¡Ja! ¡Como si pudieras! —Su hermano mayor bajó el caballete y cruzó andando el camino de grava que había frente al portal de su casa. Anthony llevaba horas sentado intentando leer tranquilamente en los escalones. Su padre estaba en casa y sabía que se ponía nervioso si lo oía leer en voz alta—. No sé por qué papá y mamá no te han cambiado de colegio. Por suerte, a mí solo me quedan unos años para que todo el mundo deje de compadecerme por tener un hermano como tú.

Anthony sujetó el libro con tanta fuerza que temió por la integridad de las páginas. Se concentró en la que tenía delante y trató de recordar lo que le decía la señora Potts. Casi estaba a punto de conseguirlo cuando se abrió la puerta de la entrada.

—¿Se puede saber qué estás haciendo aquí? —preguntó su padre, furioso—. Pasa adentro. Tengo una reunión muy importante con unos socios y solo faltaría que te vieran en el portal comportándote como un bobo. ¡Como si no me avergonzaras ya lo suficiente! —Harrison Phellps no había dejado de fulminarlo con la mirada, pero cuando levantó la cabeza y vio a su hijo mayor, cambió completamente de actitud—. Hola, Frey. No sabía que habías llegado.

Anthony, de apenas doce años, comprendió esa mañana que, hiciera lo que hiciese, su padre nunca le vería igual que a su hermano mayor.

Anthony estaba tumbado en una camilla y ya había perdido la cuenta de todas las pruebas que le habían hecho y de todos los formularios que había tenido que rellenar. Pero lo peor de todo era que cuanto más tiempo pasaba allí, más eran los recuerdos de su infancia que le venían a la mente, por no mencionar el sueño con el que se había despertado de madrugada y que le había obligado a salir de la cama y del hotel un par de horas antes de lo necesario. Al menos había aprovechado para pasear un poco por uno de los barrios de la ciudad que más le gustaban.

Una enfermera salió de detrás de la cortina y le dijo que ya podía vestirse. Él no esperó a que se lo dijeran dos veces y en menos de cinco minutos se plantó en el pasillo del hospital. Quería salir de allí cuanto antes. Eran las seis de la tarde de un domingo y, como había decidido no llamar a sus amigos, no tenía ningún plan, pero después de las emociones de aquellos días, le iría bien acostarse pronto. Le dio al botón del ascensor y esperó, y entonces oyó que alguien lo llamaba:

—¿Anthony? ¿Eres tú?

Él se volvió despacio, y vio que una réplica de su madre se le acercaba.

—Sabina —la saludó.

Su hermana se detuvo delante de él y Anthony creyó que iba a abrazarlo, pero al final Sabina optó por no hacerlo.

—¡Caray! Hacía años que no te veía, desde... —Se sonrojó incómoda.

—Desde que me fui de casa —terminó él la frase.

—Has cambiado mucho —dijo ella.

—Tú no.

—Ya, y no sabes lo que me ha costado. —Le sonrió, y Anthony no supo muy bien qué hacer con aquella sonrisa.

Su hermana no había sido tan cruel como Frey o su padre, pero tampoco lo había apoyado nunca. Y no había tratado de ponerse en contacto con él.

—¿Qué es de tu vida? Creía que estabas viviendo en España.

—Así es —afirmó, y tuvo que reconocer que lo sorprendió que lo supiera. Él no sabía nada acerca de ella—. ¿Y tú? ¿Estás casada?

—Divorciada —contestó—, pero ahora estoy comprometida con un agente de bolsa.

—¡Vaya! Lamento que no saliera bien la primera vez.

—No te preocupes. Yo no lo lamento. Era joven y estúpida —añadió—. ¿Y tú? ¿Estás casado?

—No, qué va.

Sonó la campanilla que anunciaba la llegada del ascensor.

—Me tengo que ir —dijo Anthony—. Supongo que ya nos veremos.

—Claro. Yo he venido a recoger unos resultados.

—¿Estás enferma? —le preguntó él, frenando el cierre de las puertas del ascensor con una mano.

—No, pero después de lo de papá quería asegurarme. —Le volvió a sonreír—. Gracias por preguntar.

Anthony se metió dentro y se despidió antes de poder cuestionarse por qué, durante un breve instante, se había preocupado por su hermana.

Aquella noche, cuando intentó dormir, volvió a recibir la visita de malos recuerdos: Anthony volvía a estar en el jardín de la increíble casa que los Phellps poseían en las afueras de Londres. Frey estaba en la piscina, su padre seguía dentro, hablando por teléfono, y su madre debía de estar en el gimnasio, practicando la última técnica oriental de moda. La señora Potts le había regalado unos auriculares y él estaba escuchando un libro mientras dibujaba. Sabina apareció a su espalda y le arrancó el cuaderno.

—¡Devuélveme eso! —le exigió Anthony, quitándose los cascos.

—Déjame verlo —insistió ella, apartándolo. Pasó unos dibujos y, por el modo en que los miró, él supo que le gustaban—. Dibujas muy bien.

—Devuélvemelo —repitió Anthony, temiendo que su hermana viera lo que había detrás de los dibujos.

Sabina pasó varias páginas y de repente se detuvo. Los dos se quedaron en silencio largo rato, pero al final ella le pasó el cuaderno y se dio media vuelta.

—A mí tampoco se me da bien estudiar —le dijo a media voz—, pero no importa. Como dice mamá, no tengo de qué preocuparme.

Anthony no dijo nada, pero se quedó mirando a su hermana con cierta lástima. Sabina no estaba tan vacía como todos creían, aunque al parecer ni siquiera a ella parecía importarle que solo la consideraran una cara bonita. Puso de nuevo el audiolibro y abrió el cuaderno. Tenía que practicar. Y lo hizo, vaya si lo hizo. Todavía en ese instante, tantos años después, Anthony podía recordar de memoria las palabras que había copiado una vez tras otra.

Tal como había temido, el insomnio y el cansancio acabó haciendo mella en él y el lunes Anthony se despertó tarde, así que se duchó en cuestión de minutos y pidió que le subieran un desayuno ligero a la habitación. Se vistió al mismo tiempo que devoraba unas tostadas, procurando no mancharse, y, antes de salir para visitar a la señora Potts, llamó al trabajo. Juan le dijo que hiciera el favor de no preocuparse y le prometió que no se derrumbaría ningún edificio porque se ausentara un par de días. A Anthony lo alegró ver que, efectivamente, su amigo iba recuperando el buen humor y se despidió de él diciéndole que lo vería el miércoles. Con eso resuelto, abandonó el hotel y se dirigió al piso donde vivía su antigua niñera.

Los padres de Anthony habían contratado a Miriam Potts años atrás para que cuidara de sus hijos. El primero en llegar fue Frey; la segunda, Sabina, y el último, Anthony. Hasta el nacimiento de este, el trabajo de Miriam consistía en ocuparse de los pequeños; bañarlos, darles de comer, asegurarse de que tenían la ropa lista y la habitación en perfecto estado y cosas por el estilo. A Miriam le gustaba su trabajo; estaba bien pagado y los señores eran muy educados y respetuosos, a la vez que distantes. Los niños no estaban mal, pero nunca estableció con ellos ningún vínculo afectivo más allá del cariño que se puede sentir hacia una persona a la que se ve a diario.

Pero todo cambió con la llegada de Anthony. Al principio dicho cambio fue imperceptible; lo único evidente era que físicamente el pequeño no se parecía a ninguno de los dos progenitores en concreto. A diferencia de Frey, que era clavado a su padre, y de Sabina, que era idéntica a su madre, Anthony era una mezcla de ambos. No cabía duda de que era hijo del matrimonio, pero era distinto, a falta de mejor palabra.

Desde pequeño, Anthony había sido mucho más cariñoso que los otros dos. Y Miriam solía contarle que, incluso de bebé, la abrazaba de un modo diferente, como si de verdad la necesitara. Lillian Phellps, la madre de los vástagos, nunca había tenido demasiado instinto maternal y la dependencia del pequeño parecía molestarla, así que Miriam se ocupó de que Anthony no notara nada y le dio todos los abrazos que el niño parecía necesitar. Al hacerse mayor, las diferencias entre él y sus dos hermanos se fueron evidenciando, y al llegar a la edad de ir al colegio ya no pudieron negarse. A diferencia de sus hermanos mayores, a Anthony le resultaba muy difícil estudiar y, también a diferencia de ellos, a él sí le importaba.

Miriam estaba esperando a Anthony y recordando la primera vez que llegó a casa llorando. El niño estaba furioso porque en clase se habían burlado de él, pero al mismo tiempo estaba decidido a aprender y a demostrarles a todos que se equivocaban. Él no era tonto, sencillamente, todavía no le había pillado el truco a eso de leer. Pero aprendería y los dejaría a todos en ridículo. Por desgracia, pensó Miriam, la dificultad de Anthony resultó ser más grave de lo que el niño había creído; por muchas horas que el pobre se pasara delante del cuaderno, su mente parecía incapaz de descifrar las palabras. O eso creyó Miriam al principio. Empezó a ayudarlo con los deberes y primero creyó que el niño no veía bien. Una mañana, mientras los tres hermanos estaban en el colegio, se lo comentó a la señora Phellps, y esta pidió hora con un oculista de Londres. Una semana más tarde, el especialista diagnosticó con acierto que Anthony veía perfectamente bien, que no tenía ningún problema en la vista. Lillian Phellps, satisfecha con el resultado, volvió a despreocuparse del niño.

Meses más tarde, los señores Phellps recibieron una carta del carísimo colegio al que asistían sus hijos, citándolos para una entrevista a propósito de Anthony. A los dos les iba mal el día; él tenía una reunión importantísima y ella tenía cita con el masajista, pero cambiaron sus planes y fueron al colegio. No es que estuvieran preocupados por Anthony, pero sabían que quedarían mal con el director si no asistían.

El director de la escuela les explicó que el niño no seguía el ritmo de la clase, que mientras la mayoría de los alumnos ya habían aprendido a leer, él parecía incapaz de hacerlo y que, por tanto, se veían obligados a expulsarlo. El señor Phellps le prohibió hacer tal cosa, recordándole la generosa donación que había realizado en Navidad, y la señora Phellps le exigió que no le contara a nadie lo que habían hablado.

El matrimonio Phellps abandonó el colegio preocupado únicamente por si lo de Anthony podía empañar el nombre de la familia; tener un hijo tonto no vestía demasiado. Y, además, el niño ni siquiera destacaba en ningún deporte. Esa tarde, cuando Anthony llegó a casa, su padre lo estaba esperando en el despacho.

—Hola, papá —saludó contento, pues había tenido un buen día.

—Siéntate, Anthony. —Le señaló la silla que había delante del escritorio y, cuando él obedeció, ofreció una imagen ridícula: un niño de ocho años sentado en aquella enorme silla—. Hoy he hablado con el director de tu escuela.

—¿Ah, sí? Yo no he hecho nada —se defendió, sin saber exactamente de qué.

—El señor Nolan nos ha dicho que no sigues el ritmo de tus compañeros. Y eso es inaceptable, Anthony.

—Papá, es que yo...

—Nada de excusas, Anthony. A partir de ahora, te pasarás las tardes estudiando.

—Papá, pero si yo...

—No quiero oír nada más. Puedes irte.

—Papá —volvió a intentarlo—, es que yo no sé qué me pasa, pero cuando miro un libro es como... —Levantó la vista y vio que su padre estaba revisando unos documentos—. Está bien, lo que tú digas, papá. —Saltó de la silla y salió del despacho sin decir nada más.

Fue a la cocina y allí encontró a su niñera, que, sin decirle nada, lo abrazó.

—Tranquilo, Anthony —le susurró la señora Potts al oído—. Todo saldrá bien. Creo que se me ha ocurrido una idea para ayudarte.

A partir de esa tarde, Miriam Potts no cejó en su empeño de ayudar a Anthony y no permitió que el niño creyera que era tonto. Pero lo que nunca pudo evitar fue que su padre lo despreciara y que su madre se avergonzara de él.

Oyó el timbre de la puerta y fue a ver quién era. Abrió con una sonrisa.

—Cada vez que te veo estás más guapa, Miriam —dijo Anthony al abrazarla.

—Y a ti cada vez se te da mejor mentir —contestó ella devolviéndole el abrazo, con beso en la mejilla incluido—. Vamos, pasa, no te quedes aquí fuera.

Entró en el piso que visitaba siempre que podía y acompañó a Miriam hasta el saloncito. Esperó a que ella se sentara en el sofá para hacer luego lo mismo.

—¿Qué haces por aquí? No te esperaba hasta dentro de unas semanas.

Anthony la miró a los ojos y empezó a contárselo todo:

—Mi padre está enfermo. Leucemia.

—¡Vaya! Lo siento —dijo ella, dándole la mano.

—Yo no, y supongo que eso me convierte en una persona horrible.

—No. Eso te convierte en humano, Anthony. ¿Cómo te has enterado de que está enfermo? No creo que él te haya llamado.

—Pues sí, me llamó él. Pero no porque quisiera hacer las paces conmigo, o algo por el estilo, qué va. Harrison Phellps nunca se arrepiente de nada. —Respiró hondo—. Me llamó para pedirme, para exigirme más bien, que viniera a hacerme las pruebas para ver si mi médula era compatible con la suya. Al parecer, necesita un trasplante urgente y ni Frey ni Sabina lo son. Puedes sonreír, Miriam. Dios sabe que yo también he pensado que la situación es de lo más irónica.

—¿Qué vas a hacer? —le preguntó seria su antigua niñera.

—No lo sé. —Se puso en pie—. Por ahora solo he accedido a hacerme las pruebas. Ayer me hicieron unas cuantas y, dependiendo de los resultados, me harían las siguientes dentro de unas semanas.

—¿Y qué pasará si tu médula es compatible con la de tu padre?

—No lo sé. Él siempre se ha avergonzado de que sea hijo suyo; supongo que ahora la genética podría demostrarle que tiene razón y que no somos familia.

—Sabes perfectamente que eres hijo suyo. Tu padre y tu madre serán muchas cosas, y no digo que se hayan sido fieles siempre, pero te aseguro que Lillian no es tan estúpida como para intentar endosarle a Harrison un bastardo.

—Lo sé, pero ojalá no lo fuera. Quizá entonces todo me habría resultado más fácil.

—Quizá. Pero, por lo que me cuentas, lo único que puedes hacer ahora es esperar.

—Sí. Bueno, y tú, ¿qué has estado tramando últimamente? Seguro que tienes un par de novios escondidos por ahí. Cuéntame.

—No digas tonterías, Anthony. Pero ya que has sacado tú el tema, dime qué es de tu vida amorosa. ¿Hay alguna princesa Leia para mi Han Solo?

Él se sonrojó, pero no pudo evitar sonreír.

—Sabía que había sido un error contarte que estaba enamorado de Leia Organa. Solo tenía diez años, Miriam.

—Ya, pero seguro que a veces sigues creyendo que eres un Jedi.

—Tal vez.

Contento por primera vez en las últimas cuarenta y ocho horas, Anthony le contó a su niñera lo que había sucedido con Helena. La señora Potts no lo riñó, pero le dijo que quizá debería pensar en darle una oportunidad a alguien. A veces, le dijo la mujer, hay gente que se la merece.

6

DIEZ RAZONES PARA ODIARTE

Hacía tres meses de la desastrosa cita con Anthony y Helena ya la había olvidado. ¡Ja! Escuchó una risa maléfica en su cabeza. Bueno, vale, a él no le había olvidado, pero al menos ahora estaba enfadada con él por haber recurrido a la diferencia de edad entre ellos como excusa y por haberse comportado como un cretino esa última noche.

Con ella misma ya no estaba enfadada; se había arriesgado a abrirse con alguien y le había salido mal. Mala suerte. Ya se había perdonado. Estaba claro que él solo había pasado el rato con ella y que, a juzgar por todos los viajecitos de fin de semana que él hacía últimamente, había encontrado otra manera más interesante de distraerse. Muy a su pesar, una parte de Helena seguía creyendo que esos viajes y el comportamiento de Anthony en su última cita no encajaban con el Anthony que ella había conocido, pero tenía que estar equivocada. La realidad era que él había desaparecido de su vida y que ni siquiera se había molestado en mandarle un mensaje para preguntar cómo estaba. El lado positivo era que, con cada día que pasaba sin saber de él, más fácil le resultaba convencerse de que Anthony era en realidad como aparentaba y no como ella había creído. Mejor así. Esas citas para ir al cine y esos paseos durante los cuales habían hablado hasta la tantas, habían empezado a robarle demasiado tiempo y atención, y si no quería echar el curso entero por la borda necesitaba centrarse. Además, su hermano mayor, Guillermo, había regresado de Nueva York con el corazón destrozado. Una tal Emma se había encargado de pisoteárselo por La Gran Manzana y ahora estaba empeñado en abrir un nuevo despacho por su cuenta. Y Helena quería ayudarlo. Guillermo siempre había estado a su lado y no le gustaba verlo tan alicaído, así que, siempre que podía, se pasaba por las oficinas que había alquilado para tratar de animarlo.

Justo ahora se dirigía hacia allí. Guillermo le había pedido que fuera esa tarde; iba a pasar el electricista para preparar la instalación y a esa misma hora él tenía una reunión con una posible cliente. Le había resultado imposible cambiar ninguna de las dos citas y por eso había accedido a que se ocupase Helena. Por la mañana le había visto un segundo, cuando él había pasado por su apartamento para dejarle las llaves de la recién alquilada oficina y para repetirle otra vez las instrucciones que ya le había dado por teléfono.

Helena se detuvo en una pastelería que había a pocos metros del edificio donde se encontraba la oficina de Guillermo y pidió dos cruasanes y un café descafeinado con leche para llevar. No sabía cuánto rato iba a estar ahí y bien podía aprovechar para estudiar. Llevaba veinte minutos instalada en la única mesa que de momento había en la oficina cuando sonó el timbre de la oficina, no el de la calle, y convencida de que sería el electricista, al que algún vecino habría abierto la puerta principal, abrió sin mirar por la mirilla.

—Anthony.

Él no reaccionó, sus ojos parecían incapaces de detenerse en una parte de ella, la recorrían de arriba abajo como si estuviera buscando diferencias entre la Helena que había visto hacía meses y la que ahora tenía delante de él.

—Guillermo no está —siguió ella al ver que él no decía nada.

—¿Qué? —Por fin parpadeó.

—Que Guillermo no está —empezó a mover despacio la puerta con intención de cerrarla.

Anthony levantó una mano y la detuvo.

—¿Qué estás haciendo aquí?

Se mordió la lengua para no decirle que no era de su incumbencia; no quería darle la satisfacción de que la viera enfadada o alterada como esa última noche. De hecho, pensó Helena, la aparición de Anthony le daba la oportunidad de recuperar su orgullo, de demostrarle que él también era solo un amigo para ella. Ni siquiera eso; era como mucho un conocido, el amigo de su hermano mayor.

Relajó la postura y le contestó:

—Esperando al electricista. Mi hermano está en una reunión y me pidió si podía hacerle el favor de estar aquí. Los buenos electricistas son difíciles de conseguir y al parecer solo hay uno que conozca al dedillo la instalación de este edificio.

Anthony sonrió, de hecho, tenía un día de mierda, una semana de mierda, y ahora mismo con Helena delante de él hablándole de lo importante que era recibir la visita de ese electricista se había olvidado de todos sus problemas. Solo Helena le producía ese efecto. ¡Joder! ¡Qué capullo había sido con ella!

—¿Puedo pasar? —Vio que ella sopesaba distintas opciones. A pesar de que había relajado los hombros y le había contestado con amabilidad, saltaba a la vista que Helena no se alegraba de verlo—. He quedado con tu hermano dentro de una hora, mira. —Buscó el teléfono para enseñarle el mensaje.

—No es necesario que me lo demuestres —aceptó—. Mi hermano está algo despistado últimamente, se habrá olvidado. No sufras, le diré que has pasado por aquí.

—Es que me interesa mucho hablar con él —improvisó Anthony—, y como estos días los dos vamos de cabeza no quiero dejar escapar esta oportunidad. Seguro que él tiene que pasar por aquí después de esa reunión que me has dicho, ¿no?

—Supongo.

—No tiene sentido que me vaya y vuelva dentro de una hora.

Helena quería preguntarle qué era eso tan importante que tenía que hablar con Guillermo, pero prefirió mostrar indiferencia y apartarse de la puerta.

—Está bien, pasa. Hay un par de sillas en el despacho de Guillermo, puedes esperarle ahí.

—Gracias. —Anthony entró y esperó a que ella cerrara—. ¿Qué estabas haciendo? —Señaló la mesa que había en la entrada.

—Iba a estudiar un poco.

Se dirigió hacia la mesa sin esperar a ver qué hacía él. Anthony tragó saliva y se recordó que era culpa suya que Helena lo tratase con tanta frialdad, pero llevaba meses echándola de menos, preguntándose si había cometido el peor error de su vida esa noche rechazándola de esa manera tan absurda y cruel. Tal vez habría podido contarle la verdad, o al menos una parte, y tal vez podría haberle explicado qué le pasaba, por qué estaba tan asustado y perdido últimamente. Iba a abrir la boca para decir algo, lo que fuera, cuando vio que ella se ponía unos auriculares.

Mensaje recibido. No le quería ver ni oír.

Él tendría que estar acostumbrado al rechazo, Dios sabía que había sido la tónica de su vida, pero el de Helena le arañó por dentro y lo impulsó a reaccionar por instinto. Algo que Anthony solía evitar a toda costa. Caminó hasta la mesa y la observó. Sus ojos se toparon con un cruasán y, sin pedirle permiso a Helena, se apropió de él y le dio un enorme mordisco.

—¡Eh! Eso es mío —lo riñó.

—¿No te enseñaron que es de mala educación no compartir las cosas?

Ella se levantó y se quitó los auriculares, y Anthony se mordió el labio inferior para no sonreír.

—¿Y a ti no te enseñaron que es de mala educación no pedir permiso?

Anthony se terminó el cruasán sin apartar la mirada de Helena y vio dos cosas: que ella se ponía furiosa y que no podía apartar la mirada de sus labios y de su garganta mientras tragaba. Lo primero le hizo sonreír y lo segundo consiguió que se odiase a sí mismo porque estaba claro que esa chica lo excitaba con solo mirarlo y él se había comportado como un idiota echándola de su vida.

—Mira, ojalá te atragantes.

El deseo de Helena casi se hizo realidad porque a Anthony realmente le costaba masticar en el estado en el que se encontraba. ¿Por qué tenía que mirarlo de esa manera? ¿Por qué tenía que ser ella la única que parecía querer conocerlo de verdad? ¿Por qué tenía que haberla conocido justo ahora cuando su vida era un jodido desastre?

Tragó el cruasán, que se le había hecho bola, y buscó algo que beber con la mirada.

—¡Oh! Ni lo sueñes, el café es mío.

—¿Vas a dejar que me muera de sed?

—Te estaría bien merecido. —Suspiró resignada y se dio media vuelta para buscar algo dentro de su bolso—. Toma, es agua.

Él le rozó adrede los dedos al aceptar el botellín. Tenía que tocarla de alguna manera.

—Gracias.

—De nada. Bueno, ya has conseguido distraerme —dijo ella—. ¿Tanto te habría costado encerrarte en el despacho de Guillermo y esperarlo ahí?

A Anthony no le sorprendió que Helena hubiese adivinado el motivo de su numerito con el cruasán, pues ella siempre veía la verdad dentro de él. Excepto la última noche, porque él se aseguró de hacerle daño donde más le dolía, porque él también veía dentro de ella y sabía qué inseguridades tenía y se había aprovechado de ellas.

—Mucho, me habría costado mucho.

¡Mierda! Tan pronto esas palabras salieron de su boca supo que había cometido un error, porque las defensas de Helena volvieron a levantarse y ella dejó de mirarlo.

—Pues haz un esfuerzo. —Recuperó los auriculares y empezó a ponérselos.

—Te echo de menos —soltó y, ante la mirada incrédula de ella, lo repitió—: Te echo mucho de menos.

A ella se le humedecieron los ojos y la vio cerrar los puños. Habría querido abrazarla, se habría conformado con acariciarle una mano, pero se mantuvo inmóvil donde estaba.

—No me hagas esto, Anthony. No me lo merezco.

—Tienes razón. Lo siento.

La calma de él, la resignación con la que le estaba hablando, lograron que Helena rompiese su promesa de mantenerse impasible.

—No te entiendo, Anthony. Me rechazaste —declaró—, me dijiste que solo pensabas en mí como amiga, y después me aseguraste que, a pesar de ese beso, que ya está olvidado y te juro que por nada del mundo quiero volver a hablar de ello, éramos amigos. ¿No es así?

Él tragó saliva.

—Sí, así es.

—Los amigos no desaparecen el uno de la vida del otro sin más. Los amigos no se pasan meses sin llamarse o sin mandarse un mensaje. —Helena se dispuso a guardar sus cosas en el bolso—. Los amigos no se enteran por terceras personas de los constantes viajes del otro.

—Helena, yo...

—Déjame terminar.

—Claro. Perdona.

—Puedo entender que no te sientas atraído por mí. —Helena se colgó el bolso del hombro y se plantó justo delante de Anthony para mirarle a los ojos—. Culpa mía por no haberme dado cuenta antes. Pero si de verdad hubieras sido mi amigo me habrías llamado o escrito estos últimos meses. Y no me digas que también podría haberlo hecho yo, porque tienes que saber que tenías que hacerlo tú.

—Yo... —Se humedeció los labios y Helena siguió el gesto y eso, o lo que eso le hizo sentir, la puso más furiosa—. Helena, la he cagado. Me he comportado como un imbécil.

—Peor que eso. Me has hecho daño, Anthony.

Él cerró los ojos. Ya lo sabía, pero oírselo decir a ella le golpeó de un modo inesperado.

—Llevo unos meses horribles, son demasiadas cosas. ¿No puedes darme otra oportunidad?

—¿Por qué tendría que dártela? ¿Acaso vas a contarme qué te pasa? ¿Vas a llamarme cada viernes para decirme adónde vas a pasar el fin de semana y con quién? Lo dudo mucho.

Anthony no contestó. No sabía qué decirle. No se veía capaz de ser completamente sincero con ella, pero sabía que si no le daba nada, Helena no volvería a hablarle.

Ella malinterpretó el silencio y volvió a hablar.

—Da igual. No me interesa. Gracias, pero no. No te sientes atraído por mí, vale, pero es que además eres un pésimo amigo, así que no. Me voy.

Se apartó de él y cargada con sus cosas se dirigió a la puerta. Anthony corrió tras ella.

Tenía que hacer algo, lo que fuera, para que al menos Helena volviera a mirarle a los ojos. Tenía miedo de que, si no existía para ella, dejaría de existir para el resto del mundo.

No le gustaba sentirse así, lo odiaba. Esa falta de control le hacía cometer locuras y le demostraba, una vez más, que si se encariñaba de ella correría el riesgo de perderla. Dudaba que fuera capaz de recuperarse de eso. ¿Y qué tontería era eso de «encariñarse»? ¡Vaya cursilería! Lo que Helena le provocaba iba mucho más allá, por eso la había rechazado y por eso se había pasado los últimos meses evitándola.

—Espera. —Colocó una mano en la puerta para que no pudiera abrirla. Ahora además se estaba comportando como un neandertal. No podía retenerla ahí, no podía hacerla cambiar de opinión si él no estaba dispuesto a contarle la verdad.

—Anthony, no seas imbécil y déjame salir. —Ella se dio media vuelta.

Él tenía una mano apoyada en la puerta y levantó la otra para dejarla en la misma altura. Helena estaba ahí, frente a él, mirándolo con ganas de arrancarle la cabeza, pero entre sus brazos. Y él iba a perder la cabeza del todo.

—No es verdad —dijo él.

—¿El qué? ¿Que no eres imbécil? Porque lo eres, visto está.

—No —sacudió la cabeza—. No es verdad que no me sienta atraído por ti —casi gritó.

A Helena le falló la respiración y en el fondo de sus ojos verdes apareció aquel brillo que Anthony tanto había echado de menos. El rubor le subía por la garganta y él lo siguió con la mirada. No le había contado la verdad sobre la enfermedad de su padre ni sobre él, pero en aquel instante no se le ocurría nada más cierto que esa frase.

—Me siento atraído por ti. —Si no la tocaba, si ella no decía algo, el corazón se le detendría—. Yo, Helena...

Sonó el timbre y los dos se sobresaltaron. Ella aprovechó para girarse y abrir la puerta.

—Hola. Yo ya me voy. —Helena saludó al electricista, que estaba en el portal—. Anthony se quedará con usted hasta que llegue Guillermo.

—Claro, no se preocupe. ¿Empiezo por la centralita?

Helena bajó la escalera corriendo, ignorando a Anthony, que la llamaba y le pedía que volviera a hablar con él.

No pensaba hacer tal cosa. Se había recuperado una vez de los juegos de ese chico; dudaba que lo hiciera una segunda.

7
ANTES DE QUE AMANEZCA

Anthony estaba sentado en su *pub* favorito de Londres esperando a que Jack y Amanda cruzasen la puerta para tomarse una cerveza con él. Al principio no se había puesto en contacto con ninguno de sus amigos y no les había contado nada sobre los viajes que hacía a la ciudad para hacerse pruebas y seguir al corriente del estado de salud de su padre, pero después de ver a Helena aquel día en la oficina de Guillermo, había entendido que no podía seguir escondiéndose de todo el mundo, ni en sentido real ni figurado, y les había llamado para ponerlos más o menos al corriente. Después de varios segundos de insultos, lanzados desde el cariño o eso quería creer él, habían quedado que se verían en su próximo viaje a la ciudad. Así que ahí estaba él ahora, un domingo al mediodía, esperando a que dos de sus amigos le cantasen las cuarenta por no haberles dicho nada y le recordasen lo idiota que podía llegar a ser.

Porque sin duda lo era; a pesar de lo que le había dicho aquel día a Helena, no había vuelto a llamarla. Tenía cientos de mensajes pensados en su cabeza, miles, pero nunca llegaba a enviarlos, y cuando estaba en Barcelona se aseguraba de no cruzarse con ella. Todavía no estaba listo y no quería volver a hacerle daño.

Seguro que ella le odiaba o, peor aún, seguro que Helena ya se había olvidado por completo de él.

Mejor así. Helena tenía ocho años menos que él, estaba en la universidad, sus hermanos la adoraban y tenía amigos por todas partes. No le hacía ninguna falta que él la arrastrase a su desastre de vida cuando ni siquiera sabía si era capaz de ofrecerle nada. ¿Sexo? A pesar de que no había pasado nada entre ellos, Anthony no se engañaba y sabía que nunca había deseado a nadie como la deseaba a ella. Ella nunca había estado en su cama y, tan solo soñando con ella, él ya había tenido el mejor sexo de su vida. Si algún día eso llegaba a convertirse en realidad no sería capaz de soltarla, de alejarse de ella, y no podría soportar ver la decepción en los ojos de ella. Si algo sabía Anthony era que prefería no tener nunca a Helena a perderla por culpa de sus defectos.

—¡Eh! —Alguien chasqueó los dedos delante de él—. Aterriza, Anthony.

—Jack, hola. Lo siento. Estaba pensando.

—Ya. ¿Buscando la manera de justificarte? ¡Mira que no llamarnos antes! —Hizo señas a un camarero para pedirle una cerveza—. ¿En qué demonios estabas pensando? Y no me digas que no querías molestar porque te juro que no respondo.

—No quería molestar.

—Idiota.

—Ya. Me lo digo mucho últimamente.

—Mira, voy a dejarlo estar porque tienes un aspecto lamentable, pero dudo que Amanda sea tan buena contigo.

—¿Y dónde está?

—Estará al caer. Desde que tiene novio se le pegan un poco las sábanas. No le digas que te lo he dicho.

—Mis labios están sellados.

Amanda cruzó la puerta y se dirigió hacia ellos, pero no se detuvo hasta darle una colleja a Anthony.

—Esta por no decirme nada. —Le dio otra—. Y esta por irte a un hotel en vez de a tu piso cada vez que has venido por aquí. ¿En qué demonios estabas pensando, Anthony?

—¡Au! Lo siento. —Se frotó la nuca—. Ya sabéis que mi relación con mi padre es complicada.

—¿Complicada? —se burló Amanda pidiendo un Martini—. Complicados son los crucigramas que hago yo en el metro. La relación con tu padre es enfermiza, desastrosa, perversa y un jodido drama.

—Vale, tu definición me gusta más —reconoció Anthony—. Siento no haberos llamado antes, chicos. Gabriel aún no lo sabe —reconoció avergonzado ante la mirada atónita de los dos.

—Tienes que decírselo —le dijo Jack—. ¿Qué diablos cree que has estado haciendo todos estos fines de semana?

—No le doy demasiadas explicaciones.

—Seguro que cree que está con alguna chica en alguna parte —adivinó Amanda—. Tenéis que leer más, chicos, esto es de manual.

—La verdad es que sí; cree justamente eso.

—Pues tienes que contarle la verdad, es tu mejor amigo. Los tres lo somos. No tienes que pasar por nada de esto solo.

A Anthony le costó tragar y bebió un poco de cerveza para disimular. Realmente había sido un idiota al no contárselo antes.

—¿Y cómo está ahora tu padre? ¿Ya saben si necesita tu médula? —preguntó Amanda.

—Está estable. Lo más probable es que sí, que la necesite, pero aún no pueden operar —exhaló—. ¡Joder, chicos! Os he echado de menos. No tengo ni la más remota idea de qué estoy haciendo y no me refiero solo a lo de mi padre.

—¿Ha sucedido algo en el trabajo? —preguntó Jack—. Tenía entendido que todo iba bien en Barcelona.

—El trabajo está bien, me gusta, y la ciudad también.

—¡Oh, no! —Amanda dejó la copa en la mesa y miró a Jack—. ¿De verdad no ves lo que le pasa? —Jack negó con la cabeza—. No sabéis la suerte que tenéis conmigo, chicos.

—Lo sabemos —afirmó Jack—. ¿Puede saberse de qué diablos estás hablando? ¿Qué le pasa a Anthony?

—Una chica.

—¿Una chica? —Jack miró a Anthony detenidamente—. Tienes toda la razón. —Chocó los cinco con Amanda—. Nuestro pequeño Anthony se ha enamorado por primera vez en su vida.

—¿¡Qué!? No, no me he enamorado —se apresuró a decir, porque era imposible.

Él había tomado las medidas necesarias para que precisamente eso no sucediera. Por eso estaba como estaba, porque se había alejado de Helena antes de que pasara nada y ahora estaba hecho un lío, confuso y básicamente se excitaba como un adolescente cada vez que pensaba en ella, lo que sucedía casi cada segundo. Pero no estaba enamorado.

—Colega —Jack le golpeó la espalda con la palma de la mano—, bienvenido al club.

—¿Qué club? Yo no estoy enamorado.

—Pues claro que lo estás —afirmó Amanda—, completa y perdidamente. ¿Quién es ella? Cuenta.

—No pienso contaros nada porque no hay nada que contar.

—Es peor de lo que me temía —dijo Jack—. Está en la fase de negación.

—Menos mal que nos has llamado. —Amanda estaba como gato que se ha comido al canario—. Llevo años esperando este momento. Ya pensaba que no llegaría nunca.

—¿Qué momento? ¿Podéis dejar de comportaros como dos chalados? —se quejó Anthony sin acritud, porque en realidad había echado muchísimo de menos a esos dos payasos y solo con hablar con ellos lo veía todo menos negro—. Se supone que tengo que hablaros de mi padre y de la operación y las dudas que tengo.

—Vamos, los tres sabemos que vas a hacer lo correcto. Eres tú, Anthony —sentenció Jack—. Siempre haces lo correcto. De hecho, con tal de hacer lo correcto serías capaz de dispararte en tu propio pie, por así decirlo.

—Nos has llamado porque necesitas consejos de amor. —Amanda dijo la última palabra cantando—. Por fin es mi momento. Vas a contarnos todo lo que ha pasado y dejarás que te aconsejemos. Tenemos que brindar. Creía que este día no llegaría nunca —repitió.

—Me alegro de que mi desgracia te haga feliz, Amanda querida —dijo sarcástico.

—Muy feliz. Vamos, seguro que las cosas no están tan mal.

Anthony les contó lo que había pasado desde el día que conoció a Helena en ese café hasta la última vez que la vio.

—Retiro lo de antes —decretó Amanda—. Las cosas están muy mal.

—¡Joder, Anthony! Y yo que pensaba que la había cagado con mi ex; lo tuyo es peor. Eres el rey de las cagadas, lo tuyo es insuperable. No solo te has enamorado, sino que la has convencido de que no quieres estar con ella y has hecho todo lo posible por evitarla.

—Y no te olvides de que ella es Helena, la hermana de Ágata. Ese detalle es importante. Si por algún milagro el figura de Anthony consigue que Helena vuelva a dirigirle la palabra y vuelve a hacerle daño, Gabriel irá a por él. Además, desde que Ágata está embarazada él está peor, se comporta como si tuviera que protegerla de cualquier mal a toda costa. Si Anthony le hace daño a la hermana de Ágata...

Jack silbó.

—Es verdad. Estás jodido, colega.

—Muy jodido. Por cierto, no podéis contarle nada de esto a Gabriel. No quiero que me mate antes de tiempo. ¿Prometido?

—Cometes un error, Anthony. Habla con él, seguro que querrá ayudarte —dijo Jack—, pero tú mandas. No le diré nada.

—Yo tampoco —afirmó Amanda—, pero pienso lo mismo que Jack. Habla con Gabriel, los amigos están para estas cosas. No hace falta que te enfrentes a todo tú solo, Anthony.

—Gracias, lo sé. —Y ante el levantamiento de dos pares de cejas, añadió—: Vale, tal vez estos últimos meses no me he comportado como si lo supiera, pero lo sé. No volverá a olvidárseme.

—Más te vale.

Horas más tarde, cuando se subió al avión de regreso a Barcelona, toda su vida seguía siendo igual de complicada y de sus emociones era mejor no hablar, pero había pasado la tarde con dos de sus mejores amigos sin ocultarles nada, sin mentiras de por medio, y seguía vivo. Seguiría el consejo que le había dado Amanda antes de irse: «Confía en Helena y no vayas a verla si no estás dispuesto a ser tú mismo y contarle lo que sientes. Si estás dispuesto a todo eso, ve a verla y confía. Puede salir mal, obviamente, pero también puede salir bien».

Sí, esperaría a estar listo. Helena se merecía que él se acercase a ella con la verdad y dispuesto a dejarla entrar en su vida y en su corazón, más de lo que ya lo estaba.

Helena llegaba tarde al hospital. Se había pasado la mañana estudiando en la biblioteca y con el móvil en silencio, por lo que no se había dado cuenta de que la habían llamado. Escuchó el mensaje que le había dejado su hermano mayor y, al enterarse de que Ágata estaba ya de parto, cerró los libros y se fue de allí pitando. Seguro que todos sus hermanos ya habían llegado. Para empeorar las cosas, al salir de la biblioteca le costó mucho encontrar un taxi y el conductor, en un intento por esquivar un pequeño atasco, se había perdido.

Entró corriendo en el hospital y vio que el ascensor se cerraba. ¡Mierda! Pero, de repente, la mano de la persona que estaba dentro detuvo la puerta para que pudiera entrar.

—Gracias —le dijo al desconocido, pero al levantar la vista vio que no lo era tanto.

—Hola, Helena —la saludó Anthony.

Durante unos segundos ninguno de los dos fue capaz de decir nada más. La puerta se había cerrado detrás de ella y estaban solos en aquel pequeño ascensor. Solos después de dos meses sin verse.

En esos dos meses, Helena había aumentado su pequeño círculo de amigos. No diría que había cambiado completamente de manera de ser, ella seguía siendo ella, se gustaba tal como era. Pero lo que había pasado con Anthony la había hecho pensar y se había dado cuenta de que vivía demasiado encerrada en sí misma y sí, la primera vez que se había arriesgado había salido mal, al menos románticamente hablando, pero tampoco había sido tan grave y al menos había descubierto otra faceta suya que le gustaba: la de la chica que flirtea y sabe reírse. En el tiempo que había pasado sin verlo le había echado de menos, de nada serviría mentirse, pero también había salido a tomar algo con un chico que había conocido en clase y se lo había pasado bien.

—Hola, Anthony —lo saludó al fin—. No sabía que habías vuelto.

En realidad no sabía nada de él. Se esforzaba por no preguntar a sus hermanos. A pesar de que no había hablado del tema con ellos, habían pillado el mensaje y nunca hablaban de Anthony cuando ella estaba presente.

—No me he ido —respondió él—. Sigo viviendo en Barcelona; solo he pasado unos cuantos fines de semana fuera.

—¡Ah, genial! Me alegro por ti.

Helena apretó el botón de la planta donde se encontraban las habitaciones y fijó la vista al frente. No quería comprobar que él había adelgazado ni que sus ojos parecían más tristes que de costumbre. Y tampoco quería darse cuenta de cómo la estaba mirando, como si tuviera que contenerse para no abrazarla, como si necesitase estar cerca de ella. Eso eran solo espejismos, malas pasadas que le jugaba su imaginación cada vez que Anthony aparecía en su vida. Tenía que dejar de hacerlo si no quería ceder a la locura que sería volver a interesarse por él.

Dos meses. Dos meses y en apenas un segundo Helena había vuelto a derribar todas las barreras con las que él protegía su corazón. Era obvio que ella estaba enfadada, había sido educada y como mucho podría acusarla de indiferencia, pero Anthony la conocía y, aunque los dos intentasen negarlo, entre ellos existía una conexión especial; podían ver la verdad del otro, y Helena estaba furiosa y dolida.

No tendría que alegrarse de ello, pero la echaba tanto de menos que se conformaba con saber que de momento no le había olvidado.

—¿Estás nerviosa? ¿Tienes ganas de conocer a tu sobrina? Yo lo estoy —reconoció y al ver que ella lo miraba intrigada, añadió—: Gabriel es el primero de mis amigos en tener hijos.

—Sí, un poco nerviosa estoy. Siempre me han gustado mucho los niños y no puedo creerme que ahora vaya a tener un bebé en casa. Pienso malcriarla; seré su tía favorita.

—Seguro. Es una niña con mucha suerte —dijo él con sinceridad y respirando aliviado al ver que, al menos, podían mantener una conversación amistosa—. ¿Te gustan los niños?

Helena se sonrojó y él fingió no verlo.

—Mucho. ¿A ti no?

—Los de los demás, sí. Yo no voy a tener nunca —afirmó y esperó a ver la reacción de ella, pero cuando llegó fue un leve asentimiento de cabeza.

—¿Tan seguro estás? A veces las cosas cambian.

—Conmigo no. Estoy segurísimo. Nunca tendré hijos.

—No sé cómo puedes estar tan seguro de algo tan importante, pero supongo que es propio de ti. En fin, a cada cual lo suyo.

Anthony quería decirle que tenía razón y que en realidad no era que no quisiera tener hijos, sino que le daba un miedo atroz tenerlos. Quería decirle que tal vez con ella ese miedo sería menor, que tal vez con ella quizá incluso desaparecería, pero no dijo nada porque el ascensor se detuvo de golpe.

—¿Qué ha pasado? —Helena apoyó una mano en la pared para evitar caerse.

—No lo sé.

La luz del interior parpadeó dos veces y se apagó. Anthony oyó que Helena se asustaba.

—No pasa nada. Seguro que será un momento —le dijo sin saber si le estaba mintiendo.

La luz no volvió y el ascensor no se movió. Pasados unos largos segundos se encendió una pequeña luz amarilla en el interior que avisaba del estado de emergencia del aparato. Una voz les habló por el interfono:

—Se ha producido una avería, el equipo de reparación está en camino. Serán solo unos minutos, mantengan la calma.

Era una voz robotizada y dedujeron que no serviría de nada contestar ni hacerle ninguna pregunta.

—¡Mierda, mierda, mierda! —susurró Helena notando que se le aceleraba el corazón. Se pegó a la pared más lejana a la puerta y se deslizó hacia abajo hasta quedar sentada en el suelo. Una vez ahí dobló las rodillas y apoyó la frente en ellas para intentar respirar hondo.

—Helena. —Anthony se olvidó de todo lo que no fuera ella y se colocó a su lado—. Tranquila, estoy aquí contigo. ¿Te dan miedo los espacios cerrados?

Se arrodilló y con cuidado le puso una mano en la nuca para masajearla.

—Un poco. Cuando era pequeña me quedé encerrada en un armario que había en el hueco de una escalera en casa de mis abuelos. Estábamos jugando al escondite y todos se pensaban que me había escondido en otra parte. En la casa de al lado hacían obras y no oyeron mis gritos hasta pasado un rato. No fue culpa de nadie y creo que no llegué a estar ni dos horas. Sé que es una tontería, pero sigo poniéndome nerviosa cuando me quedo encerrada en sitios pequeños y oscuros.

—No tienes que justificarte —le aseguró él sin dejar de acariciarle la nuca y el pelo—. Seguro que lo solucionarán enseguida. Además, este ascensor es muy grande y no estamos completamente a oscuras. Y tampoco estás sola.

Helena bufó.

—Ya, estás tú. De toda la gente con la que podría haberme quedado encerrada en un ascensor ha tenido que ser contigo.

Anthony no se lo tuvo en cuenta porque sabía que estaba asustada, prácticamente podía oír lo rápido que le latía el corazón.

—La verdad es que yo no elegiría a nadie que no fueras tú —le respondió.

—No hace falta que mientas, ya estoy mejor.

—No miento. Eh, mírame. —Le puso unos dedos en el mentón para guiar su rostro hacia el suyo—. No miento.

Helena lo miró y volvió a preguntarse cómo era posible que él la mirase de esa manera y, al mismo tiempo, desapareciera constantemente de su vida.

—Está bien —suspiró—, te creo.

—Gracias.

Helena se apartó y apoyó la cabeza en la pared. Anthony la imitó y se sentó igual que ella. Podría haberse apartado un poco, pero no lo hizo; sus rodillas estaban pegadas a las de ella y sus hombros se rozaban.

—Creo que he oído un ruido. Deben de ser los técnicos —dijo Helena.

—Seguro.

El silencio y los ruidos mecánicos y esporádicos que provenían de algún lugar que Helena no lograba identificar no ayudaban a que se calmase.

—Cuéntame algo —le pidió y él carraspeó y empezó a hablar, pero antes levantó una mano y con cuidado la depositó encima de la que ella tenía en la rodilla más cercana a él. Helena no se cuestionó por qué lo hacía, sencillamente giró la palma hacia arriba y entrelazó los dedos con los de él.

—De acuerdo. Veamos. Hace unos días vi a Jack y a Amanda; creo que te he hablado de ellos antes.

—Tus amigos de Londres, sí. Tengo ganas de conocerlos.

—Y ellos se mueren por conocerte a ti.

—¿A mí? ¿Por qué?

—Porque les he hablado de ti, por supuesto.

Helena no quiso preguntarle por qué les había hablado de ella ni qué les había contado, así que se fijó en otro detalle.

—¿Y qué más hiciste en Londres?

Él soltó el aliento. Ahora no era el momento de contarle la verdad. Podía notar que seguía asustada y no sería justo para ella, y quizá tampoco para él, que tuvieran esa conversación en esas circunstancias.

—Discutir con mi padre —respondió—, y seguir decepcionando a mi familia. Poco más.

Ella sonrió y Anthony pensó que valía la pena burlarse de sí mismo y de su trágica situación familiar si con ello conseguía hacerla sonreír de nuevo.

—Nunca sé si me estás diciendo la verdad o si te pones en plan Hugh Grant.

—¿En plan Hugh Grant? No sé si ofenderme, Helena —rio—. Aunque me siento muy orgulloso de ti, creo que es la primera vez que me insultas citando a un actor.

Ninguno de los dos fue capaz de fingir que no recordaban todas esas tardes de cine, palomitas y paseos que habían pasado juntos.

—Explícate —le pidió él, porque no quería dejar pasar el momento—, ¿qué es eso de «en plan Hugh Grant»?

—Ya sabes, en plan sarcástico y buscando dar pena al mismo tiempo.

—Definitivamente me siento insultado, pero gracias. Al menos es uno de los actores más famosos de Inglaterra.

—De nada.

—Ahora cuéntame tú algo.

Helena notó los dedos de Anthony acariciando los suyos, respiró profundamente y el perfume de él se le coló dentro. Dudaba que tardase menos de un mes en olvidar de nuevo el sonido de su voz o el efecto que le producía en la piel tenerlo cerca. Tenía que hacer algo si quería salir de ese ascensor sin arriesgar de nuevo el corazón.

—He salido con un chico. —Notó el instante exacto en que él se tensó. Fue como cuando se cae un vaso al suelo y ves el segundo en que se rompe en pedazos—. Se llama Eric.

—Eric... Creo que alguna vez me hablaste de él. —Carraspeó—. Estudia contigo en la universidad, ¿verdad?

—En otro curso, pero sí. También estudia ahí.

—Genial. Seguro que tenéis muchas cosas en común.

El ascensor se sacudió y Helena se giró hacia él y lo abrazó.

—Tengo miedo —confesó.

Anthony se olvidó del maldito Eric, ahora sus celos no importaban, ya odiaría a ese desgraciado más tarde, ahora solo importaba Helena.

—No pasará nada. —La rodeó con los brazos y la sentó encima de él—. Escúchame bien: no va a pasar nada, ¿de acuerdo?

—De acuerdo. Pero no me sueltes y no dejes de hablar, por favor.

—Claro, tranquila. —Cerró los ojos y en su mente añadió: «Si pudiera no te soltaría nunca»—. En un cine cerca del trabajo echan *Moulin Rouge*, ¿la has visto?

—Todo el mundo ha visto *Moulin Rouge* —afirmó ella con el rostro pegado en el torso de él.

Anthony sonrió.

—Yo no.

—¿En serio?

—Te lo juro.

—Pues es una pena.

—Lo sé. ¿Me acompañas a verla? —El ascensor se sacudió y ella apretó los brazos. Él se sintió como un canalla por alegrarse de cada sacudida—. Podríamos ir el día que tú quieras. Ya sé que acabas de decirme que has salido un par de veces con un chico, pero puedes seguir yendo al cine con un amigo, ¿no?

—Fingiré que no he oído eso. No seas rancio, Anthony.

—No lo soy. Soy inglés.

Elena sonrió. Anthony notó que ella soltaba el aliento por encima de su camisa y rezó para que no notase el efecto que su proximidad le estaba provocando en otras partes del cuerpo.

—Está bien, podemos ir un día al cine. Con una condición.

—La que quieras.

Helena se quedó en silencio y se movió en sus brazos. Él se mantuvo inmóvil; no se veía capaz de detenerse si ella volvía a besarlo. Pero Helena no lo besó, sino que apoyó la frente en el torso de él, justo en la línea de los botones de la camisa, y Anthony habría jurado que depositó sus labios justo ahí, justo encima de su esternón porque de repente le fue imposible respirar.

—Helena —susurró.

—No vuelvas a desaparecer. Si de verdad quieres que seamos amigos, no vuelvas a hacerlo.

Antes de que Anthony pudiera responder y decirle que no quería ser su amigo, que él quería mucho más y que necesitaba contarle lo que había estado haciendo todos esos meses para después suplicarle perdón y pedirle de nuevo que le diese otra oportunidad y, por favor, le dejase besarla, la luz del ascensor se encendió de nuevo y el aparato se puso en marcha.

En cuanto se iluminó el interior, Helena se puso en pie de un salto y se apartó de Anthony como si no pudiera seguir estando cerca de él.

Recogió sus cosas del suelo sin mirarlo y, cuando él se acercó a darle la chaqueta que se le había caído, se alejó.

—Toma —se la ofreció.

—Gracias.

—Helena, yo... ¿Podemos hablar un día?

La puerta se abrió y Helena salió del ascensor.

—Helena, espera, por favor.

Ella se detuvo; todavía tenía la respiración entrecortada. No podía creerse que lo que acababa de suceder fuera real. ¿De verdad se había quedado encerrada en el ascensor con Anthony? ¿De verdad había estado a punto de arrancarle un botón de la camisa de las ganas que tenía de volver a besarlo? ¿Qué diablos le pasaba con ese chico?

—Anthony, no sé qué me ha pasado. El miedo me ha... No sé qué me ha pasado.

Él adivinó lo que estaba haciendo.

—No, por favor. No seas tú ahora la que finge que no sucede nada entre nosotros. Ya he cometido yo ese error.

Ella abrió los ojos como platos, sorprendida por la afirmación.

—Lo de ahí dentro —señaló el ascensor— ha sido algo puntual. No ha sido real.

—Sí lo ha sido.

—No podemos seguir así.

—Estoy completamente de acuerdo.

—¿Qué está pasando, Anthony? Estamos en este hospital porque mi hermana mayor y tu mejor amigo han sido padres por primera vez, no para resolver nuestros dramas.

—Tienes razón. —Frustrado, se pasó las manos por el pelo—. Tienes razón. No es ni el momento ni el lugar, pero, créeme, Helena, lo de ahí dentro ha sido real y vamos a hablar de ello.

—Pero hoy no. Ahora no.

—De acuerdo. Está bien, vamos. —Le ofreció una mano y ella la aceptó. Él suspiró aliviado cuando volvieron a ponerse en marcha—. ¿Sabes en qué habitación están?

—En la 408. Guillermo me envió un mensaje.

—Es esta —dijo Anthony señalando a su izquierda—. Entra tú primera —le ofreció soltándola. No quería seguir ocultando lo que sentía por Helena, de hecho, estaba convencido de que tampoco podría lograrlo, pero sabía que ella preferiría no decir nada de momento.

Quizá ella no quisiera decir nada nunca, se obligó a admitir. De momento lo único que había conseguido era que aceptase ir al cine con él.

Helena, ajena al tumulto de emociones de Anthony, asintió y abrió la puerta.

—Hola. ¿Podemos pasar? —preguntó, asomando solo la cabeza.

—¡Helena, Anthony! —los saludó Gabriel, poniéndose en pie—. Os quiero tanto a los dos...

—No le hagáis caso —dijo Ágata desde la cama—. Está así desde que nació Mia.

Gabriel se abrazó a su amigo y Anthony le devolvió el abrazo con sinceridad. Quería mucho a Gabriel, y lo reconocería delante de cualquiera. Para él era su hermano, y no los que tenían su misma sangre. Cerró los ojos un instante; Anthony no solía pensar en su familia, pero supuso que, dadas las circunstancias, era normal que le sucediera.

Ambos se separaron y Anthony saludó entonces a los padres de Ágata y a su otra hermana, Martina. Gabriel había tenido muchísima suerte; había pasado de no tener familia, exceptuando a su increíble abuela, a estar rodeado de un montón de gente que lo quería. Anthony se sentía muy feliz por él; nadie se merecía aquello tanto como Gabriel, pero si era sincero consigo mismo, tenía que reconocer que le tenía algo de envidia. Muchísima en realidad.

—¿Dónde está Guillermo? —preguntó, sentándose junto a Martina y lo más lejos posible de Helena.

—Si es listo —dijo el señor Martí—, estará tratando de convencer a Emma de que le dé otra oportunidad.

—¿Emma? —preguntaron Anthony y Helena al mismo tiempo.

—Sí, trabaja aquí —les explicó Ágata, recuperando al fin a la pequeña Mia—. En realidad, ella fue la primera médico con la que me encontré al entrar.

—¡Vaya! —dijo Helena—. Ojalá se arreglen.

—Sí, ojalá —añadió Anthony, y al ver que ella lo miraba con una ceja levantada, le preguntó—: ¿Qué pasa?

—Nada —contestó Helena, agachándose para darle otro beso a su primera sobrina—. Es que me sorprende que precisamente tú digas eso.

—¿El qué? —preguntó él, haciéndose el tonto.

—Nada —repitió ella. No quería discutir con él delante de su familia—. Es preciosa, Ágata —le dijo a su hermana para cambiar de tema—. La cosa más bonita del mundo. ¿Puedo volver a tenerla en brazos?

—Claro —respondió Ágata y, al ver cómo Anthony las estaba mirando, le dijo—: Tú también puedes, Anthony. Si quieres.

—No —rechazó él, algo asustado—. Gracias, pero no quisiera hacerle daño.

Helena, que ya tenía a su sobrinita en brazos, lo observó y vio que estaba muy tenso. Era obvio que deseaba acercarse a la recién nacida, pero que no se atrevía a hacerlo.

—Martina —le dijo a su otra hermana—, ¿te importaría levantarte un segundo? Me gustaría sentarme ahí.

Martina se levantó y aprovechó para ir junto a Gabriel y darle otro abrazo. Su cuñado parecía necesitarlos con mucha frecuencia.

—Vamos, siéntate a mi lado —le dijo Helena a Anthony, antes de dar unas palmaditas al sofá que luego se transformaría en cama para que el recién estrenado papá pudiera quedarse a pasar la noche—. Así podrás darle un beso a Mia.

Él sintió que se le encogía el estómago y rezó para que nadie se diera cuenta de que el corazón le latía al triple de velocidad que la normal. Dio un par de pasos y se sentó con mucho cuidado junto a Helena. Ella trató de darle a la niña y él se negó, pero pegó su hombro al suyo para poder acariciar a la pequeña con el pulgar.

—Tienes razón, es preciosa. Por suerte no se parece en nada a su padre —añadió, para ver si así aliviaba en algo la opresión que sentía en el pecho.

Gabriel se rio e iba a contestar, pero se quedó mirando la escena durante unos segundos y se lo pensó mejor. Según Ágata, entre Anthony y

Helena había algo, y en aquel preciso instante supo que tenía razón. ¿Cómo podía no haberse dado cuenta antes? Anthony le devolvió la mirada y, justo cuando iba a sonrojarse, un eufórico y despeinado Guillermo abrió la puerta. Emma iba tras él, lo que explicaba la euforia y su pelo alborotado, y los dos parecían incapaces de soltarse.

—Me alegro mucho de volver a verte —le dijo Helena a Emma cuando esta se le acercó para ver a la pequeña Mia.

—Y yo —contestó la otra con sinceridad.

—Siéntate aquí —ofreció Anthony, levantándose—. Así yo aprovecho para ir a reírme un rato de Will.

Anthony se puso en pie y Emma ocupó su lugar en el sofá. Segundos más tarde, ambas jóvenes intercambiaban comentarios sobre lo preciosa que era la recién nacida. Por su parte, Gabriel y Guillermo aprovecharon aquellos instantes para felicitarse mutuamente y, cuando Anthony se acercó a ellos, el primero no tardó ni un par de segundos en acorralarlo.

—¿Desde cuándo? —le preguntó Gabriel sin disimulo.

—Desde el principio —respondió Anthony igual de sincero. No iba a insultar a su mejor amigo fingiendo que no sabía a qué se refería.

—¿De qué estáis hablando? —quiso saber Guillermo, mirándolos.

—Creo que Anthony nos ha estado ocultando algo —señaló Gabriel, convencido de que le correspondía al interesado confesar o no la verdad.

—¿Sobre qué? —insistió Guillermo.

—Desde que regresaste de Estados Unidos, ¿no le has notado nada raro? —preguntó Gabriel.

Anthony se tocó incómodo el cuello de la camisa.

—No —respondió Guillermo al instante—, aunque, bueno, ahora que lo dices... —Se quedó pensativo y empezó a recordar algunos comentarios hechos por su amigo durante los últimos días y que parecían no encajar con la imagen que tenía de él. Y, justo cuando iba a descartarlos por insignificantes, vio que este hacía verdaderos esfuerzos para no mirar hacia donde Helena y Emma estaban sentadas—. ¿Helena?

—¡Baja la voz! —susurró.

—¿Helena? —repitió Guillermo también susurrando.

—Sí, Helena —reconoció Anthony—. Y haced el favor de dejar de sonreír.

—Esto no puede quedar así.

—Tranquilo, Will, no te preocupes. Tu hermana no lo sabe. —La miró de reojo—. Ni lo sabrá jamás.

—No estoy preocupado por que te guste Helena. —Miró a su amigo a los ojos—. Lo que quería decir es que tienes que contárnoslo todo. Después de habernos visto tanto a Biel como a mí haciendo el ridículo por nuestras chicas, es lo mínimo que puedes hacer.

—Guillermo tiene razón, Anthony.

—Ahora, vosotros dos tenéis cosas mucho más importantes que hacer que reíros de mi patética vida sentimental. —Miró a Ágata, que charlaba con Martina, y a Helena, que seguía con Mia en brazos, conversando con Emma—. Y tampoco hay para tanto. No pasó nada y no pasará nada. Así que dejad de mirarme así.

—Está bien. —Gabriel dio un paso hacia él y le colocó una mano en el hombro—. Pero dentro de unos días, cuando Ágata me eche de casa un rato para que la deje en paz, te llamo y vamos a tomar algo.

—Lo mismo digo —dijo Guillermo.

—Está bien —aceptó Anthony resignado—. Creo que me gustabais más cuando os negabais a estar en contacto con vuestros sentimientos. Os habéis convertido en unos cursis.

Y aunque no se lo dijo, estaría dispuesto a vender su alma al diablo con tal de correr la misma suerte que ellos.

8

MOULIN ROUGE

Helena regresó a su casa sonriendo como una boba y sin dejar de mirar la fotografía de su preciosa sobrina. Mia era, sin duda alguna, la niña más bonita del mundo, aunque seguro que todas las tías primerizas pensaban lo mismo de sus sobrinas. «Pero en mi caso es verdad», se dijo.

Había otro motivo por el que no podía dejar de sonreír y que le aceleraba el corazón de un modo distinto al que lo hacía el nacimiento de Mia, y era lo que había pasado con Anthony. A pesar del miedo que había pasado cuando se detuvo el ascensor, era la primera vez en mucho tiempo que había vuelto a hablar con él. A hablar con el Anthony de verdad, ese del que ella había empezado a enamorarse meses atrás y que después había desaparecido hasta convertirse en un extraño.

Helena no se engañaba, sabía que la conversación que habían mantenido en el ascensor podía deberse solo a las extrañas circunstancias en las que se había producido y que existía la posibilidad de que él intentase negarla cuando volvieran a verse, pero no lo creía. Todavía se le erizaba la piel al recordar cómo la había abrazado él y cómo se habían mirado en la habitación de Ágata. Era un milagro que nadie se hubiera dado cuenta de la tensión que existía entre ellos, o al menos esperaba que nadie se hubiese dado cuenta. A ella esa tensión la había afectado y por eso se había ido del hospital con su hermano Marc, porque no sabía qué sucedería si Anthony se ofrecía a acompañarla a casa. No sabía qué sucedería entre ellos la próxima vez que se vieran y necesitaba un poco más de tiempo para prepararse. Estaba comprobado que el efecto que tenía Anthony sobre ella le duraba demasiado.

Sonó el teléfono y pegó un salto. Mentiría si no reconociera que antes de mirar el nombre que aparecía en el pantalla había deseado que fuera el de Anthony.

—Hola, Eric.

—Hola, preciosa. ¿Te pillo mal?

—Bueno, hoy ha nacido…

Él la interrumpió y no la dejó terminar.

—Tengo dos entradas para un concierto que empieza dentro de una hora. ¿Te apetece?

A Helena no le apetecía, la verdad, pero si se quedaba en casa reproduciría en su mente una y otra vez lo que había sucedido en el ascensor y después se devanaría los sesos analizando hasta el último detalle. Mejor sería que aceptase la invitación de Eric. Además, así, si Anthony volvía a desaparecer no se sentiría tan idiota por haber vuelto a confiar en él.

—¿Dónde es?

—En Razzmatazz. ¿Nos vemos en la puerta?

—Vale. Allí estaré.

El concierto no estuvo mal, pero lo mejor fue que no solo estaba Eric, sino también otros amigos de la universidad y se lo pasaron bien juntos. Eric era guapo y lo sabía. Helena se había dado cuenta de que él tenía un repertorio de frases que repetía, quizá sin darse cuenta, cada vez que fingía interesarse por alguien. Quizá lo juzgaba con dureza, pensó, quizá le exigía a Eric unas cualidades cuya ausencia perdonaba en Anthony, pero algo le decía que no. No era que Eric tuviese defectos o que saliera perdiendo cuando lo comparaba con Anthony, sino que Eric era como esos pasteles tan perfectos que salen en los libros de cocina; en el caso de que consigas replicarlos no saben a nada. Y Anthony era ese pastel con defectos, sin adornos de colores, sin sabores extraños, pero que cuando lo pruebas sabes que no volverás a comer nada igual.

Genial; ahora estaba comparando a dos chicos completamente opuestos con comida.

Si quisiera seguir con la comparación, y Helena no estaba segura de que fuera buena idea, al menos el pastel de Eric lo tenía delante, mientras que el otro podía largarse a otro país en cualquier momento y no volver a hablar con ella nunca más.

Abandonaron la sala de conciertos en grupo y fueron despidiéndose a medida que uno u otro llegaba a su parada de metro o autobús. Al final Eric y ella se quedaron a solas y fueron andando por la calle. Él no intentó darle la mano ni rodearla con el brazo ni nada por el estilo; parecía más preocupado en encenderse un cigarro que en nada más.

En la esquina donde sus caminos se separaban, Helena tomó la palabra:

—Gracias por invitarme al concierto, me lo he pasado muy bien. —Era la verdad.

—Ha estado bien. —Lanzó la colilla al suelo—. Nos vemos en clase.

Eric se agachó y la besó y Helena, aunque tardó un par de segundos en reaccionar, le devolvió el beso. Fue un beso corto, rápido y sin sabor. Igual que esos pasteles de varios pisos de colores.

Anthony colocó la cabeza en el respaldo de la silla de su despacho y cerró los ojos. Estaba muy cansado. Los continuos viajes a Inglaterra le estaban pasando factura, y el proyecto Marítim estaba entrando en su fase final y requería toda su atención. Por no mencionar que la noche anterior no había pegado ojo pensando en Helena y en lo que había pasado en ese ascensor, y eso que después de salir del hospital, él y Guillermo habían ido a tomar una cerveza en honor a Gabriel, que se había quedado con Ágata y su hija recién nacida. Guillermo se había encargado de amenazarle si le hacía daño a su hermana pequeña entre brindis y brindis. No era de extrañar que tuviera un impresionante dolor de cabeza.

—¿Puedo pasar? —le preguntó Juan desde la puerta.

—Por supuesto —respondió Anthony, frotándose los ojos para despejarse—. Debo de haberme quedado dormido, lo siento.

—No pasa nada. Se te ve cansado. —Juan se sentó en la otra silla que había en el despacho—. ¿Por qué no te vas a casa? Ya hablaremos mañana.

—No, tranquilo, estoy bien. ¿Y tú, qué tal? Esta mañana estaba sacando un café de la máquina y he oído cómo una de las recepcionistas elogiaba tu cambio de aspecto.

—Seguro que era Teresa —dijo Juan algo incómodo—. Es nueva y creo que le encanta tomarme el pelo.

—¿Estás seguro de que es eso lo que hace? —le preguntó Anthony—. Yo creo que le gustas.

—No digas tonterías. Soy muy mayor para ella —insistió Juan.

—Claro, recuérdame que te traiga un bastón la próxima vez que vaya a Londres. ¿Cuántos años tienes, Juan? —No le dejó responder—. Teresa rondará los cuarenta.

—Pues no los aparenta —reconoció él antes de darse cuenta de que su amigo le había tendido una trampa.

—Tienes razón, no los aparenta. Ni tú tampoco. ¿Por qué no la invitas a salir?

—¿Para qué? ¿Acaso quieres que me ponga en ridículo? ¿Quién querría salir con un divorciado con dos hijos adolescentes y que se está quedando calvo?

—No lo sé y tú tampoco, pero el único modo de averiguarlo es preguntándoselo, ¿no te parece?

—Vamos, Anthony. Ya estoy mayor para estas cosas. Y de eso no es de lo que quería hablarte. —Juan cambió de tema—. Dentro de dos semanas tenemos la reunión con Dirección para ponerlos al día del estado actual del edificio Marítim. Te mandaré por *e-mail* los últimos cambios que me gustaría introducir y, si te parece bien, podríamos quedar en uno o dos días para poner en común nuestras ideas. ¿Cómo lo ves?

Anthony se quedó pensando unos segundos.

—Bien, claro. —Giró el cuello para aliviar un poco la tensión que sentía—. Tal vez tenga que ausentarme un par de días, pero llegado el caso lo dejaría todo resuelto, no te preocupes.

—¿Te pasa algo?

—No, nada. Solo estoy cansado.

En ese instante, alguien llamó a la puerta del despacho y salvó a Anthony de tener que dar una explicación.

—Adelante —dijo.

—Perdón. —Era Teresa y, por el modo en que miró a Juan, era evidente que estaba más que interesada en él—. Han llamado de la constructora diciendo que tenían un pequeño problema en la obra. Les he dicho que esperaran, pero se ha cortado y he pensado que sería mejor avisaros.

—Has hecho bien, Teresa. Yo me encargo —dijo Anthony levantándose.

—¿Adónde vas? —preguntó Juan abriendo los ojos como si fuera un cervatillo delante de los faros de un coche.

—Me he dejado el portátil en recepción, enseguida vuelvo. Vosotros podéis quedaros aquí —añadió, sin darle tiempo a su amigo para reaccionar.

Teresa, que seguía con una mano apoyada en la puerta, se apartó un poco y miró a Juan algo incómoda.

—Tengo que regresar a la centralita —le dijo.

—Claro. Ha sido un detalle que vinieras a decírnoslo personalmente —la elogió Juan.

—He tratado de llamar, pero Anthony debe de tener el teléfono mal colgado. —Señaló al aparato, que, efectivamente, estaba mal colgado.

—Este chico es un caso, pero el mejor arquitecto que he conocido en mucho tiempo.

—Pues creo que él opina lo mismo de ti. —A su modo, le devolvió el cumplido—. Me tengo que ir.

—Claro, claro. —Juan la miró y decidió lanzarse a la piscina—. ¿Te gustaría ir a cenar el viernes? Mis hijos estarán con su madre y yo...

—Me encantaría —lo interrumpió ella, temerosa quizá de que cambiara de opinión y se echara atrás.

—Genial —contestó Juan, más contento que hacía cinco minutos.

—Mi hija estará con sus abuelos paternos —puntualizó entonces Teresa.

—¿Tienes una hija? —le preguntó Juan, sorprendido.

—Sí. Se llama Claudia. Tiene seis años. El viernes te aburriré con sus monerías y te enseñaré un montón de fotos. —Se oyó sonar el timbre—. Me voy.

—Adiós —se despidió Juan y se frotó las manos en el pantalón, las tenía húmedas.

—¡Vaya! Veo que no has perdido la práctica —se burló Anthony al entrar.

—Esta me la pagas —le dijo su amigo con una sonrisa—. Tu bolsa con el ordenador está detrás del armario.

—Lo sé. —Levantó las cejas—. Ya me lo agradecerás más tarde.

Después de la conversación con Juan y de ver que este había salido vivo del divorcio, Anthony estaba de mejor humor y se sentía más optimista, así que decidió seguir su ejemplo y sacó el móvil del bolsillo de la americana para llamar a Helena. Si Juan se había atrevido a arriesgarse de nuevo con una mujer, él no podía ser menos. Además, tenían una conversación pendiente.

Cuando Helena vio el número de Anthony en la pantalla de su teléfono le dio un vuelco el corazón. El beso de Eric solo había logrado confundirla más porque, después de que él se fuera, Helena se había dado cuenta de que, a pesar de que Anthony no la había besado nunca (el único beso lo había iniciado ella y había sido un desastre), nada de lo que había sucedido con él podía compararse a lo que había pasado la noche anterior con Eric. El beso había sido agradable y Helena tal vez no fuera una gran experta en el tema, pero no se le ocurría nada más aburrido que describir un beso como «agradable».

El riesgo que corría accediendo a ver a Anthony de nuevo era muy grande para su corazón y su cordura. Si volvía a estar con él le resultaría más difícil superarlo cuando él se fuera. Pero si no averiguaba de una vez por todas si entre ellos podía existir algo de verdad, no lograría dejarlo atrás y seguir adelante. Mejor que le rompiera el corazón ahora que seguir atrapada en un limbo emocional.

—¿Diga? —contestó al fin.

—Helena, soy yo, Anthony —dijo, él también algo inseguro—. Acabo de salir del trabajo y estaba pensando que, si te apetece, podríamos ir al cine. Me prometiste que me acompañarías a ver *Moulin Rouge* —le recordó con la esperanza de que así ella no pudiera negarse.

—De acuerdo, por qué no —respondió ella, atónita de que se acordase y de que no negase lo que había sucedido en el ascensor—. ¿A qué hora es la película?

—A las ocho y media. ¿Te parece bien que pase a buscarte por tu piso?

Ella tardó unos segundos y Anthony apretó el aparato. Vamos, di que sí, por favor, suplicó en su mente.

—Vale. ¿A las ocho?

—Perfecto, así antes podré dejar el portátil en casa y refrescarme un poco. Nos vemos dentro de un rato.

—Genial. Adiós.

A las ocho en punto Helena bajó al portal del edificio y se encontró con Anthony, que acababa de llegar. Él tenía aspecto cansado y sus ojos seguían pareciendo tristes, pero le sonrió nada más verla. Empezaron a caminar; el cine no estaba lejos y habían decidido ir andando. Al cruzar una calle especialmente transitada, Anthony la tomó de la mano y entrelazó los dedos con los de ella. A Helena le sorprendió el gesto y un cosquilleo le subió por el brazo hasta removerle el corazón. No se soltó ni dijo nada, y siguieron hablando como si nada.

—No puedo creerme que no hayas visto *Moulin Rouge.*

—Antes tenía manía a Ewan McGregor —contestó Anthony.

—¿Por qué? ¿Qué te ha hecho el bueno de Ewan? Si me dices que le conoces voy a ponerme a gritar, te aviso.

Anthony sonrió.

—No, no le conozco. *Transpotting*. Le tenía manía por *Transpotting*; eso es lo que me ha hecho.

—Yo no la he visto.

—No la veas, hazme caso.

—Está bien, no la veré. Tengo tantas películas pendientes que no me importa quitar una de la lista.

Llegaron al cine y compraron palomitas. Durante la película Anthony volvió a entrelazar los dedos con los de Helena y, cuando llegó el final y Helena, a pesar de que había visto *Moulin Rouge* como mínimo cuatro veces, se puso a llorar, Anthony le pasó un pañuelo.

—Eres la única persona que conozco que lleva pañuelos de hilo. ¿Has oído hablar de los kleenex? —intentó burlarse de él entre las lágrimas.

—Soy alérgico a la celulosa —confesó con una cara tan dulce que a Helena le aumentó el llanto.

—¿Y me lo dices aquí? ¿Ahora?

Anthony la miró confuso.

—No tiene importancia, es una tontería.

—Pues claro que tiene importancia. Apenas nunca hablas de ti y ahora tengo en mi poder un poco de información sobre ti, sobre el Anthony de verdad.

Él tuvo que tragar saliva y apartar la mirada.

—¿Tienes hambre? —preguntó cuando recuperó la voz—. He reservado una mesa en una pizzería, pero si no tienes hambre... —Soltó el aliento—. Lo siento, tendría que habértelo preguntado antes. Si tienes ganas de regresar a casa...

—No, está bien. Podemos ir a cenar —se apresuró a interrumpirlo ella—. Tengo hambre.

Él se levantó y fue a tirar la caja de palomitas vacía en un intento de tranquilizarse un poco. Si estaba tan nervioso no conseguiría decirle todo lo que necesitaba. Respiró hondo y vio que Helena también había cruzado el pasillo del patio de butacas del cine. Volvió a ofrecerle la mano, que ella por suerte aceptó, y caminaron hacia la pizzería.

Mientras esperaban en la barra a que el camarero acabase de preparar la mesa que les habían asignado, Helena se permitió observar a Anthony. En los últimos meses había adelgazado, seguía siendo el chico más guapo que había visto nunca y con los ojos azules más tristes y profundos que existían, pero tras perder peso todavía tenía las facciones de dios griego más marcadas. La mandíbula se le había acentuado y los labios perfectamente dibujados parecían esculpidos en mármol. Llevaba el pelo un poco más largo que meses atrás y en la frente un mechón rubio le hacía cosquillas y era evidente que le molestaba, pues se lo apartaba cada vez que se ponía nervioso, como ahora.

—¿Te encuentras bien, Anthony? ¿Te preocupa algo?

—Sí, claro. Mira, ya podemos sentarnos —le dijo, al ver que el camarero les hacía señas desde la mesa—. Gracias por venir. Cuando te he llamado estaba convencido de que ibas a decirme que no.

Ella lo miró a los ojos y decidió ser tan sincera como él lo estaba siendo.

—A mí también me ha sorprendido que me llamaras. Creía que ibas a olvidarte de lo que había sucedido el otro día.

—Helena, yo...

—No digas nada —lo interrumpió—. La verdad es que hace tiempo que deberíamos haber dejado de comportarnos como dos niños de primaria.

Anthony sonrió y agradeció su generosidad.

—Creo que el único que se ha portado así he sido yo. Tú no hiciste nada malo.

Helena se sonrojó.

—Creo recordar que te besé cuando tú no querías, pero vale, eso no es malo. Es solo vergonzoso.

—No fue vergonzoso, fue... —¡Mierda! Antes de decirle lo que aquel beso había significado para él, tenía que contarle muchas cosas. Si quería tener la menor oportunidad de que Helena le entendiera, tenía que empezar por el principio.

—Tú y yo solo somos amigos. Siento haber confundido las cosas. —Helena habló antes de que él pudiera organizar sus pensamientos.

Anthony apretó fuerte la mandíbula y siguió en silencio.

—Me alegro de que por fin hayamos dejado las cosas claras. Además, quería agradecerte todo lo que has hecho por Guillermo. —El cambio de tema lo pilló un poco desprevenido y logró hacerle reaccionar.

—¿Qué he hecho?

—Ser su amigo. Animarlo a que volviera a arriesgarse con Emma. Estoy convencida de que has tenido mucho que ver en eso.

Anthony estaba tan confuso que no sabía cómo reaccionar. Él quería arreglar las cosas con ella, que volviera a tratarlo con el cariño de unos meses atrás, pero la Helena que tenía delante, si bien estaba siendo de lo más amable y simpática, mantenía las distancias. «Y es culpa tuya», se recordó.

—¿Qué vas a comer? —le preguntó ella pasándole la carta.

—¿No es aquí donde hacen esa *pizza* que tanto te gusta?

—¿Esa de ricota y tomate natural? —preguntó Helena—. Sí, es aquí.

—Pues yo voy a pedir eso —dijo él sin ni siquiera hacer el intento de abrir la carta.

Llegó el camarero y tomó nota, y tan pronto como volvieron a quedarse solos, Anthony tomó la palabra:

—¿Podemos hablar de lo que sucedió esa noche? Tengo que contarte algo.

—¿Qué noche? —Helena jugó nerviosa con la servilleta.

—La que me besaste y yo me comporté como un idiota.

—La verdad es que preferiría no hacerlo. —Y para enfatizar su postura se metió la *pizza* que había cortado en la boca y empezó a masticar.

—Pues hablemos de lo que sucedió el día que te vi en la nueva oficina de Guillermo, cuando estabas esperando al electricista.

—No creo que tenga sentido que hablemos de eso —dijo Helena.

—¿Y del ascensor? ¿Podemos hablar del ascensor?

Helena dejó los cubiertos en el plato y bebió un poco de agua.

—¿Qué quieres, Anthony? ¿Qué es lo que estás haciendo conmigo? Porque deja que te diga que yo, en lo que se refiere a ti, estoy hecha un lío. Esto es una locura.

—Mi padre tiene cáncer, un caso raro de leucemia —le dijo, mirándola a los ojos.

Helena se quedó boquiabierta, y en un acto reflejo buscó la mano de Anthony.

—Lo siento, no lo sabía. Gabriel no me ha dicho nada.

Le apretó los dedos y vio que él desviaba la vista hacia sus manos entrelazadas.

—Gabriel no lo sabe. Eres la primera persona a la que se lo cuento, exceptuando la encargada de Recursos Humanos de mi empresa. Bueno, y el otro día se lo conté a Jack y a Amanda, y a punto estuvieron de matarme porque no se lo había dicho antes —trató de bromear.

—¿Y cómo está tu padre?

—Por lo que sé, no muy bien. Al parecer, le detectaron la leucemia en un control rutinario y empezaron con el tratamiento enseguida, pero no está funcionando y necesita un trasplante de médula. Todo se ha retrasado un poco por culpa de una ligera neumonía y tienen que esperar a que la supere para salir adelante.

—¿Un trasplante? —preguntó ella, preocupada de verdad.

—Es la mejor alternativa, pero ninguno de mis dos hermanos es compatible. ¿Te apetece tomar un café? —cambió bruscamente de tema—. Aún es pronto —dijo mirando el reloj.

—No, gracias. Luego me cuesta dormir y me despierto de muy mal humor. ¿Y tus padres? ¿Cómo lo llevan? La madre de una amiga mía tuvo cáncer hace unos años y lo pasaron muy mal. Ahora están todos bien, pero Maribel siempre me ha dicho que fueron días muy difíciles, física y emocionalmente.

—La verdad es que no lo sé. Mira, ¿te importaría que dejáramos de hablar del tema?

Helena apartó la mano de debajo de la de Anthony.

—De acuerdo, como quieras. Has sido tú quien lo ha sacado.

Él la sujetó por la muñeca, consciente de que no quería perder aquel ligero contacto.

—Lo sé, es culpa mía. Es que me cuesta hablar de mi familia.

—¿Y desde cuándo está enfermo tu padre?

—Desde hace meses.

—¿Y por eso desapareciste? —No sabía exactamente cómo preguntarle qué relación tenía la enfermedad de su padre con lo que había pasado entre ellos, aunque estaba segura de que la tenía y de que Anthony había tomado varias decisiones condicionado por esa situación.

—En parte. No voy a esconderme detrás de la leucemia de Harrison; podría haberte contado lo que pasaba desde el principio y no lo hice. Desaparecí, como bien dices tú, porque es lo que hago siempre. Es lo único que sé hacer.

—Eso no es verdad. Mira, tal vez no te conozco tanto como creía, pero sí lo suficiente para saber que no desapareces siempre. Si lo hicieras, Gabriel no sería tu mejor amigo y te aseguro que mi cuñado te quiere como si fueras su hermano. Y, por lo que me has contado, sucede lo mismo con Jack y con Amanda. No sé por qué desapareciste conmigo, eso solo lo sabes tú, supongo, pero sé que no es lo que haces siempre.

—Desaparecí porque me asustas, Helena. Nunca he tenido tanto miedo de nada como lo tengo de estar contigo.

—Entonces —a ella se le humedecieron los ojos—, tal vez será mejor que no lo estés, Anthony ... Yo no quiero hacer nada que pueda hacerte daño. No quiero que pases miedo por mi culpa.

Él sacudió la cabeza.

—No, no lo entiendes. Tengo miedo de estar contigo porque sé que, si después te pierdo, no lograré recuperarme. Me he recuperado de muchas cosas, Helena, pero de ti no podría. Lo sé. Llevo meses intentándolo y solo sirve para que la herida duela aún más.

—Anthony, si duele tanto, será mejor que lo dejemos.

—No, espera. —Él apretó los dedos de ella y cerró los ojos un segundo—. Todavía tengo que contarte muchas cosas y algunas no sé si estoy listo para hacerlo. —Tomó aire—. Tenía nueve años cuando me obligué a no necesitar a nadie. Desde entonces nunca me he permitido hacer una excepción. Contigo es distinto, no es que seas una excepción, es que contigo siento aquí dentro —con la mano que tenía libre se tocó el pecho— que te necesito. Y eso me aterroriza.

9

SPLASH

Helena no pudo evitar que se le escapase una lágrima. Ella siempre había reconocido la mirada triste de Anthony, pero jamás se había imaginado que dentro de él hubiera tanta pena. ¿Qué le había pasado? ¿Quién había sido el monstruo que había convencido a un niño de nueve años de que estaba mal necesitar a alguien?

—Ant, yo... ¿Por qué te ríes? —La sonrisa de él la dejó estupefacta.

—Nadie me ha llamado nunca así. Nunca he tenido un apodo cariñoso, ni siquiera Tony, y mira que es evidente.

—¡Ah, bueno! No sé, me ha salido así, pero si te molesta...

—No, no me molesta. Me gusta.

Helena se sonrojó y apartó la mirada para seguir con lo que estaba diciendo. Los ojos de él la distraían demasiado.

—Siento lo de tu padre —empezó— y odio que digas que de pequeño aprendiste a no necesitar a nadie. No voy a presionarte para que me cuentes ahora los motivos, pero quiero que sepas que a mí puedes contarme lo que quieras y puedes necesitarme tanto como te haga falta.

—Gracias.

—No tienes que darme las gracias por estar a tu lado. Y estoy segura de que Gabriel y tus amigos de Londres dirán lo mismo si hablas con ellos. No tienes que enfrentarte solo a todo esto.

—Empiezo a darme cuenta de ello.

—Eso espero. Pero, Ant —Helena decidió llamarlo así porque cada vez que lo hacía él parecía sonreír un poco más—, no sé qué esperas de mí. Es obvio que ahora no estás para estas cosas, ahora lo primero es tu padre y...

—No, mi padre no es lo primero. —La cara de horror de Helena le obligó a continuar—: Mi padre y lo que le está pasando es lo que me tiene hecho un lío, hecho una mierda para ser exactos, pero él no es lo primero. No lo es.

—Está claro que ahora no es el momento de pensar en una relación, y no digo que sea eso lo que quieras conmigo.

—Pues claro que quiero tener una relación contigo, Helena.

—Hoy estamos aquí porque ayer nos quedamos encerrados en un ascensor y yo tuve un ataque de pánico. Llevábamos semanas sin vernos, meses, y la última vez antes del ascensor fue en la oficina de Guillermo y solo discutimos.

—No discutimos. Te provoqué adrede porque no soportaba que me ignorases.

—Eso es exactamente lo que quiero decir. Tú bastante tienes con tu padre, con lo que sea que esté pasando en tu familia, y con llevar un proyecto tan importante en el trabajo. Y yo tengo que centrarme en la universidad si no quiero suspenderlo todo este año y también estar con Mia y salir con mis amigos —se obligó a añadir—. Ninguno de los dos necesita más drama, Ant.

—¿Qué estás diciendo?

Él tensó los hombros y echó la cabeza hacia atrás. Al menos no le había soltado la mano, pensó Helena.

—Estoy diciendo que me alegro de que por fin me hayas contado qué te pasa y que puedes contar conmigo para lo que quieras. Pase lo que pase estaré a tu lado.

—¿Por qué tengo la sensación de que esto es un premio de consolación? ¿O de que me estás castigando por no contarte ahora mismo todo el drama de mi vida?

—No es verdad. No te estoy castigando por nada y mi amistad, que yo sepa, no es ningún premio de consolación.

Un poco sí lo estaba castigando, algo tenía que hacer Helena para proteger su corazón.

—Tienes razón, perdona. —Le soltó la mano e hizo un gesto hacia el camarero, que llevaba rato disimulando cerca de ellos, para que se acercara—. ¿Quieres postre?

Helena parpadeó incómoda.

—No, gracias.

—Yo tampoco.

Pagaron la cuenta y salieron del restaurante; él no le dio la mano y ella fingió, al menos durante unas cuantas calles, que no le importaba.

—Estás enfadado. —Helena lo detuvo con esta frase y colocándole una mano en el pecho cuando llegaron frente al portal de su casa.

—No lo estoy —respondió él, pero ella enarcó una ceja y tuvo que reconocer la verdad—. ¡Estoy furioso porque todo esto es una mierda! —estalló. Llevaba demasiados meses guardándolo todo dentro y si iba a perder la calma bien podía hacerlo delante de Helena, porque ella era la única persona del mundo que no echaría a correr y lo dejaría allí plantado—. Estoy cansado. Exhausto. No puedo más. Hace unos meses, cuando me ofrecieron trabajar en el proyecto de Barcelona, pensé que mi vida iba a cambiar; que yo, por algún milagro del destino, me convertiría en un tipo con suerte. Y exceptuándote a ti, todo ha sido una mierda.

—No es verdad.

—¡Oh! Sí que lo es. Y este es el efecto que produce Harrison Phellps cada vez que se acerca a mí. Por mucho tiempo que haya pasado, por muchas cosas que haya conseguido, nada es suficiente.

—Ant, ¿de qué estás hablando?

—Y claro, no contento con que mi padre me destroce la vida otra vez, voy yo y me la destrozo solo echándote de mi lado.

—¡Eh, para! Vale, sí, la cagaste y yo también. Pero ahora hemos arreglado las cosas.

—¿Arreglado? ¿A esto lo llamas tú «arreglar las cosas»? Como mucho te he dado lástima y te juro que eso es lo último que quería.

—¿Lástima? —Ahora ella también empezaba a estar enfadada—. ¿De verdad crees que existe un universo en el que tú puedas darme lástima?

—Te he dado lástima y seguro que a partir de ahora serás mi amiga —hizo el gesto de las comillas con los dedos— y mientras saldrás con ese tal Eric o Phillip o como coño se llame el príncipe Disney que te gusta de la facultad.

Helena puso los ojos en blanco un segundo.

—¿Estás celoso? ¿En serio estás celoso? Porque deja que te diga que no tienes derecho.

Menos mal que estaba teniendo esa charla, por no llamarla discusión, en la calle y no dentro del restaurante. Y menos mal que no le había invitado a subir porque su hermana Martina o le habría echado o habría hecho palomitas en el micro para presenciar el espectáculo.

—Pues claro que estoy celoso. ¡Y ya sé que no tengo derecho! No hace falta que me lo recuerdes, Helena. Ten un poco de compasión.

—¿Compasión? —Casi se echa a reír—. ¿Lástima no, pero compasión sí?

—Seguro que con el tal Eric no te pasan estas cosas.

—Te aseguro que no. No puedo creer que estés celoso. ¿Desde cuándo te pasa?

Él se había pasado las manos por el pelo tantas veces que los mechones rubios le iban de un lado al otro. Además, había empezado a salirle la barba y tenía los ojos tan brillantes que Helena no pudo evitar pensar en esas imágenes de vikingos listos para saltar de un barco en plena tempestad.

—¿El qué?

—¿Desde cuándo estás celoso de Eric?

—Ahora estás siendo cruel, Helena.

—Te juro, Ant, que no entiendo nada. ¿Desde cuándo?

—Pues desde siempre. ¿Contenta?

Helena iba a responderle que sí, que aunque sabía que no era sano y que a esa edad ya tendría que haberlo superado, le gustaba que él estuviera celoso. Iba a decirle también que era un idiota por haber dejado que las cosas llegasen a ese punto y por no haber hablado antes con ella o con alguno de sus amigos. Iba a decirle que no hacía falta que estallase en plena noche cuando saltaba a la vista que lo único que necesitaba era un abrazo y saber que no estaba solo en todo eso.

Pero no le dijo nada de eso. En lugar de responderle o de cantarle las cuarenta, se puso de puntillas delante de él, le sujetó el rostro con las manos y lo besó.

La mejor manera de explicar lo que sintió Anthony cuando su mente asimiló que Helena lo estaba besando sería compararlo con la felicidad que produce entrar en el mar un día de calor o beber un chocolate caliente una noche helada. Fue simple, perfecto, el instante que seguro vería en sus ojos cuando abandonase este mundo. El instante que definiría todas y cada una de las decisiones que tomase a partir de ahora.

Helena encajaba a la perfección en sus brazos. Tener su corazón pegado al suyo era lo único que necesitaba para que el de él siguiera latiendo.

Ni siquiera le hacía falta respirar, podía pasarse la vida entera, lo que fuera que le quedase, haciéndolo a través de los labios de Helena. Si besar fuese un idioma, él habría dicho que sabía hablarlo, pero ahora descubría que era mentira y que tenía que aprender cada letra, cada sílaba, cada norma ortográfica y gramatical porque ninguno de los besos que había dado antes existía al lado del de Helena.

—Helena —susurró su nombre para asegurarse de que no estaba soñando y ella demolió la última barrera que quedaba levantada alrededor de su corazón volviendo a tirar de él para seguir besándolo.

El corazón le trepó por la garganta y se lo entregó a Helena. Ya no le servía para nada si ella no estaba a su lado, aunque ella ahora no quisiera oír esas cosas o no estuviera dispuesta a arriesgarse. Supuso que podía entenderlo, pero decidió alejar esos pensamientos y besarla. Tenían muchas cosas por resolver, él más que ella, y tenía que poner su vida en orden si no quería correr el riesgo de perder a Helena de nuevo y esta vez para siempre, pero ahora lo único que podía, quería y necesitaba era besarla.

Ella gimió y a Anthony casi se le doblaron las rodillas en plena calle de lo erótico que le resultó el sonido. Él la estaba haciendo sentir así, él, nadie más. Y saber eso le hizo sentir que todo lo demás era posible. Deslizó las manos por la espalda de ella y cuando las detuvo en las nalgas le mordió el labio inferior a Helena al mismo tiempo que la levantaba del suelo.

Apoyó la espalda de ella con cuidado en la puerta del portal y, cuando sus dedos notaron el metal, se dio cuenta de dónde estaban. Con sus besos, Helena había conseguido que el mundo entero desapareciera, pero ahora que oía el ruido de los coches y sabía dónde estaban tenía que detenerse.

—Tenemos que parar —le pidió besándole la mandíbula y después el cuello—. Tienes que ser tú porque yo no creo que pueda.

Helena sonrió y él lo notó porque le estaba besando el final de la mandíbula y se dirigía a la oreja para besarla y morderla.

—De acuerdo, para. —Le pasó los dedos por el pelo y tiró de la cabeza de él hacia atrás para mirarle a los ojos—. Hola.

—Hola —repitió él sin poder dejar de sonreír. ¿Cómo era posible que alguna vez le hubiera parecido buena idea alejarse de ella?

—¿Ya estás mejor?

Anthony se inclinó hacia delante para darle un suave beso en los labios.

—Sí, mucho mejor.

Helena suspiró y despacio aflojó las piernas con las que le estaba rodeando la cintura y bajó al suelo. Anthony tuvo que hacer verdaderos esfuerzos por soltarla. Le gustaba tenerla en brazos. Ella buscó las llaves del portal, del que gracias a Dios no había intentado salir ni entrar nadie mientras ellos se besaban, y se dispuso a abrirlo.

—Helena —la detuvo él—, gracias por esta noche.

Ella se sonrojó.

—No pienses demasiado, Ant. Hablamos mañana.

Anthony se quedó de pie en el portal hasta que Helena entró en casa y después se fue silbando a su casa.

El mundo se estaba desmoronando a su alrededor y él no podía parar de sonreír porque, por fin, había besado a Helena Martí.

Helena subió la escalera aturdida. Había besado a Anthony y él no solo le había devuelto el beso e iniciado muchos más, sino que casi había intentado fundirse con ella. Todavía notaba cosquillas en los labios y le daba vueltas la cabeza; una no se recupera de unos besos así en tan poco tiempo. El corazón le golpeaba bajo el pecho y las rodillas todavía le temblaban. Toda ella temblaba. Después de cerrar la puerta se prohibió mirar atrás porque si se giraba y él seguía allí de pie no podría contenerse: o saldría tras él o abriría para meterle dentro con ella. Y aunque lo que sucedería después sería espectacular, ninguno de los dos estaba preparado para ello.

Anthony todavía tenía mucho que resolver por sí mismo; con su padre en el hospital y lo complicada que intuía que era la relación que mantenía él con su familia, seguro que ahora no era el momento para empezar una relación. Por no mencionar que el trabajo que tenía en Barcelona tenía fecha de caducidad.

En cuanto a ella, Helena también tenía mucho en que pensar. Las dudas sobre si quería o no seguir estudiando Medicina eran cada vez más frecuentes e insistentes. Ella intentaba acallarlas estudiando más, leyendo más, pasándose más horas en la biblioteca para sacar mejores notas en los exámenes, convencida de que si lo hacía bien sería señal de que tenía que continuar. Pero la realidad era que cada día sentía que encajaba menos en ese lugar, no se veía ejerciendo la Medicina y tampoco enseñándola. Si cerraba los ojos e intentaba imaginarse en un hospital o en algún entorno similar no lo conseguía. Podía engañarse todo lo que quisiera, pero tarde o temprano tendría que tomar una decisión: o dejaba la carrera y decidía qué otra cosa quería hacer o dejaba de dudar y seguía adelante. Las charlas que había mantenido con Anthony meses atrás le habían demostrado que cuando alguien la escuchaba de verdad ella no tenía ningún problema en hablar; con su familia solía tener la sensación de que la escuchaban de pasada porque ella no era tan divertida ni chispeante como Martina ni tan elocuente o sarcástica como Ágata. Anthony, seguramente sin saberlo, la había ayudado a encontrar su voz, por eso ella lo había pasado tan mal cuando él desapareció.

Si volvía a acercarse a él, si volvía a verlo con frecuencia y a hablar con él de lo que se escondía en su corazón, no podría evitar entregárselo y esta vez sería entero, no una pequeña parte como meses atrás. Después de lo que él le había contado esta noche, si Anthony la necesitaba para hacer frente a la enfermedad de su padre, Helena iba a estar a su lado. Eso no lo dudaba. Pero no sabía si besarlo era buena idea, y menos si los besos iban a ser tan intensos y salvajes como el de esa noche. Una cosa era ser su amiga y otra era enredar su vida con la de él, porque si al final Anthony volvía a desaparecer, ¿cómo volvería a ser ella?

La mañana siguiente, cuando Helena se despertó encontró un mensaje de Eric en el móvil. La invitaba a una fiesta que iba a celebrarse el siguiente fin de semana en Sitges, en casa de unos amigos, así que se quedarían a dormir. Helena se quedó mirando el texto un rato; por el tono del mensaje quedaba claro que Eric daba por hecho que aceptaría y, no solo eso, sino que la idea le parecería maravillosa. Meses atrás tal vez habría sido así.

Helena se obligó a pensar en lo que significaría para ella ir a esa fiesta. En lo que significaría para Anthony. Ellos dos todavía tenían mucho que resolver y ella le había dejado claro que él no tenía derecho a estar celoso, pero ella no era capaz de jugar con los sentimientos de nadie y, si era sincera consigo misma, Eric ni se le había pasado por la cabeza durante los últimos días. Y en su corazón ya lo había descartado hacía tiempo porque este ni siquiera se le había acercado.

Pasara lo que pasase con Anthony, Helena se alegraba de haberse obligado a salir más y a conocer más compañeros de clase; eso no pensaba dejar de hacerlo y en el caso de que al final dejase la carrera de Medicina e hiciera otra cosa, haría lo posible por seguir en contacto con las amigas que había hecho. Basta de encerrarse en sí misma o de confiar solo en sus hermanos y hermanas. Eric no estaba en ese grupo, y quizá en el futuro se convertiría en la clase de persona que busca relaciones auténticas, pero ahora, en la universidad, Eric solo pensaba en sí mismo, en pasárselo bien y en dejar la menor huella posible. No era malo, sencillamente no era lo que ella quería, y ahora lo sabía. Supuso que en el fondo también tendría que estarle agradecida, pues Eric le había servido para conocerse mejor.

Le contestó el mensaje dándole las gracias por la invitación y rechazándola. No se inventó ninguna excusa, le dijo que no iría y que ya se verían en clase. Él contestó al cabo de pocos minutos y le dijo que ningún problema, que en su lugar invitaría a Marta, otra compañera de la facultad. A Helena le pareció fantástico. Al menos había resuelto un tema de su lista de cosas pendientes; ahora los que le quedaban eran mucho más difíciles.

10
IN THE MOOD FOR LOVE

Anthony llegó al trabajo y puso en marcha el ordenador para obligarse a concentrarse y no llamar a Helena para preguntarle cómo estaba o si se arrepentía del beso de anoche.

Él no se arrepentía. Él atesoraría ese instante hasta el fin de sus días.

Consiguió aguantar hasta la hora de comer y entonces la llamó. Esperó con el corazón en la garganta:

—¡Ey, hola! —dijo en cuanto ella contestó. Él se ponía nervioso por muchas cosas: por si tenía que leer delante de otra persona, por si en una reunión alguien se daba cuenta de que él no entendía lo que aparecía en la pantalla, por si metía la pata por culpa de sus defectos, pero nunca por hablar con una chica. Excepto con Helena, así que contuvo la respiración hasta que ella habló.

—Hola, Ant.

Y al oír ese apodo, ese mote que ella le había puesto sin querer, volvió a respirar.

—¿Estás bien? —Silencio—. Después de lo de anoche, quiero decir, ¿estás bien?

La oyó sonreír o eso fue lo que se imaginó Anthony.

—Muy bien, ¿y tú?

Él también sonrió.

—Muy bien —la imitó—. No sabía que podía estar así de bien —añadió—. Mira, Helena, voy a tener un día muy complicado porque no voy a enterarme de nada de lo que pase en el trabajo porque mi cerebro va a estar reviviendo el beso de anoche.

—¡Oh, vaya! Lo siento.

—No lo sientes —afirmó él al oír el tono orgulloso de ella—, y yo tampoco. Lo que iba a decirte es que, dado que por culpa de eso voy a ponerme en ridículo demasiadas veces, lo menos que puedes hacer es salir a cenar conmigo esta noche.

—¡Ah! ¿Conque así están las cosas?

—Así están las cosas.

—De acuerdo, acepto. ¿Quedamos a las nueve en ese japonés que tanto te gusta? Yo puedo ir directa desde la facultad.

Anthony preferiría ir a buscarla, estar con ella antes. De hecho, preferiría salir ahora mismo del despacho, mandarlo todo a paseo y pasarse el resto del día besando a Helena o charlando con ella. Cuando descubrió que él era disléxico y el alto grado que padecía, aprendió que cuando quería aprender algo tenía que concentrarse de un modo distinto al resto de personas. Él tenía que dedicar todo su ser a lo que fuera que quería entender y ahora quería entender a Helena como nunca había querido entender nada. Era normal que se asustase porque, a pesar de lo que le había dicho a ella, Anthony no había conseguido enseñarse a sí mismo a no necesitar nunca a nadie.

—De acuerdo —accedió, porque ni él ni ella estaban preparados para lo que estaba pasando por su cabeza—. Nos vemos en el japonés a las nueve.

Iba a colgar, pero ella volvió a hablar.

—¿Ant?

—¿Sí?

—A mí también me costará mucho concentrarme en clase.

Anthony se quedó con el teléfono pegado al oído unos segundos; si eso seguía así, ni en un millón de años volvería a ser capaz de pensar en nada que no fuese esa chica.

Sobrevivió a un par de reuniones y consiguió, más o menos, tener una mañana productiva, aunque estaba seguro de que más de la mitad de sus compañeros de trabajo creían que le pasaba algo raro, a juzgar por cómo lo miraban. Supuso que se debía a que sonreía y él casi nunca lo hacía, pero le dio igual. Tenía incluso ganas de silbar o de cantar como un dibujo animado, que le mirasen tanto como quisieran. Él no tenía ninguna práctica en eso que el resto del mundo llamaba «felicidad» y pensaba disfrutarla tanto como le durase.

El jarrón de agua fría le cayó encima a primera hora de la tarde en forma de llamada telefónica. El doctor Ross, el oncólogo de Harrison, le llamó para decirle que los resultados de su padre ya empezaban a salir bien, había superado la neumonía y podían empezar a prepararle para la operación. Anthony seguía siendo el único familiar compatible y el banco de donantes seguía sin ofrecer ninguna alternativa viable. A fecha de hoy, él era el único que podía donar médula y, si no estaba dispuesto a hacerlo, algo que el doctor le recordó sin ninguna acritud, debía comunicárselo porque así descartarían esa opción y empezarían a contemplar otros tratamientos alternativos.

Anthony escuchó toda la información y después preguntó:

—En el caso de que acepte ser donante, ¿qué consecuencias tendrá la intervención para mí?

El doctor suspiró antes de contestar.

—La intervención en sí misma conlleva una serie de riesgos, no existen las operaciones sin riesgos, pero es una intervención que llevamos a cabo a diario y estarás en muy buenas manos. Si te decides, tendrías que llegar a Londres unos días antes para que podamos prepararte, hacer los análisis rutinarios y asegurarnos de que todo está bien para seguir adelante. En ningún momento pensamos que tu situación sea inferior a la de tu padre.

—Lo sé, doctor.

Anthony nunca había creído que el doctor Ross lo tratase como un paciente de segunda clase.

—La intervención durará unas cuantas horas, la anestesia será total y después tendrás que quedarte unos cuantos días en el hospital.

Normalmente con dos es suficiente, pero no puedo confirmártelo, depende de cada paciente. Después no podrás volar hasta el cabo de unos días; no quiero correr ningún riesgo por los cambios de presión de un vuelo. Cuando te dé el alta definitiva, podrás regresar a Barcelona y seguir con tu vida con normalidad.

—¿Cuántas posibilidades hay de que el trasplante cure a Harrison?

—Entre un treinta y un cuarenta por ciento —respondió el doctor sin adornos.

—Es decir, que es probable que no sirva para nada.

—Sin el trasplante, el señor Phellps tiene el cien por cien de posibilidades de morir en cuestión de meses, tal vez antes.

—Entiendo.

—No me corresponde a mí decirte qué tienes que hacer, Anthony; en mi trabajo he aprendido que esta clase de decisiones son muy personales. Lo único que te pido es que me comuniques tu decisión mañana por la tarde para así poder preparar al paciente y a mi equipo para la intervención, o para centrar mis esfuerzos en la búsqueda de una alternativa.

—Gracias por su tiempo, doctor. Agradezco mucho sus explicaciones. Le llamaré mañana para comunicarle mi decisión.

Anthony colgó y maldijo a su padre por volver a entrometerse en su vida y por colocarle en esa posición tan injusta. Él siempre había creído que era el bueno de la historia, le reconfortaba pensar que mientras su familia se había portado tan mal, él había logrado salir adelante. No solo eso, además les había demostrado que podía hacer realidad su sueño de ser arquitecto y tener todo lo que ellos le habían negado. El deseo de restregar su triunfo por la cara de su padre, de su madre y de sus hermanos había sido una gran motivación para Anthony, y ahora le gustaría decir que era tan generoso que estaba dispuesto a donarle médula a su padre para que se curase.

Pero no era así.

El rencor le había dado fuerzas durante tanto tiempo que al final había carcomido su alma y ahora le repugnaba darse cuenta de que era capaz de negarse a ayudar a Harrison. ¿Por qué tenía que ser él mejor persona de lo que había sido su padre con él? ¿Por qué tenía que poner en peligro su vida (porque el mismo doctor había reconocido que todas las intervenciones eran peligrosas) por Harrison, cuando este le había echado de la suya sin pestañear?

¿En qué clase de hombre se convertiría si se negaba a darle médula a Harrison?

Si se negaba a donarle médula y su padre moría, ¿qué le pasaría a él?

¿Qué pensaría Helena de él?

Y lo peor de todo, ¿ podría vivir con las consecuencias de esa decisión?

Se frotó los ojos exhausto. Helena tenía razón anoche; su vida era un jodido caos y no era justo que la arrastrase a ella. Tal vez debería resolver todo eso antes, tal vez debería saber qué clase de persona era él antes de pedirle a Helena que le diera una oportunidad.

Helena llegó al restaurante unos minutos antes de las nueve y esperó a Anthony en la puerta. Estaba nerviosa, aunque no sabía exactamente por qué. El beso de anoche no había dejado de reproducirse en su imaginación como cuando se obsesionaba con una canción y la escuchaba una y otra vez hasta que se la aprendía de memoria y adivinaba las notas antes de que sonasen. Había coincidido con Eric en una clase y él le había sonreído y charlado con normalidad, aunque no le había dedicado demasiado tiempo y en cuanto entró Marta la abandonó por ella. A Helena no le molestó, en realidad, suspiró aliviada y después, en el cambio de clase, fue a charlar con sus amigas más relajada. Estando con ellas volvió a tener la sensación de que ellas encajaban allí, en la facultad, en esa carrera, de un modo que ella nunca conseguiría. Fue culpa de un comentario. Un profesor de una asignatura de cuarto se había cruzado con el grupo de chicas por el pasillo y una había comentado que rezaba con todas sus fuerzas para que ese hombre se jubilase antes de que ellas llegasen a ser sus alumnas. El resto asintió, pues la reputación de aquel hombre bastaba para que tuvieran náuseas, pero Helena se dio cuenta de que ella era incapaz de imaginárselo. No podía imaginarse en cuarto de Medicina. Ni siquiera podía imaginarse acudiendo a clase el mes siguiente; era algo que tenía que obligarse a hacer a diario.

—Hola. —El saludo de Anthony la sacó de su ensimismamiento.

—Hola —le sonrió—. Perdona, estaba despistada.

Él le devolvió la sonrisa y se agachó despacio para besarla en los labios. Justo antes de que sus bocas se rozasen, la miró a los ojos esperando a que ella eliminase los últimos milímetros, diciéndole sin palabras que aquel beso, igual que todo lo demás, dependía de ella.

Helena colocó las manos en la camisa de Anthony y con los dedos arrugó la tela para acercarlo más a ella. ¿Cómo era posible que bastase con un beso de él para que el mundo desapareciera? ¿Y cómo era posible que Anthony supiera ya cómo besarla para que perdiera siempre la cabeza? Él le acarició la mejilla y le movió la cabeza con suavidad para colocarla como quería, como los dos querían, supuso Helena, porque cuando él encontró el ángulo exacto intensificó el beso y convirtió lo que había empezado como un «hola» en una frase entera. Si él no se hubiese apartado, ella habría podido seguir besándole de esa manera en la calle toda la noche. La eternidad entera.

—Será mejor que entremos —se justificó él, porque ella le estaba mirando como si quisiera desnudarlo—. ¿Tienes hambre?

—Mucha —contestó ella sin disimular que no hablaba de la comida japonesa y sonrió al ver que Anthony se sonrojaba y sus mejillas adquirían el tono de un helado de frambuesa, su favorito.

—Deja de mirarme así —la riñó él.

—¡Pero si no estoy haciendo nada!

—Ya, seguro. —Enredó los dedos de una mano con los de ella para entrar en el restaurante.

Después de pedir la cena, le contó que el doctor Ross le había llamado esa mañana.

—¿Has dicho que no sabes si vas a donarle médula ósea a tu padre? ¿A tu padre? ¿Por qué? —fue lo primero que le preguntó Helena.

—Es complicado.

—Eso ya lo has dicho antes. —Ella se mantuvo firme. Una parte de ella le decía que no era nadie para juzgarlo, pero otra gritaba que era imposible que Anthony, su Ant, estuviera planteándose tal crueldad.

—Mi padre me echó de casa cuando yo tenía dieciocho años. —No había sido exactamente así, pero eso era lo máximo que se veía capaz de contarle por el momento—. Y hasta hace unos meses no me había vuelto a dirigir la palabra. Y, créeme, si no fuera por mi preciosa médula ósea, Harrison Phellps podría haber pasado el resto de su vida ignorando mi existencia.

—No lo entiendo —dijo ella, confusa.

—Yo tampoco —convino él en voz baja—. Mira, Helena, no todas las familias son como la tuya. Las hay mejores y otras son mucho peores. Sé lo que digo.

—Pero... ¿qué pasó? —No podía evitar la sensación de que los padres de Anthony eran los culpables de la perenne tristeza que se reflejaba en sus ojos.

—Es...

—Complicado —lo interrumpió ella.

Él apretó los dientes y la tomó de la mano.

—Helena, ¿no puedes darme un respiro? Eres la primera persona que sabe por qué me peleé con mis padres. Gabriel, Jack y Amanda siempre han creído que, sencillamente, nos distanciamos, así que, por favor, ¿no puedes darme algo de margen?

—Está bien. No era mi intención presionarte, es solo que no me encaja que alguien como tú sea capaz de tomar una decisión tan egoísta como esa.

—Gracias —contestó emocionado, a pesar de que sabía que genéticamente estaba programado para ser muy egoísta. Solo había que ver a su padre y a su hermano para saberlo—. Significa mucho para mí y ahora, por favor, ¿podemos dejar de hablar de mí? Cuéntame qué tal te ha ido el día.

Le costó no preguntarle directamente si había visto al tal Eric, pero se recordó que no estaba en posición de recriminarle nada a Helena y que ella tenía todo el derecho del mundo en salir corriendo de allí y buscar un chico con el que tener una relación sin tantos dramas, aunque eso a él le rompiese el corazón.

—Bien, supongo. —Jugó con la servilleta—. Tengo que contarte algo.

—Claro, lo que quieras —le aseguró él, un poco angustiado porque ella había apartado la mirada. ¿Qué iba a decirle que creía que no podía mirarle a los ojos?

—Esta mañana Eric me ha enviado un mensaje para invitarme a pasar el fin de semana con él en casa de unos amigos.

¡Vaya!, pensó Anthony, así que esto era lo que se sentía cuando querías eliminar a alguien de la faz de la tierra; un fuego que te quemaba las entrañas y te hacía hervir la sangre. Claro que en su caso no sabía si tenía más ganas de estrangular a Eric o a sí mismo por haber sido tan idiota con Helena. Se esforzó por ocultar su reacción, aunque dudaba que lo hubiese conseguido. Bebió un poco de agua a ver si así el fuego se apagaba un poco o se volvía controlable.

—¿Y qué le has dicho?

Helena por fin lo miró y Anthony consiguió aflojar el nudo que le estrangulaba la garganta.

—Que no, Ant. Le he dicho que no.

Llegó el camarero con los postres que habían pedido, un mochi de chocolate y otro de fresa. Al verlos, Helena pensó que el color de las mejillas de Anthony había cambiado hasta parecerse al del pastel helado. En esos días le había visto sonrojarse más que en todos los meses que hacía que le conocía.

—¿Puedo decir que me alegro sin quedar como un cretino?

—No.

Los dos sonrieron y atacaron los postres.

—Creo que necesito decirlo igualmente, Helena. Me alegro de que no vayas a pasar el fin de semana con Eric y, aun a riesgo de quedar además como un idiota, gracias. Gracias por decirle que no.

—No me des las gracias; no lo he hecho por ti.

—Lo sé —volvió a sonrojarse. Ser rubio era un incordio y últimamente con Helena era un verdadero problema—. ¿Y qué más te ha pasado hoy?

Helena levantó una ceja ante el nada disimulado cambio de tema.

—¿Te acuerdas de esa conversación que tuvimos hace meses sobre las dudas que tenía sobre si seguir estudiando Medicina?

—Claro que me acuerdo. Me porté como un imbécil, pero nunca he olvidado nada de lo que hablamos durante esos meses, Helena. Nada.

Le tocó a ella sonrojarse.

—Pues hoy ha sucedido algo.

—¿Qué?

—Unas de mis amigas y compañeras de clase estaban hablando de un profesor que supuestamente tendremos en cuarto. Es un hueso duro de roer, y me he dado cuenta de que no podía imaginarme en cuarto. En realidad, ni siquiera me imagino matriculándome el año que viene.

—¿Vas a dejarlo?

Helena suspiró.

—No lo sé. Puedo obligarme a seguir adelante, estos meses estoy estudiando más y mis notas han mejorado mucho. Quizá es infantil, quizá tengo que hacerme mayor. —Hizo una mueca burlona, pues acababa de dejarle en bandeja la posibilidad de que él recordase los ocho años que los separaban.

—Helena, mírame —le pidió, tendiéndole la mano por encima de la mesa. Esperó a que ella comprendiera lo que le estaba ofreciendo y colocase la suya encima—. Que puedas aprobar las asignaturas no significa que debas dedicar tu vida a algo que no quieres hacer. Eso no es hacerte mayor, es querer ser feliz y, créeme, si alguien se merece ser feliz eres tú.

—¿Y tú no?

—Yo me estoy planteando seriamente no donarle médula a mi padre, así que no, tal vez yo no entre en esa categoría, pero tú sí. Sé que hace meses, esa noche —no hizo falta que especificase cuál—, te dije que la diferencia de edad que existe entre nosotros era un problema. Mentí. No lo era y no lo es. Pero...

—Ninguna frase que empiece con «pero» termina bien.

Anthony apretó los dedos e intentó sonreírle.

—Pero estás viviendo una de las mejores épocas de tu vida y te mereces todo lo mejor. —Tragó saliva antes de continuar—: Te mereces ir de oyente a otras carreras, averiguar qué te gusta de verdad, probar cosas, equivocarte y pasártelo en grande.

—Gracias. —Lo miró entre intrigada y confusa—. Tú también te mereces lo mejor, Ant.

—Con el beso de anoche me conformo. Lo cierto, Helena, es que seguramente tenga que volver a Londres y todavía no sé qué diablos decidiré en relación con mi padre. Mi familia es un jodido desastre y yo no sé cómo saldré de todo esto. Cuando me has dicho que has rechazado la invitación de Eric me he sentido aliviado y feliz, pero después he pensado que soy un auténtico capullo y un egoísta.

—¿Por qué has pensado eso? Ya te he dicho que no he rechazado a Eric por ti. He rechazado su invitación porque no quiero ir con él. Porque no es lo que quiero, y ya va siendo hora de que haga lo que quiero y no lo que se espera de mí, ¿no crees?

—Por supuesto.

—¿Entonces? —insistió ella.

—Vas a mandarme a la mierda —soltó además un taco en inglés—, pero tal vez deberíamos ir despacio. Nunca he hecho nada parecido con nadie. Nunca me ha importado si con mi comportamiento hería a alguien. Gabriel, Jack y Amanda son prueba de ello; seguro que cualquiera de los tres puede contarte un montón de situaciones en las que me he comportado como un imbécil con ellos.

—Y mira, siguen siendo tus amigos. Tus mejores amigos.

—¿Y si solo soy capaz de eso, Helena?

Ella se obligó a creer que lo que decía era cierto o, al menos, creer que él creía que era cierto. Sopesó lo que Anthony le estaba diciendo, lo que estaba reconociendo delante de ella, y descartó por imposible la posibilidad de que él fuera tan frío, egoísta e insensible como él creía. Quizá Anthony nunca se enamorase de ella, quizá por ella no llegaría a sentir nunca algo tan profundo como el amor que Gabriel sentía por Ágata, pero estaba segura de que Anthony era capaz de eso y más.

Ella tampoco sabía si acabaría enamorándose de él de esa manera, nadie podía anticipar algo así. Pero no estaba ciega y se conocía a sí misma y sabía que el beso de anoche de Anthony existía en un universo distinto al de los otros besos que había recibido.

—No lo sé, Ant. Tal vez tengas razón. Tal vez tú y yo solo llegaremos a ser buenos amigos.

La cara de horror de él casi la hizo sonreír y Helena se mordió la lengua para no preguntarle por qué diablos decía todo eso si la miraba de ese modo.

—¿Lo ves? Tengo razón. —No sabía si intentaba convencerla a ella o a sí mismo.

—Podemos ser amigos —anunció Helena.

—Claro, amigos. Mejor, sí, mucho mejor. —Dejó la cuchara en el plato de postres; se había terminado el mochi y no se había enterado.

Helena asintió y se terminó el pastelito helado.

Regresaron andando a casa; él acompañó a Helena hasta la suya y por el camino siguieron hablando de cosas que les habían sucedido a lo largo del día y de canciones tristes que habían descubierto a lo largo de los meses que no se habían visto. Al llegar al portal del edificio de Helena, Anthony se metió las manos en los bolsillos del pantalón porque no sabía cómo contener de otro modo las ganas que tenía de abrazarla y volver a besarla. Se insultó mentalmente por haber decretado con tanto énfasis que solo podían ser amigos.

—No te tortures, Anthony. No es tan grave —se burló ella, leyéndole la mente.

—No lo será para ti.

—Ha sido idea tuya —le recordó ella con seriedad—. Por mí podríamos volver a besarnos como anoche. —Y tras decir eso se pasó la lengua por el labio inferior.

—No me hagas esto, Helena, o cuando llegue a casa será peor que ayer.

—¿Qué pasó ayer?

Anthony notó que le ardían las mejillas. Tenía que controlar esos sonrojos.

—No creo que los amigos se cuenten esas cosas.

Helena se apiadó de él y se puso de puntillas para darle un suave beso en los labios.

—Está bien, Ant. Tú y yo estamos bien. No te preocupes por nosotros.

Él le rodeó la cintura con una mano y volvió a acercarla a él cuando Helena se apartó.

—¿Seguro?

—Seguro. Vamos, vete a casa. Mañana tienes que tomar una decisión importante. Buenas noches.

Él la pegó a su cuerpo y soltó el aliento.

—Es injusto que encajes tan bien entre mis brazos.

Anthony contó hasta diez, depositó un beso en lo alto de la cabeza de Helena y se fue de allí antes de que cometiese la locura de besarla, cargársela en brazos y suplicarle que le dejase estar con ella.

La mañana siguiente, Anthony trató de concentrarse en los planos que estaba modificando, pero su mente se empeñaba en recordar el inocente beso que le había dado a Helena y el mensaje que el doctor Ross había dejado a primera hora en su contestador recordándole que, aunque no quería presionarle, necesitaba su respuesta para esa misma tarde. Anthony todavía no se había decidido, y el principal motivo de su indecisión era que, a esas alturas, ni su padre ni su madre se habían dignado pedírselo, sencillamente, habían dado por hecho que él lo haría. No quería humillarlos, ni que fueran a verlo contándole historias falsas sobre el amor que de repente sentían por él, pero sí que le gustaría que le trataran con respeto. Y una conversación entre adultos, en la que su padre le pidiera y no le exigiera que le donase su médula, era lo mínimo que se merecía. Frustrado, lanzó el lápiz encima del escritorio.

—¡Vaya! No sé qué te ha hecho el pobre lápiz —dijo Juan desde la puerta—, pero seguro que se arrepiente.

—No te había visto —contestó Anthony—. ¿Qué querías?

—Ya sé que en los últimos días te lo he preguntado varias veces, pero correré el riesgo de repetirme: ¿te pasa algo?

—Nada. Estaba trabajando en los cambios que me pasaste. Lo de los balcones de los pisos superiores me parece muy buena idea.

—Gracias. Tu sugerencia sobre el sistema de ventilación ha sido vital para resolver los problemas que teníamos. Bueno, ahora que los dos nos hemos halagado mutuamente, ¿por qué no me cuentas lo que te pasa?

—¿Saliste con Teresa?

—Me rindo, veo que estás empeñado en cambiar de tema. —Levantó las manos dándose por vencido—. Sí, fuimos a cenar. Es una mujer sorprendente. ¿Sabías que terminó los estudios después de que naciera su hija? ¿Y que la ha criado ella sola?

—No, no lo sabía. Me alegro de que lo pasarais bien.

—Sí. —Al ver el modo en que lo miraba Anthony, se apresuró a añadir—: No pasó nada. Teresa es toda una dama.

—Por supuesto. Y tú todo un caballero, y aunque hubiera sucedido algo o muchas cosas no dejaríais de serlo.

—Eres incansable. En fin, venía a ver si estabas listo para salir. Quedamos que hoy pasaríamos por la obra para comentar las últimas novedades con el capataz.

Anthony se había olvidado por completo de la cita.

—Por supuesto. Guardo todo esto y nos vamos.

—Te espero en recepción —dijo Juan, y salió dejándolo de nuevo a solas.

Anthony recogió el lápiz, guardó el cuaderno en la bolsa y fue en busca de su amigo. Tenía que ir a Londres; en el fondo, siempre había sabido que cuando llegase el momento iría. Tal vez no había tomado aún la decisión sobre el trasplante, pero tenía que volar a Inglaterra. Tenía que estar allí para enfrentarse a la realidad y no quería hacerlo solo. La visita con el capataz consiguió que, durante unas horas, no pensara en nada más, pero tan pronto como volvió a quedarse solo y vio la hora que era supo que, antes de llamar al doctor Ross, necesitaba hablar con otra persona. Quizá estaba en clase o quizá no quería hablar con él.

—¿Anthony? —contestó ella de inmediato.

—Helena —suspiró aliviado— ¿Estás en clase? —preguntó él.

—No, qué va. Hoy no tengo hasta más tarde y como Martina está también en casa estábamos viendo la tele. Espera un segundo. —Oyó que Helena se levantaba del sofá y le decía a su hermana que iba a su habitación—. Ya está, así no la molesto. Dime.

—Tengo que llamar al médico que lleva el caso de mi padre —le explicó, relativamente tranquilo, aunque sintió un ligero temblor en la mano con que sujetaba el teléfono—. Le diré que voy a ir. Aún no sé qué haré, pero tengo que estar en Londres este fin de semana. —Tomó aire—. Y tengo que decidir, de una vez por todas, si voy a donarle médula a mi padre o no.

—¿Y qué vas a hacer? —Helena estaba sentada encima de su cama, con las piernas cruzadas como una india.

—No lo sé. Helena, yo... sé que te parecerá absurdo, pero —cerró los ojos y agradeció que ella no pudiera verlo— ¿te importaría acompañarme a Londres?

—¿A Londres? ¿Quieres que vaya contigo?

—Sí. Yo me ocuparía de todo, por supuesto.

Se quedaron en silencio durante unos segundos; ella porque trataba de comprender lo que estaba pasando, y él porque tenía miedo de oír la respuesta que ella pudiera darle.

—Ant, ¿por qué? ¿Por qué quieres que te acompañe? —le preguntó Helena al fin—. Nos hemos pasado los últimos meses evitándonos. De no haber sido por el nacimiento de Mia, y por ese ascensor averiado, seguramente habríamos seguido así para siempre.

—No, eso no. Siempre me he arrepentido de cómo reaccioné aquella noche, Helena —confesó—. No sé qué habría hecho para volver a hablar contigo si aquel día no nos hubiésemos quedado encerrados en el ascensor, pero sé que habría hecho algo. De un modo u otro habría dejado de comportarme como un idiota y habría intentado que me dieses otra oportunidad. Necesito creerlo y necesito que me creas.

—Está bien —accedió ella, quizá porque notaba que él estaba alterado, pero Anthony se conformó.

—Este fin de semana va a ser muy difícil para mí, y necesito tener un amigo a mi lado —reconoció él—. No puedo pedírselo a Gabriel y tampoco a Guillermo. Ellos no saben la verdad sobre lo que sucedió con mis padres y ahora mismo no me veo con fuerzas para contárselo. —Ella seguía sin decir si aceptaba acompañarlo, así que Anthony siguió hablando—: Vas a decirme que da igual, que aunque no sepan nada puedo pedírselo a Gabriel o a Guillermo, que seguro que los dos me acompañarían, y tal vez tengas razón. Tal vez puedo pedírselo a ellos, pero quiero pedírtelo a ti, esa es la verdad. Te lo estoy pidiendo a ti. No quiero que venga nadie más, quiero, necesito que vengas tú. Ven a Londres conmigo, por favor. Si no quieres venir, lo entenderé. Sé que para variar me estoy comportando como un capullo egoísta y que te estoy pidiendo más de lo que merezco. Es solo que... tenía que preguntártelo.

—Ant, no digas eso. Está bien, si de verdad quieres que vaya contigo a Londres, cuenta conmigo. Pero no hace falta que te ocupes tú de organizarlo todo, yo puedo ayudarte. De eso se trata, ¿no? De que no tengas que enfrentarte a esto tú solo. —Oyó que él tragaba saliva y esperó.

—Gracias, Helena. —Carraspeó para aclararse la voz—. Mañana mismo compraré los billetes y reservaré el hotel.

—¿Y tu apartamento de Londres? ¿No preferirías ir allí? Mi hermana me dijo que no lo habías alquilado y que Amanda se ocupaba de ir de vez en cuando para asegurarse de que todo estaba bien. Podríamos ir allí, si tú quieres.

Anthony se quedó pensando unos instantes. La verdad era que le gustaría ir a su casa. Aunque en Barcelona estaba muy bien instalado, echaba de menos su apartamento de Londres, y a esa pequeña parte masoquista que vivía en su interior le gustaría ver cómo encajaba Helena en él.

—Había pensado que en un hotel estarías más cómoda, pero si a ti no te importa, la verdad es que me gustaría ir a mi casa —contestó sincero.

—Por supuesto que no me importa. —«Y siento mucha curiosidad.»—. Así podremos ir a nuestro aire.

—Gracias, Helena. Significa mucho para mí —le dijo más emocionado de lo que estaba dispuesto a reconocer.

—De nada, Ant. Vamos, todo va a salir bien —le dijo a pesar de que sabía que era imposible asegurar tal cosa—. Suenas cansado. ¿Quieres que me ocupe yo de mirar los vuelos?

—No, no hace falta. Es solo que acabo de darme cuenta de lo mucho que necesitaba oírte decir que me acompañabas.

—Sé que todavía no me has contado qué pasó exactamente entre tu padre y tú, Ant, pero es obvio que estás pasando por un momento difícil, y no creo que sea el momento de hablar de nosotros o de lo que sea que estemos haciendo tú y yo —le dijo, hiriéndose un poco a sí misma a pesar de que estaba convencida de que era lo mejor—. Una cosa detrás de otra, ¿de acuerdo? Vamos a Londres, resolvemos lo del trasplante y después ya veremos.

Anthony se agarró al uso del plural; un «ya veremos» era infinitamente mejor que un «ya veré».

—De acuerdo.

—¿Cuándo quieres que nos vayamos? —Helena centró la conversación en los detalles prácticos.

—El viernes por la mañana. Así tenemos tiempo de llegar a casa e instalarnos antes de ir el sábado al hospital.

—De acuerdo, pues nos vamos el viernes. ¿De verdad no quieres que mire yo los billetes?

—De verdad —le aseguró él—. Así me sentiré menos culpable por arrastrarte conmigo a Londres.

—¡Eh! No me estás arrastrando. He aceptado por voluntad propia. Deja de dar vueltas a eso, Ant. Hablamos mañana y terminamos de organizar las cosas. Supongo que necesitarás mi número de pasaporte, ¿no?

—Sí, claro. —Suspiró y vio la hora que era—. Voy a llamar al doctor Ross. Te preguntaría si te apetece volver a cenar conmigo esta noche, pero creo que no seré muy buena compañía. —Esperó a que Helena se riera, pero no lo hizo, sino que suspiró su nombre riñéndole. Le bastó con eso y siguió—: Te llamo mañana. Adiós, Helena.

Helena colgó el móvil y tardó unos segundos en darse cuenta de que su hermana Martina estaba de pie junto a la puerta.

—Así que te vas a Londres —dijo despreocupada.

—Eso parece —respondió ella desde la cama; seguía sin comprender del todo lo que acababa de suceder.

—Bueno. —Martina se dio media vuelta, pero antes de salir de la habitación, añadió—: Tranquila, te ayudaré a hacer la maleta a cambio de que me traigas algún regalo. Hay un par de libros que quiero comprarme y que aquí no encuentro por ninguna parte.

—Existe algo llamado Internet, Martina —le recordó Helena sonriendo.

—Lo sé, pero si me los traes tú tendrán valor sentimental.

Un par de horas más tarde a Helena volvió a sonarle el teléfono y vio que era el marido de su hermana. Ellos dos tenían muy buena relación; a Helena le fascinaba el modo en que el niño que había estado en su casa cuando eran pequeños se había enamorado perdidamente de Ágata, pero aun así contestó sorprendida.

—Hola, Gabriel, ¿qué tal? ¿Cómo están Ágata y Mia? —preguntó nada más descolgar.

—Todos estamos bien. ¿Puede saberse por qué acaba de llamarme Anthony para decirme que te vas con él a Londres este fin de semana? Me he sentido como el señor Bennett en *Orgullo y prejuicio* y ese papel le correspondería a tu padre.

—Pero tú eres mucho más guapo —bromeó para ver si lo despistaba.

—Gracias, pero no despistes. Tú hermana hace lo mismo.

Helena tenía intención de llamar a Ágata para contárselo, no se habría ido de Barcelona sin avisarla, pero antes quería preguntarle a Anthony si ya les había contado a ella y a Gabriel lo de su padre. No quería traicionar la confianza de Anthony, pero tampoco quería mentir a su hermana.

—Me ha pedido que lo acompañe —optó por responder vagamente—. Y este fin de semana lo tengo libre.

—Ya. Solo dime una cosa, ¿tiene algo que ver con que su padre esté enfermo? Vamos, Helena, soy periodista, y el padre de Anthony es uno de los hombres más poderosos de toda Inglaterra. Además, Jack me llamó para contármelo.

—Él me dijo que quería contártelo más adelante. No quiere preocuparte ni que te ofrezcas a acompañarle a Londres. Mia es muy pequeña y dice que no quiere daros dolores de cabeza a ti y a Ágata.

—¡Joder! ¡Pero si somos amigos! Él no nos da dolores de cabeza, bueno, sí, pero forma parte del trato. Pero espera un momento... —Oyó cómo el cerebro de Gabriel encajaba las piezas—. A ti sí que te lo ha contado. —Silbó—. ¿Me estás diciendo que a ti sí te lo ha contado? Helena, si eso es así, deja que te diga una cosa: significas mucho más para Anthony de lo que él mismo está dispuesto a admitir. ¡Dios! Si yo tardé seis años en lograr que me confirmara que era hijo de Harrison Phellps.

—No será para tanto. Y sí, su padre está enfermo. Una clase rara de leucemia.

—¡Mierda! ¿Y puede saberse por qué el muy idiota no me ha dicho nada? Se supone que soy su mejor amigo.

—Ya te he dicho que no quería molestar —sugirió ella.

—Es un capullo. Le quiero, pero es un capullo. No le llamo ahora mismo para insultarlo porque en el fondo le entiendo. —Gabriel todavía recordaba cómo se había portado tras la muerte de su padre—. Mira, Helena, ve con él y ayúdale en lo que puedas, porque te juro que cuando todo esto pase voy a cantarle las cuarenta.

—Lo siento, Gabriel. No sé qué decir, pero si te consuela, te habrías enterado igual. Yo iba a llamar a Ágata más tarde.

—Lo sé... Siento que tengas que pagar tú mi mal humor, pero es que al burro de Anthony a veces hay que recordarle que no está solo en el mundo. En fin, ¿a qué hora os vais?

—Se supone que hablaremos mañana para acabar de concretar los detalles. Cuando sepa el horario del vuelo os lo haré saber, y no te preocupes por nada. Te prometo que haré todo lo que pueda para que a Anthony le quede claro que tiene muy buenos amigos.

—Bueno, por lo que acabas de contarme estoy convencido de que si alguien puede hacerlo eres tú, Helena —añadió con tono enigmático—. Llámanos cuando sepas la hora de salida y todas esas cosas, ¿vale?

—Así lo haré. Adiós, Gabriel.

—Adiós.

Anthony fue a buscarla el viernes a primera hora de la mañana. El vuelo salía a las nueve y tenían el tiempo justo de llegar al aeropuerto, facturar y pasar el control de pasaportes. Ella llevaba tan solo una pequeña maleta; primero se había decidido por una bolsa de mano, pero cuando Anthony le confirmó que se quedarían en Londres hasta el martes por la tarde, escogió la maleta. No iba muy cargada, pero sí había metido algo más de ropa por si le quedaba algo de tiempo libre para hacer turismo. Aunque no se tomaba aquel viaje como unas vacaciones; iba allí a ayudar a Anthony, y si tenía que pasarse los cuatro días en la sala de espera del hospital, pues allí era donde iba a estar.

Durante el vuelo, él le contó las pruebas que le habían realizado para asegurarse de la compatibilidad de su médula ósea, y también la puso al día de los procedimientos a los que se había sometido Harrison. Ella se dio cuenta de que Anthony casi siempre llamaba a su padre por el nombre de pila, pero no le preguntó por qué. Ya tendría tiempo más adelante, y él, aunque se empeñaba en disimularlo, estaba nervioso. Aterrizaron en Heathrow, y quizá por la atmósfera inglesa o por el frío, Anthony se relajó un poco y en el taxi que los llevó hasta su apartamento le estuvo contando que le había dejado las llaves a una amiga, Amanda. También le habló de Jack, al que Helena también conocía de oídas, pues había sido el jefe de Ágata durante los meses en que su hermana trabajó en Londres. Pero en ningún momento le habló de sus padres ni de sus hermanos. A medida que el taxi iba acercándose a la ciudad, el tráfico se hacía más denso, hasta que se quedaron parados. Helena miró hacia fuera, vio el triste cielo inglés y pensó en los ojos del chico que tenía al lado. Anthony parecía también frío, pero ella estaba empezando a descubrir que su interior era cálido como el sol de verano. Con una leve sonrisa en los labios, se quedó dormida el resto del trayecto.

11

LA PRINCESA PROMETIDA

Anthony todavía no podía creerse que Helena hubiera aceptado acompañarlo a Londres. Se había pasado toda la semana convencido de que, cuando fuera a buscarla, le diría que había cambiado de opinión y que no iba a ir con él. Pero no había sido así, todo lo contrario, ahora mismo la tenía sentada a su lado, dormida con la cabeza recostada en su hombro.

Realmente era injusto lo bien que encajaban todas las partes del cuerpo de ella con las de él.

El coche se detuvo y Anthony se planteó seriamente pedirle al taxista que siguiera conduciendo un poco más. Helena parecía cansada y a él le encantaba tenerla tan cerca sin tener que enfrentarse a la verdad, sin tener que asumir que tal vez ella solo le había acompañado porque era la mejor persona del mundo, incapaz de dejar que un amigo pasara solo por un mal trago.

Quizá podían seguir así unos minutos más, ella dormida en su hombro y él ignorando el motivo que le había llevado a hacer aquel viaje, pero un coche pitó a otro en la calle y Helena se movió.

—Ya hemos llegado —le susurró para no sobresaltarla. Ella abrió despacio los ojos.

—Me he quedado dormida. Lo siento —dijo algo avergonzada.

—No te preocupes. —Le acarició el rostro como si no pudiera evitarlo y bajó del vehículo para disimular y ocuparse junto al taxista de las maletas—. Es normal que estés cansada, y tampoco es que te estuviera contando algo demasiado interesante.

Helena se sonrojó todavía más.

—No es eso.

El taxi se despidió. Anthony vivía en un barrio muy tranquilo e incluso a esa hora apenas había gente paseando.

—Ayer llamé a Amanda para decirle que venía, y me dijo que pasaría esta mañana para encender la calefacción y dejarme algo en la nevera.

—Mi hermana me ha contado maravillas de ella. ¿Crees que podré conocerla?

—Por supuesto —respondió él sin dudar—. No hace falta que te pases todo el día conmigo.

—Anthony, he venido aquí para estar a tu lado. Si tenemos tiempo de ir a ver a tus amigos, genial. Si no, no pasa nada. Si conozco a Amanda espero que sea contigo a mi lado; creo que a ti también te iría bien ver a tus amigos y seguro que ellos se alegrarán mucho de verte.

Él apretó la mandíbula, un gesto que Helena ya había descubierto que delataba que estaba nervioso.

—Gracias. Es aquí. —Subieron una única planta. Él ocupaba la planta superior y una mujer y su hija la inferior. Anthony abrió la puerta de su apartamento, y sintió una enorme sensación de paz. Realmente había echado de menos aquel lugar más de lo que creía—. Pasa.

—¡Vaya! Es precioso —dijo Helena al ver los dibujos y bocetos de distintos edificios que decoraban las paredes del pasillo—. ¿Los has dibujado tú?

—¡Qué más quisiera! Yo solo los colecciono. Algunos son de arquitectos famosos, otros de meros desconocidos. Los compro en ferias y mercadillos.

—Pues algún día deberías enmarcar uno de los tuyos y colgarlo.

—No digas tonterías —contestó, constatando a su paso que todo estaba en mejor estado de lo que él lo había dejado. Realmente, no se merecía una amiga como Amanda. Igual que no se merecía ni de lejos a Helena.

—En serio. ¿Has dibujado algo más en estos meses?

—No, la verdad es que no he estado demasiado inspirado.

—Supongo que es normal —dijo ella.

Anthony se dio cuenta de que Helena creía que esa falta de inspiración se debía a la enfermedad de su padre, cuando en realidad ella era el motivo, pero no la sacó de su error.

—Este es el cuarto de invitados. —Abrió una puerta y le enseñó una acogedora habitación decorada en tonos verde pálido. Había una cama de matrimonio, un armario y un espejo de cuerpo entero—. La señora Potts eligió el color y el espejo —añadió con una sonrisa.

—¿La señora Potts?

—Mi niñera.

Helena levantó una ceja y él dedujo que quería que desarrollara algo más aquella escueta respuesta.

—Cuando me fui de mi casa, ella fue una de las pocas personas que me ayudó, así que cuando compré este apartamento pensé que sería bonito pedirle su opinión acerca de algunas cosas —explicó, como si tuviera que defenderse.

Helena pensó que era la primera vez que lo veía hablar de alguien de su pasado con cariño.

—Yo también tenía una niñera de pequeña. Bueno, mi madre solía decir que más que una niñera era una domadora de leones y una santa por soportarnos a todos.

—¿Ah, sí? —A Anthony le sorprendió que Helena no quisiera saber nada más, y llegó a la conclusión de que aquello era una muestra de su generosidad—. ¿Y cómo se llamaba?

—Luisa, y ya falleció.

—¡Vaya! Lo siento.

—Gracias. Era muy mayor. Murió una noche mientras dormía, después de ir unos días de viaje con unas amigas también jubiladas. Nosotros la habíamos visto el día anterior, y nos contó entusiasmada lo bien que se lo había pasado. Así que, tal como dice mi madre, supongo que murió feliz. Espero que así fuera, porque si no el día que yo me muera alguien tendrá que ajustar cuentas conmigo.

A Anthony se le heló la sangre al pensar en la muerte de Helena.

—No digas eso, y menos cuando estoy a pocas horas de pasar por el quirófano.

—¿Ya has decidido que sí vas a donar médula a tu padre?

—Sí, eso creo. —Soltó el aliento—. Donaré la médula, pero, por favor, ¿podemos hablar de eso más tarde? No quiero pasarme lo que queda del día pensando en eso. Es la primera vez que estás aquí conmigo y no quiero que mi padre o mi familia se entrometan. ¿Podemos dejarlo, por favor?

—Claro —le aseguró y tras unos segundos añadió guiñándole un ojo—: dile a la señora Potts que me encanta el espejo.

—Se lo diré. El baño está por allí, puedes tomar posesión de él. Yo tengo otro en mi habitación. La cocina y el comedor están al final del pasillo. Y la otra habitación es mi estudio, aunque últimamente no puede decirse que lo haya utilizado demasiado.

—Bueno, tarde o temprano tendrás que regresar aquí, ¿no?

—Sí, supongo que sí. ¿Tienes hambre? ¿Quieres salir a pasear o prefieres quedarte en casa? Tú decides.

—Después de la cabezadita del taxi, la verdad es que estoy hambrienta, aunque te confieso que no me apetece demasiado salir.

—Supongo que en la cocina encontraré algo que ofrecerte —dijo él, ya desde la puerta—. Ponte cómoda, yo iré a dejar las cosas en mi dormitorio y luego investigaré por la despensa.

—Te ayudo.

—Está bien. Cuando quieras, ven a la cocina.

Anthony salió de allí y se dirigió hacia su habitación. Todo estaba idéntico a como lo había dejado. Encima de la mesilla de noche había la novela que estaba leyendo y el diccionario marcado con fosforito. Y también el reproductor de MP3 que se había dejado allí. Tenía dos, y aun así, siempre terminaba por perder uno. Colocó el escaso equipaje encima de la cama y colgó la poca ropa que se había traído de Barcelona en el armario. Se cambió y se puso una camiseta y un pantalón de algodón azul marino que solía utilizar para hacer deporte. Se lavó las manos y fue hacia la cocina. No se permitió detenerse ni un segundo, porque si lo hacía se daría cuenta de lo mucho que le gustaba que Helena estuviera en su apartamento.

Helena se quedó sentada en la cama unos segundos, pensando en la conversación que acababan de mantener y tratando de imaginar qué se encontrarían en el hospital. Había tenido que morderse la lengua para no preguntarle a Anthony por qué se había peleado con sus padres, o por qué no tenía contacto con sus hermanos. Las posibilidades eran infinitas, pero por más que le daba vueltas al tema, no conseguía imaginar ningún motivo por el que alguien pudiera estar enfadado con Anthony durante tanto tiempo. Él se lo contaría cuando estuviera preparado, se recordó, se lo había prometido, así que de nada serviría que siguiera allí embobada. Se levantó, fue al cuarto de baño, que también era precioso, a refrescarse y luego se dirigió a la cocina.

Anthony estaba preparando una ensalada en un cuenco, y junto a él había una bandeja con varios quesos y jamón italiano, así como unas rebanadas de pan.

—He pensado que, a la hora que es, estaría bien comer algo ligero y después podemos salir a pasear o quedarnos por aquí viendo la tele. Además, tengo que estar en el hospital mañana a las ocho —explicó sin darse la vuelta.

—Claro, la verdad es que tiene muy buena pinta. ¿Puedo hacer algo para ayudar? —preguntó Helena.

—Dentro de la nevera encontrarás agua y varios zumos, elige lo que quieras.

Ella fue hacia el frigorífico y vio la nota que había fijada en él con un par de imanes.

—Está claro que Amanda y Jack te han echado de menos —comentó con una sonrisa.

—¿Por qué lo dices? —preguntó Anthony, sorprendido por el comentario.

—Por la nota que te han dejado en la nevera.

«La nota», recordó él. Al abrir la nevera la había visto, pero estaba demasiado cansado y nervioso como para tratar de leerla, así que pensó que ya lo haría más tarde.

—¡Ah, sí! Ellos son así. —Esperó que esa respuesta tan vaga bastara para cerrar el tema.

—¿Y piensas hacerles caso?

«¿Caso en qué?», se preguntó Anthony, pero de todos modos se arriesgó a responder:

—¡Qué va! Esos dos están locos. Esto ya está. ¿Te importa llevar los platos y los vasos?

Helena amontonó los utensilios y lo siguió hacia el comedor, pero no pudo quitarse de encima la sensación de que Anthony no estaba siendo del todo sincero con ella; si no, ¿por qué demonios le había dicho que no pensaba llamar a sus amigos cuando eso era lo único que le pedían en la nota?

Durante la improvisada cena, Anthony le dijo unas veinte veces que no hacía falta que lo acompañara al hospital a primera hora. Y Helena le respondió las veinte veces que por supuesto que iría con él. Anthony también le dijo que no sabía si sus hermanos, Frey y Sabina, estarían allí, pero que en el caso de que eso sucediera, no debía de preocuparse por ellos. Anthony todavía no había coincidido con Frey, y la verdad era que temía dicho encuentro; su hermano siempre había sido capaz de herirlo con apenas dos palabras. Y, si bien Sabina lo había sorprendido, esta se parecía demasiado a su madre y Anthony sabía que, en caso de conflicto, nunca lo defendería. Fueron a acostarse y él tardó un poco en dormirse, pero cuando lo consiguió fue con una ligera sonrisa en los labios. Sí, le gustaba que Helena estuviera en su casa.

Horas más tarde, después de pasarse la tarde charlando y viendo una serie de época que encontraron de casualidad en la BBC, a Anthony le costó horrores fingir que le parecía bien que Helena durmiera en la habitación de invitados y él en la suya. A ella también le costó fingir que le parecía lo más sensato, pero no fue a acostarse sin darle un beso de buenas noches en los labios. Si no fuera porque vio cómo Anthony cerraba los puños contra la pared del pasillo para no sujetarla, pensaría que se había imaginado el fuego azul que ardía en los ojos de él cuando la miraba.

Por la mañana, al sonar el despertador, tanto Helena como Anthony tardaron un rato en identificar dónde estaban, pero los dos, cada uno en su respectiva habitación, se alegraron de saber que iban a pasar el día en compañía del otro, aunque fuera en un hospital. Cuando ella salió de su habitación, lista ya para irse, descubrió que Anthony le había preparado el desayuno. Él también estaba a punto y, mientras sujetaba una taza de café en una mano, en la otra tenía un lápiz con el que no paraba de dibujar algo en su cuaderno.

—¿Qué estás dibujando? —le preguntó Helena al entrar en la cocina.

—Buenos días —saludó él, cerrando de inmediato el cuaderno—. No es nada. ¿Has dormido bien?

—Sí. ¿Y tú? ¿Estás nervioso?

—Diría que no, pero supongo que mentiría. —Salió de la cocina y fue a guardar el cuaderno en la habitación donde le había dicho que tenía su estudio.

Helena aprovechó para servirse una taza de café y dar un mordisco a una de las magdalenas que él había dejado en una bandeja. Anthony reapareció al cabo de unos minutos.

—Por mí podemos irnos —dijo ella, dejando la taza limpia en la encimera.

—De acuerdo.

Salieron del apartamento y él detuvo un taxi. El hospital no estaba demasiado lejos, pero sí lo suficiente como para que no le apeteciera ir andando a esas horas de la mañana. Durante el camino, volvió a decirle a Helena que no hacía falta que se quedara allí todo el día con él, a lo que ella volvió a responderle que no dijera tonterías.

Llegaron al hospital, que tenía el mismo aspecto que los de Barcelona, pensó Helena, y se dirigieron a la planta de oncología. Al salir del ascensor, se toparon con un hombre rubio muy atractivo, de unos cuarenta años y con la mirada más cruel que Helena había visto nunca.

—¡Vaya, mira quién ha venido! —dijo el rubio—. Y yo que pensaba que no serías capaz de llegar hasta aquí sin ayuda. —Miró a Helena, a la que repasó de arriba abajo—. Aunque, por lo que veo, no me he equivocado tanto.

Ella no entendió a qué venía tanta animosidad, pero cuando vio que Anthony retrocedía como si estuviera asustado no lo dudó ni un instante y entrelazó los dedos con los suyos. Él le apretó la mano con fuerza y Helena supo que el gesto lo había reconfortado.

—Hola, Frey. Y yo veo que no has cambiado nada. ¿Te importa? —Hizo un gesto con la mano que tenía libre.

El tal Frey se apartó y les dejó vía libre.

—Papá está en su habitación —informó, y se metió las manos en los bolsillos—. Te están esperando.

Anthony se limitó a asentir con la cabeza.

—Supongo que vas a consentir en ser el donante, ¿no? Ya era hora de que sirvieras para algo.

Helena sintió que él le apretaba los dedos todavía con más fuerza y temió que fuera a pelearse con su hermano allí mismo. No entendía nada de lo que estaba sucediendo, pero el tal Frey le ponía los pelos de punta.

—Anthony —le dijo, tirándole ligeramente de la mano—, será mejor que nos vayamos.

Él parpadeó y la miró, como si justo en aquel instante recordara su presencia.

—Tienes razón, lo siento. Cuanto antes empecemos con todo esto, antes podremos irnos.

Frey los observó con una mueca sarcástica en el rostro, pero algo debió de ver en los ojos de Anthony cuando este volvió a mirarlo porque, sin decir una palabra más, se metió en el ascensor y se fue.

—Ese era mi hermano mayor, Jeffrey —le dijo Anthony a Helena cuando las puertas se cerraron y el rubio desapareció.

—Ya lo he deducido —contestó ella—. Y no me puedo creer que seáis familia.

—Yo tampoco, pero créeme, lo somos. Mi padre se aseguró de comprobarlo.

Helena se quedó helada ante lo que aquello implicaba y, por desgracia, tuvo el presentimiento de que aquello era tan solo la punta del iceberg en cuanto a los problemas familiares a los que Anthony se refería.

Recorrieron el pasillo del hospital y se detuvieron frente a la habitación del señor Phellps.

—Helena, no hace falta que entres —dijo Anthony, pero por el modo en que le seguía sujetando la mano, ella dedujo que no lo decía en serio. O que, si lo hacía, su propio cuerpo había decidido traicionarlo.

—Vamos, llama a la puerta.

Él le hizo caso y un segundo más tarde se oyó la voz de una mujer diciéndoles que entraran.

Tumbado en la cama había un hombre de unos sesenta años largos, muy parecido al rubio con el que se habían encontrado al salir del ascensor. Era evidente que de joven había sido muy atractivo, aún lo era, y, a juzgar por la mueca de desprecio que le desfiguraba el rostro, también se hacía patente que odiaba estar enfermo y que se tomaba todo aquello como una traición por parte de su cuerpo. Sentada en una butaca a su lado había una mujer muy atractiva. También era rubia y Helena pensó que debía de haber hecho un pacto con el diablo porque, si bien estaba claro que era la madre de Anthony, no aparentaba ni mucho menos la edad que debía de tener.

—Buenos días —saludó Helena al entrar, con la sensación de estar en medio de un duelo de pistoleros y de que necesitaba hacer algo para romper la tensión.

—Buenos días —respondió la mujer, levantándose de la butaca—. ¿Has hablado ya con el doctor Ross, Anthony?

—Todavía no —dijo él, tenso—. Lillian, Harrison, ella es Helena.

En circunstancias normales, Helena les habría dado dos besos, pero estaba claro que lo que estaba sucediendo en aquella habitación no era normal, así que se limitó a asentir con la cabeza.

—¿Has rellenado ya los papeles del trasplante de médula? —preguntó Harrison desde la cama.

—Todavía no —repitió Anthony, sosteniéndole la mirada a su padre. Este intensificó su mueca de desdén.

—Anthony, Anthony, creía que después de tanto tiempo ya se te habría pasado. Vamos, ¿no puedes ponerte en nuestro lugar?

—Pues no, no puedo. Y no creo que pueda hacerlo jamás.

—Anthony, tienes que entender que nosotros solo queríamos lo mejor para ti —intervino su madre, e incluso a Helena, que acababa de conocerla, le sonó hipócrita.

—¿Lo mejor para mí? ¿Lo mejor para mí era tratarme como si fuera idiota?

—No exageres, Anthony. Sabes que teníamos motivos de sobra para creerlo.

—No, no los teníais. Si os hubierais molestado en tratar de entender lo que me estaba pasando, si os hubierais dignado a perder cinco minutos de vuestro precioso tiempo, habríais sabido que no teníais motivos para creer tal cosa. Pero no, para ti —señaló a su madre— era mucho más importante tu profesor de tenis, tus masajes y tus amigas. Y para ti —le tocó el turno a su padre—, tus reuniones, tus secretarias y tu prestigio.

—¡Ah! ¿Conque de eso se trata? ¿Qué pasa, Anthony? ¿No vas a darme tu médula si no te pido perdón? ¿Es eso? Pues lo llevas claro, hijo —pronunció esa última palabra como si fuera un insulto—. No pienso disculparme por nada. El apellido Phellps significa mucho para mí, y no iba a permitir que nos dejaras en ridículo. No me interpretes mal; me alegro de que consiguieras sacarte el título de arquitecto. —No hizo falta que añadiera «aunque me sorprende que lo consiguieras», pues estaba claro que era lo que pensaba—. Pero no iba a dejar que un hijo mío, que a los diez años todavía era incapaz de leer, echara nuestra reputación por tierra. Sabía que ibas a reaccionar así; en el fondo te pareces más a mí de lo que crees. Les dije a mis abogados que prepararan la documentación necesaria para llevarte a juicio. Después de todo, sigues siendo mi hijo y, bueno, si no estás dispuesto a ayudarme por las buenas, como te dije, tendrás que hacerlo por las malas.

Si a Helena le hubieran cortado un brazo en aquel mismo instante, ni lo habría notado. ¿Quién era aquel hombre que estaba escupiendo tanto veneno por la boca?

¿Y qué era esa tontería de que su hijo iba a avergonzarlo? ¿Que no había aprendido a leer hasta los diez años? No entendía nada, pero sintió que Anthony empezaba a temblar y en aquel preciso instante eso fue lo único que le importó.

—No será necesario, Harrison. Le diré al doctor Ross que lo prepare todo para el trasplante, aunque espero por tu bien que no necesites un segundo. —Tiró de la mano de Helena y se encaminó hacia la puerta—. Adiós.

Salieron de la habitación, pero Anthony no se detuvo hasta llegar a otra puerta que había al final del pasillo, con una placa en la que podía leerse el nombre del oncólogo. Llamó y, al oír la voz del médico, entró sin dilación.

—Hola, Anthony. No sabía que habías llegado. —El hombre iba a levantarse, pero las siguientes palabras de Anthony lo detuvieron:

—Tal como le dije el otro día, puede prepararlo todo para el trasplante, doctor.

—De acuerdo. —Helena vio que el hombre respetaba la decisión de Anthony—. Toma, estas son las hojas de la autorización y algunas recomendaciones previas y postoperatorias. —Abrió una agenda que tenía delante—. Podríamos llevar a cabo la operación este martes y, si todo sale bien, te daré el alta el lunes siguiente.

—Llamaré a mi empresa y les preguntaré si hay algún problema. Telefonearé esta tarde a la enfermera para confirmárselo. Si a usted le parece bien.

—Perfecto. Gracias por tu colaboración, Anthony. —El doctor se puso en pie y le tendió la mano.

Y Anthony se la estrechó con convicción. Estaba claro que aquel hombre no tenía nada que ver con lo que ocurría entre padre e hijo.

—Un segundo, Anthony. Deduzco que la señorita que te acompaña se quedará contigo, ¿no? No deberías estar solo después de la intervención.

Él se quedó helado. Le había costado tanto tomar aquella decisión que ni siquiera se había planteado si Helena iba a poder quedarse con él todo ese tiempo. Había sido muy presuntuoso por su parte, pero al parecer, su mente se había concentrado solo en lo que necesitaba él sin importarle si alteraba o mandaba a la mierda la vida de los demás. Tenía que disculparse con Helena y asegurarle que no esperaba que se quedase tanto tiempo. Y después le diría al doctor Ross que no, que Helena se iba y que él ya llamaría a otra persona para que se quedase a su lado; quizá la señora Potts pudiese ir, o incluso Amanda o Jack. Pero en aquel instante, Helena respondió y se le detuvo el corazón:

—Sí, doctor, yo me quedaré con él. Permítame que me presente, soy Helena. Helena Martí, la novia de Anthony.

12

LA BELLA Y LA BESTIA

—Lamento si me he excedido —dijo Helena al llegar a la calle. Habían salido del despacho del doctor Ross hacía cinco minutos y Anthony aún no le había dirigido la palabra—. Sé cómo funcionan los hospitales, y he pensado que diciendo que era tu novia nos ahorraríamos problemas.

—¿Qué? No, no te disculpes —dijo él, aunque era obvio que todavía seguía algo ausente—. Tienes razón, ha sido la mejor. En realidad, soy yo el que debería pedirte disculpas.

—¿Por qué?

—Por haberte metido en todo esto. ¿Estás cansada? Te lo pregunto porque me gustaría caminar un rato, pero tú puedes regresar a casa en taxi si quieres. —Anthony sabía que no estaba construyendo unas frases nada coherentes, pero seguía alterado por el enfrentamiento con sus padres. Era increíble que tantos años después todavía tuvieran el poder de hacerlo sentir tan inseguro.

—No, estoy bien. Y la verdad es que también me apetece caminar. ¿Vamos? —Le ofreció una mano y él se la aceptó sin dudarlo.

Pasearon en silencio durante mucho rato. Helena iba mirando a su alrededor, más que nada para ver si así conseguía no preguntarle a Anthony qué demonios había sucedido allí dentro. Y él seguía con la mirada perdida, seguramente tratando de olvidar lo que Helena tenía tantas ganas de descubrir.

—¿Te da miedo la intervención? —le preguntó al cruzar un parque.

Helena supuso que era una pregunta inocua, teniendo en cuenta las circunstancias.

—¿El trasplante? No, la verdad es que no. El doctor Ross me ha explicado los riesgos que comporta, tanto el de la anestesia como la posibilidad de sufrir alguna lesión en el sistema motriz. Y, bueno, no te engañaré, no me hace ninguna gracia saber que van a estar hurgando en mi espalda, pero —se encogió de hombros— el equipo del hospital es excelente, así que supongo que estoy en buenas manos. Tampoco he pensado demasiado en ello, la verdad.

—Por lo que yo sé, es una intervención muy seria, pero habitual. Ya verás como todo saldrá bien. —Le apretó la mano—. Y seguro que te recuperarás enseguida.

Caminaron unos metros más y el silencio volvió a instalarse entre ellos.

—No hace falta que te quedes todos los días —dijo Anthony al fin, cuando estaban a unas calles de su casa—. Puedo decirle a la señora Potts que venga a hacerme compañía. O incluso a Amanda. Puedes cambiar tu billete e irte mañana mismo, si eso es lo que quieres.

Helena iba a contestarle que no fuera idiota, pero algo le dijo que él estaba demasiado acostumbrado a escuchar ese insulto. Y, aunque ella se lo hubiera dicho con cariño, optó por no pronunciarlo.

—Quiero quedarme. Además, si me fuera, tampoco podría pensar en nada más. Prefiero estar aquí contigo, a regresar a Barcelona y pasarme toda la semana preguntándome si estarás bien. —Sabía que se estaba sonrojando, pero le daba igual, quizá había llegado el momento de ser completamente sincera con él y consigo misma.

—Gracias, Helena. No sabes cuánto te lo agradezco. —Anthony tomó aire—. Creo que debería llamar a Amanda y a Jack.

—Y también a Gabriel. Está muy preocupado por ti. —Helena decidió traicionar un poquito la confianza de su cuñado—. Sabe que tu padre está enfermo, Jack se lo dijo. No te enfades con ellos, por favor, solo se preocupan por ti.

Anthony volvió a quedarse callado, y no dijo nada más hasta llegar a su apartamento.

—Sé que se preocupan por mí —dijo entonces, frustrado. Se sentó en el sofá color crema de la sala. Frente a él había una pequeña mesa de café color caoba, y encima estaban los mandos del aparato de música y del televisor. No se veía ninguna revista, y el único objeto presente era otro de los cuadernos de Anthony, con un lápiz negro metido en la goma que lo cerraba.

Helena se sentó a su lado y esperó a que él continuara.

—Los llamaré mañana —dijo Anthony—. Ahora mismo no me apetece contarle a nadie que me tienen que operar —añadió con una triste sonrisa.

—Es normal. ¿Quieres que te prepare algo, un té?

—No, gracias. No me gusta el té —respondió él.

—¡Vaya! Yo creía que era requisito indispensable para ser inglés —bromeó ella.

—Supongo que es otra de las cosas que hago mal —contestó Anthony, perdiendo de nuevo la sonrisa.

Helena, que hasta entonces había conseguido mantener algo las distancias, se acercó a él y le colocó una mano en la espalda para acariciársela. Estaba tan tenso que casi dio un salto al sentir el contacto.

—Anthony, ¿quieres contarme lo que ha pasado en el hospital? Sé que hace poco que volvemos a ser amigos —optó por esa definición, aunque sabía que no terminaba de encajar— y, si no quieres, no te forzaré a que me digas nada. Pero creo que te iría bien contárselo a alguien. —Se quedó entonces en silencio durante unos segundos, y luego añadió—: Si quieres llamar a alguien y prefieres que yo no esté presente, puedo irme a dar una vuelta —ofreció, e iba a apartar la mano cuando él reaccionó.

—No, no. Quédate. —Suspiró—. Tienes razón, me iría bien quitarme este peso de encima, pero no necesito contárselo a alguien. —La miró a los ojos—. Necesito contártelo a ti.

A ella le dio un vuelco el corazón.

—De acuerdo. —Tragó saliva y siguió acariciándole la espalda, pues el gesto parecía tranquilizarlo.

—Mis padres se avergüenzan de mí —rio con amargura—. Bueno, supongo que sería más exacto decir que se avergonzaban de mí. —La mano de Helena seguía dibujando círculos en su espalda, y eso era lo único que lo animaba a seguir adelante con su confesión—. Cuando tenía seis años, me di cuenta de que algo no iba bien en mi cerebro. De pequeño, todo parecía funcionar sin problema, era un niño normal —dibujó el signo de las comillas con los dedos—, pero cuando en la escuela empezaron a enseñarnos a leer, yo no podía aprender. Al principio pensé que a todos los niños les pasaba igual, pero con el transcurso del tiempo vi que el único que parecía incapaz de descifrar aquellos símbolos era yo. Traté de disimular, pero ya sabes cómo son los niños, los matones de mi clase no tardaron en descubrirlo y empezaron a meterse conmigo. Decían que era tonto, retrasado mental y cosas por el estilo. Pronto empezaron también a pegarme.

—¿Y tu hermano? —preguntó ella, deseando poder viajar en el tiempo y cantarles las cuarenta a esos energúmenos.

—Frey los aplaudía. Cuando empezó a circular el rumor de que Anthony Phellps era tonto, mi hermano se apresuró a dejar claro que él también lo creía y que no estaba de mi parte. Sabina, como iba a otro colegio, no me atacó tanto, pero tampoco llegó nunca a ponerse de mi parte. No quería arriesgarse a que, por mi culpa, algún guaperas dejara de pedirle una cita.

—¿Y tus padres? —Casi temía escuchar la respuesta.

—Mis padres no lo supieron hasta pasado un tiempo. Supongo que te costará entenderlo, pero mi madre nunca estaba en casa, así que si algún día se enteró de que llegaba con la cara llena de arañazos, o el uniforme hecho jirones, nunca la preocupó demasiado. Y mi padre, sencillamente, no se interesaba por ese tipo de cosas. Solo lo sabía la señora Potts, que era la que me curaba los rasguños y me leía todas las tardes.

—Tu niñera.

—Bueno, en realidad era la niñera de los tres, pero como Frey y Sabina son mayores que yo, y siempre mantuvieron mucho las distancias, supongo que podría decirse que solo fue mi niñera. Al fin y al cabo, para Frey y Sabina, Miriam Potts era solo su sirvienta y no una persona con sentimientos y emociones. La señora Potts me leía cada tarde los libros de la escuela y cuando se dio cuenta de lo que sucedía buscó mil y una maneras de ayudarme.

—Eres disléxico, ¿no? —preguntó ella, subiendo ligeramente la mano para acariciarle la nuca en vez de la espalda.

—Sí, mucho —suspiró—, aunque en esa época ni siquiera había oído hablar de ello y desconocía por completo esa palabra. Y Miriam tampoco, pero supongo que me quería lo suficiente como para tratar de ayudarme.

—¿Qué hizo?

Anthony cerró los ojos antes de relatarle una de las cosas más dolorosas de su infancia.

—Me hacía fichas. Recortaba de una revista la fotografía de un perro, luego la pegaba en una cartulina y debajo escribía la palabra. Y así con todo lo que encontraba. Cada tarde, repasábamos juntos las fichas, y al final supongo que acabé por aprenderme de memoria las palabras. También me obligaba a hacer caligrafía. Me pasaba horas y horas escribiendo esas palabras, pero mi cerebro era incapaz de retenerlas. Todavía lo es.

—¿Y cuándo se enteraron tus padres?

—Nunca. Cuando tenía ocho años, el director de la escuela los mandó llamar y les dijo que iba demasiado retrasado y que parecía incapaz de seguir el ritmo de los demás alumnos. Ese hombre, el señor Nolan, tampoco perdió demasiado tiempo estudiando mi caso y llegó a la misma conclusión que todos: yo era un idiota o un vago. En cualquier caso, les dijo a mis padres que me expulsaría del colegio, pero la verdad es que eso no llegó a suceder. —Suspiró resignado—. Supongo que mi padre lo amenazó con retirar alguna de sus generosas donaciones o algo por el estilo. Ese mismo día, Harrison me llamó a su despacho y me dijo que hiciera el favor de no seguir avergonzándolo, y cuando traté de explicarle mi problema, me dijo que no me buscara excusas.

—Lo siento.

Él se tensó bajo sus dedos.

—Miriam siguió ayudándome. La pobre me grabó cintas con todos los libros que yo tenía que leer, y se pasaba las tardes, y más de una noche, echándome una mano. Me pintaba las páginas del diccionario de colores; las cinco primeras letras de color azul, las cinco siguientes rojas, y cosas por el estilo.

—¿Y por eso tu familia y tú estáis tan distanciados?

Anthony respiró hondo otra vez y Helena lo vio abrir y cerrar los puños.

—Digamos que al final terminé por hartarme de que mis propios padres me llamaran «tonto» y no confiaran en mí. ¿Sabes lo que es que tus padres, las personas que se supone que tienen que protegerte de todo mal, se avergüencen de ti? Nunca, ni una sola vez, trataron de averiguar qué era lo que me pasaba. Lo máximo que hizo mi madre fue llevarme al oculista. ¡Al oculista!

—Lo siento. —Parecía incapaz de decir otra cosa.

—Cuando venía gente a casa, se apresuraban a decir que yo no estaba. ¡Dios! Casi me escondían y, si por casualidad, alguien preguntaba por mí, siempre se excusaban con lo tímido que era. No, los Phellps no podían tener un hijo defectuoso, y como la madre naturaleza los había castigado con uno, lo único que se les ocurrió fue negar su existencia.

—¡Dios! Sabes que se equivocan, ¿no? —dijo ella, enredando los dedos en el pelo de la nuca de él para levantarle la cabeza y obligarlo a mirarla—. Nunca has sido defectuoso en ningún sentido.

—Lo sé. Ahora lo sé, pero entonces... Helena, mi padre se hizo incluso una prueba de paternidad, y mi madre también. ¡Mierda! ¡Si llegaron a creer que en el hospital se habían equivocado de bebé! Si hubiera sido así, no habrían tenido ningún reparo en devolverme. Y ni siquiera se molestaron en ocultármelo.

—¡Oh, Ant! Cariño... —Ella le acarició la mejilla y se le acercó—. Ojalá pudiera hacer algo...

Él no le dejó terminar la frase, le sujetó el rostro entre las manos y la besó como hacía meses que quería hacer, como debería haber hecho desde el principio. Anthony no besó a Helena; hizo todo lo humanamente posible por fundirse con ella. Pegó su torso contra sus pechos, y hubiera jurado que los latidos de sus corazones se acompasaron. Con los labios, quiso convencerla de que le diera una oportunidad, de que no lo echara a un lado, como habían hecho sus padres.

Anthony estaba tan embebido en aquel beso, preso de la desesperación que corría por sus venas, que tardó unos segundos en darse cuenta de que Helena había colocado las manos encima de las suyas y estaba tratando de apartarse. Él creyó morir; se había equivocado, quizá incluso le había hecho daño sujetándola de aquel modo. Apretó los ojos unos segundos y, despacio, se apartó y los abrió, dispuesto a soportar cualquier insulto que ella quisiera decirle. Pero Helena no lo insultó, sino que le sonrió con aquella mezcla de dulzura y timidez tan típica suya. Despacio, casi a cámara lenta, ella volvió a levantar una mano y le acarició el pómulo. Luego le dibujó las cejas, y Anthony notó que estaba tratando de borrarle las arrugas del entrecejo.

—Siempre estás tan preocupado... —susurró—. Y tan triste...

Si hubiera sido capaz de encontrarse la voz, él le habría respondido, pero al parecer su corazón y sus pulmones tenían ciertos problemas para funcionar con normalidad.

—No quiero que estés triste, Ant —siguió ella, recorriéndole con el dedo el puente de la nariz—. Conmigo, no.

—Yo... —Genial, ahora sí que estaba quedando como un idiota. Lo que no había conseguido la dislexia, lo conseguiría él por méritos propios—. Helena.

Ella se inclinó de nuevo y le dio un beso en la mandíbula. Al que siguió otro más cerca de los labios, y luego otro en el cuello, y otro en la clavícula.

—Yo... —Anthony tragó saliva y volvió a intentar formular una frase mínimamente coherente. Quería decirle que no le había pedido que lo acompañara a Londres para eso, que le agradecía mucho que lo hubiera escuchado, o algo por el estilo. Pero por suerte, de sus labios solo salió la pura verdad—: Siempre quiero besarte.

Helena se apartó de nuevo.

—¿Siempre?

Él se perdió en sus ojos.

—Siempre —confesó, y levantó una mano, que desde que Helena las había apartado de su cara colgaban inertes a ambos lados de su cuerpo, y le tocó el pelo. Temblaba, pero no le importó que ella se diera cuenta.

—Yo a ti también —dijo Helena en voz muy baja, y colocó la cara a escasos milímetros de la de Anthony. Sus alientos se entremezclaban, sus miradas se acariciaban y ella sonrió—. ¿Qué te parece si volvemos a besarnos? —Esperó a que él le devolviera la sonrisa y comprendió que haría lo que fuera por verlo sonreír más a menudo—. Y esta vez no hace falta que me sujetes, no pienso irme a ninguna parte.

Anthony se sonrojó un poco, pero sus labios no dejaron de sonreír.

—Lo siento, es que... —Soltó el aire que estaba conteniendo—. Es que no puedo evitarlo. Eres mi sueño hecho realidad.

Helena sintió que se le llenaban los ojos de lágrimas y no hizo nada para ocultarlas.

—Y tengo la sensación de que si no te sujeto con fuerza —prosiguió también él, emocionado—, te escurrirás entre mis dedos. —Antes de terminar la frase, bajó la cabeza y esperó resignado a que ella le dijera que se había vuelto loco, pero en vez de un rechazo, sintió sus dedos acariciándole los nudillos.

—Sujétame tan fuerte como quieras, Ant. —Le levantó la mano y la colocó encima de su mejilla derecha—. No me importa, pero quiero que sepas aquí dentro —le tocó la frente—, y aquí —le señaló el corazón—, que no hace falta. Lo único que tienes que hacer para que me quede contigo es ser tú mismo. Nada más. —Los dos se quedaron mirándose a los ojos durante unos segundos, conscientes de que, pasara lo que pasase, ni él ni ella podrían olvidar jamás aquel instante—. Y ahora, bésame.

Anthony cerró los ojos y obedeció, decidido a saborear aquel beso, aquel sueño, de principio a fin. Colocó los labios justo encima de los de

Helena y dedicó unos segundos a besarla despacio, sin prisa. Poco a poco, fue seduciéndola y hasta que de la garganta de ella no escapó un ligero suspiro no profundizó el beso. Siguió acariciándole el pelo con una mano, y deslizó la otra por su brazo hasta entrelazar sus dedos con los suyos. Sus labios parecían insaciables y se vengaban implacables por el placer que les había negado durante tanto tiempo. Helena respondía a ese ataque con dulzura y pasión, y Anthony no tenía armas para defenderse de ello.

En sus relaciones anteriores, que ahora era incapaz de recordar, jamás había sentido como si se estuviera precipitando al vacío, como si condujera un tren que hubiera descarrilado, y con Helena aquello era tan solo el principio. Entonces volvió a asaltarlo aquella ansia de abrazarla y pegarla a él, y retenerla allí para siempre.

El torso de Anthony pareció comprender el mensaje que su corazón trataba de darle, y poco a poco fue empujando a Helena hacia el sofá. Necesitaba estar más cerca de ella y esa parte animal que todavía vive dentro de cada ser humano le decía que necesitaba hacerla suya. ¡Dios! Él jamás había pensado en esos términos, jamás le había importado que sus parejas le pertenecieran. A decir verdad, jamás lo había deseado, pero con Helena no era un deseo, era una necesidad. Casi una cuestión de supervivencia. Y sus besos le decían que no se equivocaba, que era exactamente lo que él se había pasado toda la vida buscando. Tumbado encima de ella, besándola con todo su ser, con sus manos recorriéndole la espalda, se preguntó cómo había sido capaz de abrazar a alguna otra. Cuando todas esas ideas confluyeron en su mente, Anthony se apartó un poco para mirarla a los ojos; estaba asustado, pero nunca había sido tan feliz.

—Helena... —Se dio cuenta de que iba a tartamudear y apretó la mandíbula y respiró hondo—. No sé qué me pasa contigo. Es como si no pudiera controlarlo...

Ella le acarició la nuca.

—¡Chis! Tranquilo, lo averiguaremos juntos. No hace falta que sepamos todas las respuestas ahora, ¿no te parece?

Él asintió y volvió a bajar la cabeza para besarla. Que Helena lo aceptara de aquel modo tan incondicional era lo más maravilloso que le había sucedido nunca, y se encargaría de demostrárselo. La besó con toda la dulzura de que era capaz y que jamás le había mostrado a nadie. La besó consciente de que jamás volvería a besar a nadie más. Y permanecieron allí tumbados, besándose, abrazándose, susurrándose secretos a media voz, hasta que el móvil de Anthony rompió el hechizo que habían tejido entre los dos. Él trató de ignorarlo, pero ella le dijo que podía ser importante y que debía contestar. Y como le dio un beso en la nariz, Anthony terminó por levantarse e ir a por el maldito aparato.

—¿Diga? —No reconoció el número.

—Anthony, soy yo, Sabina —dijo su hermana—. El doctor Ross me ha dado este número —le explicó.

—¿Qué quieres, Sabina? —Que su hermana se hubiera comportado con educación aquel día frente al ascensor no era garantía alguna de que hubiera cambiado.

—¿Podemos hablar? Tenía intención de pedírtelo más adelante, pero mamá me ha dicho que el trasplante será el martes, y supongo que tan pronto como te recuperes regresarás a España y volverás a desaparecer.

«¿Desaparecer?» Él nunca había estado desaparecido, sencillamente no habían querido encontrarlo.

—¿De qué quieres hablar, Sabina? —Anthony se iba poniendo tenso por segundos, pero de repente sintió la mano de Helena sobre su espalda y recuperó algo de calma. Ella debió de presentir que la necesitaba y se había levantado del sofá para ir a su lado.

—De Harry.

—¿Quién es Harry? —preguntó él algo a la defensiva, hasta que Helena le dio un ligero beso en la nuca antes de irse hacia la cocina a preparar dos tazas de leche con cacao.

—Harry es mi hijo —respondió su hermana, cuyo tono de voz cambió al pronunciar el nombre—. Tiene ocho años, y...

—¿Y?

—Y... creo que es como tú.

—¿Qué quiere decir «como tú»? —Anthony se hacía una idea de lo que Sabina trataba de decirle, pero quería ver cómo se lo explicaba. Quizá aquello no hablaba muy bien de él, pero se dijo a sí mismo que tenía derecho a devolverle los malos ratos que le había hecho pasar.

—Harry es muy listo; aprendió a andar antes de cumplir un año y con dos ya hablaba. Su padre y yo estábamos convencidos de que era normal, pero cuando empezó el colegio nos llamaron y nos dijeron que tenía problemas. Al parecer, es incapaz de distinguir las letras y los números.

Bueno, no era una definición perfecta, pero al menos su hermana había conseguido evitar calificar a su hijo de «idiota».

—Se llama «dislexia», Sabina. Tu hijo es disléxico, ¿no?

Por suerte, en la actualidad había muchos centros escolares con personal cualificado para diagnosticar la dislexia. A diferencia de lo que le había sucedido a él de pequeño.

—Sí. Pero Michael, su padre, se niega a hacer nada. Está empeñado en decir que todo eso son bobadas, modas que crean terapeutas frustrados, e insiste en que Harry es un vago o que nos está tomando el pelo. Y tendrías que ver cómo lo trata, cualquiera diría que el pobre Harry tiene la peste. Y es un niño tan dulce, Anthony...

Esa era su oportunidad, ahora sí que podía devolverle a Sabina todo el daño que le había hecho con su indiferencia, con sus insultos, con sus bromas de mal gusto, con su falta de apoyo. Tenía el comentario en la punta de la lengua, una frase que destrozaría a su hermana y la dejaría rota e indefensa frente a su angustia, pero no fue capaz de decirlo. No quiso decirlo.

Harry, el sobrino cuya existencia desconocía, no tenía la culpa de nada. Y Sabina, en cierto modo, tampoco; en aquel entonces era también una niña, una adolescente, y ahora ya era toda una mujer. Una madre que quería a su hijo y que incluso se había divorciado de su marido para evitar que el niño sufriera. Una madre que había hecho lo que la suya propia se había negado a hacer: defender y cuidar a un niño que, según sus estándares, no era tan perfecto como los demás.

—Dime qué necesitas, Sabina. ¿Qué te parece si quedamos mañana para almorzar, tú, yo, Harry y Helena? Así conozco a Harry. —Oyó cómo su hermana hacía esfuerzos para no llorar.

—Gracias, Anthony. Me parece una idea fantástica. Harry tiene muchas ganas de conocerte.

—¿Os va bien quedar a las doce y media delante del museo de cera? Podríamos dar una vuelta y luego ir a comer algo.

Sabina perdió la batalla contra las lágrimas.

—Allí estaremos, Anthony. Gracias.

—Nos vemos mañana, Sabina. —Colgó y se quedó con el teléfono en la mano durante unos segundos.

Tenía miedo de darse media vuelta. Le gustaría que Helena estuviera en el sofá, esperándolo con las dos tazas de chocolate caliente, pero si había optado por encerrarse en su habitación tampoco podría culparla. Al fin y al cabo, ¿quién iba a querer verse atrapado en aquella familia tan disfuncional que al parecer eran los Phellps? Se volvió despacio y casi se mareó de alivio al verla sentada en el sofá, taza en mano, y hojeando el cuaderno que había encima de la mesa.

—Ese cuaderno es de hace mucho tiempo —dijo Anthony, y así evitó confesarle lo mucho que lo afectaba su presencia—. Creo que de mi época universitaria.

—Todas las páginas están dibujadas. Hay algunos edificios preciosos. Deberías enmarcarlos —insistió ella, dejando de nuevo el cuaderno—. ¿Era tu hermana?

—Sí. —Se acercó al sofá y se sentó a su lado. Helena se acurrucó junto a él y lo abrazó—. Al parecer, soy tío.

—¡Felicidades! —le dijo ella, besándole por encima de la camisa.

—He quedado mañana con ellos. Mi hermana está convencida de que Harry, su hijo, es disléxico.

Helena se apartó y lo miró a los ojos.

—¿Sabes una cosa, Anthony Phellps? —No esperó a que respondiera—. Eres increíble.

Y lo besó antes de que él le dijera que no o tratara de detenerla, cosa que no habría hecho, por cierto. Al terminar el beso, Helena volvió a apartarse y recuperó su anterior posición en el sofá. Él tardó unos segundos en reaccionar.

—He quedado con ellos en el museo de cera —dijo, pasados unos instantes—. Espero que no te importe.

—Para nada. —Bostezó.

—Debes de estar cansada; será mejor que nos vayamos a la cama —sugirió Anthony, y se levantó del sofá para ayudarla a hacer lo mismo.

Helena se puso de puntillas delante de él y le dio un ligero beso en los labios.

—Si me necesitas, ven a buscarme —dijo al apoyar de nuevo los talones en el suelo—. Acuérdate de que ya no estás solo.

Con esa última frase, se metió en su dormitorio, y Anthony se quedó allí, en medio del comedor, sonriendo como un idiota durante varios minutos. No, ya no estaba solo.

13

UNA CUESTIÓN DE TIEMPO

Pasaron la mañana del domingo, y parte de la tarde, con Sabina y su hijo Harry. La hermana de Anthony tenía razón, el niño era disléxico e, igual que su tío, un verdadero encanto, pensó Helena. Anthony se pasó mucho rato hablando con él, y pronto se hizo más que evidente que Harry había encontrado a un nuevo héroe. Durante la visita al museo de cera, que Anthony había planeado con intención de que el niño se relajara, Harry se pasó todo el rato saltando de un lado a otro y comentando todas y cada una de las estatuas con su recién nombrado tío favorito. Helena dudaba que Frey estuviera contento con que le hubieran arrebatado el título.

Por su parte, Helena, aunque había llegado a la cita predispuesta a odiar a Sabina por todo lo que le había hecho pasar a Anthony de pequeño, no tardó en darse cuenta de que aquella mujer había sido otra víctima de los Phellps. Por lo poco que le contó, Helena descubrió que la madre de Sabina la había convencido de que su mayor virtud era la belleza y que eso era lo único que le hacía falta para ser feliz en la vida o, en su caso, pescar un buen marido.

A medida que iba avanzando la tarde, Helena comprobó que Sabina quería a su hijo con locura, y que por él estaba dispuesta a todo. Sin duda, seguía siendo una mujer presumida, en exceso preocupada por el físico, pero quería al niño. Y estaba arrepentida de cómo se había portado con Anthony, así que Helena pensó que podía darle una oportunidad.

Fueron a comer a un restaurante que eligió Harry, y Helena decidió jugar con el niño para que así Anthony y Sabina pudieran charlar tranquilos. El pequeño resultó ser una compañía de lo más entretenida y, escuchando a Anthony, Sabina aprendió muchas cosas acerca de la dislexia. Este trató de explicarle a su hermana algunas técnicas con las que poder ayudar a Harry, aunque en ningún momento le contó cómo había sido su experiencia personal. La comida fue agradable, pero lo que más impresionó a Helena fue lo que Anthony le dijo a su hermana antes de irse:

—Todo lo que te he contado, Sabina, puede serle muy útil a Harry en el colegio y en su vida académica, pero lo que de verdad es importante es que lo quieras tal como es. Harry no tiene ningún defecto que se tenga que maquillar o disimular, tan solo adquiere conocimientos de una manera distinta a la que es habitual. Eso no significa que tenga algo malo o que necesite que le arreglen.

Sabina se quedó boquiabierta, y cuando consiguió reaccionar lo único que hizo fue abrazar a su hermano.

—No cambiaría nada de Harry por nada del mundo, pero gracias por recordármelo. —Se secó una lágrima y carraspeó antes de seguir—. Ya te comenté que mamá me dijo que el trasplante es el martes. Espero que no te importe, pero le he pedido el número de teléfono a Helena para poder llamarla y preguntarle cómo estás.

—No me importa.

—Yo cuidaré de él —le aseguró Helena, tomando a Anthony de la mano.

—Lo sé. Y no sabes cuánto lamento no haber hecho lo mismo contigo cuando eras pequeño —dijo, dirigiéndose a su hermano. Levantó una mano para impedir que Anthony dijera nada—. No, déjame terminar. Debería haber hecho algo, pero siempre he sido una cobarde.

—Tranquila, Sabina. Aquello ya pasó. Mírame, tampoco he salido tan mal —bromeó él—. Ahora lo que importa es que estés al lado de Harry. Todo lo demás es secundario, créeme.

—Está bien. —Sabina agarró a su hijo de la mano, mientras el niño observaba atónito aquel despliegue de emociones—. Te llamaré el martes —le recordó a Helena.

Esta asintió y, junto con Anthony, se quedaron observando cómo se marchaban. Después de aquel intercambio tan intenso, decidieron pasear un rato en silencio. Él le dio un par de besos; uno cuando estaban parados frente a un semáforo y otro mientras estaban sentados en un banco del parque. Helena no tenía ninguna queja, pero desde la conversación de la noche anterior en el sofá, y después de lo que sucedió también allí, había una pregunta que no dejaba de repetirse en su mente, así que cuando llegaron de nuevo al apartamento no pudo evitar formulársela:

—Anthony, ¿puedo preguntarte una cosa?

—Claro, lo que quieras —respondió él sin dudarlo, y sin saber la que se le venía encima.

—Hace unos meses, cuando te besé, ese día que fuimos a ver aquella película tan mala...

—Sé a qué día te refieres. —«Como si pudiera olvidarlo», pensó.

—¿Por qué me dijiste que solo querías que fuéramos amigos? —lo dijo tan rápido, y en un tono tan bajo, que Anthony trató de convencerse de que no la había oído bien.

Se sentó en el sofá y respiró hondo antes de poder responderle:

—Aquel día fue cuando me llamó mi padre para pedirme, mejor dicho, ordenarme que regresara a Londres para hacerme las pruebas para ver si mi médula era compatible. No hablaba con él desde que cumplí los dieciocho años y bastó esa conversación para que volviera a sentirme como entonces.

—¿Cómo?

—Como si fuera una mierda —respondió él resignado.

—Anthony...

—Déjame terminar. Hay una parte de mí, la que hace años asumió que tengo dislexia y aprendió a convivir con ella, que se siente muy orgullosa de lo que he conseguido. Tengo una carrera, un buen trabajo que además me apasiona y unos amigos que seguramente no me merezco. Pero hay otra parte de mí que sigue preguntándose por qué mi familia nunca me quiso, por qué se sentían tan avergonzados. Nunca hablaban de mí. Cuando empezó a hacerse evidente que jamás sería como el resto, decidieron esconderme. Hicieron todo lo que estaba en su mano para que nadie se enterara de que un Phellps no era perfecto; cualquier cosa excepto ayudarme. De no haber sido por Miriam, no sé qué habría sido de mí. Ese día, el día que me besaste, me acordé de todo eso. Pensé que en el rato que yo tardaría en leer la carta de un restaurante, tú podrías leer un capítulo entero de una novela. Tú eres perfecta, Helena, y todavía me pregunto qué estás haciendo aquí conmigo. Pero a no ser que tú me lo pidas, no pienso dejarte ir. —Esbozó una tímida sonrisa—. Soy disléxico, no idiota.

Ella estaba sentada en el sofá, a su lado, y tenían las manos entrelazadas.

—No soy perfecta y prueba de eso es que, si no fuera porque estoy loca por ti, ahora mismo te sacudiría. —Esperó a que él la mirara a los ojos—. ¿Sabes lo mucho que te he echado de menos todos estos meses? Por tu culpa casi empiezo a salir con Eric después del beso más aburrido de la historia.

—¿Qué has dicho? ¿Salir con Eric? —Tiró de ella—. ¿Le besaste? ¿Cuándo? Perdona, sé que no es de mi incumbencia.

—¡Oh, vamos! No te pongas en plan señor correcto ahora. Si estás celoso, dime que estás celoso.

—Estoy celoso.

—¿Ves como no es tan difícil?

—Creo que te gusta torturarme. Vamos, termina de contarme eso de Eric para que pueda empezar a olvidarlo.

—No fue nada. Me invitó a un concierto, fui y cuando salimos me dio un beso. Fin de la historia. Fue breve, soso y casi me quedo dormida a la mitad.

—Y con los míos no te pasa.

Helena dejó los ojos en blanco un segundo.

—No, con los tuyos no me pasa, Ant. Pero tú entonces o me ignorabas o te metías conmigo, y eso después de decirme que no estabas interesado en mí y que solo me veías como amiga. Fue agradable que Eric se interesase por mí, le sentó bien a mi ego, pero me di cuenta de que ni todos los Erics del mundo conseguirían hacerte desaparecer de mi mente.

—Siento mucho lo que sucedió esa noche, Helena, de verdad. Y siento mucho que estuviéramos distanciados durante tantos meses, pero —suspiró— pensé que era lo mejor. Pensé que te merecías a alguien mucho mejor que yo, a alguien perfecto. No se me ocurre nadie que se lo merezca más —sonrió con amargura—, y no se me ocurre nadie menos perfecto que yo. —Vio que ella iba a hablar, pero la detuvo—. Antes de que me digas que fui un estúpido, deja que te asegure que lo sé. ¡Vaya si lo sé! Cada vez que me subía a un avión para venir aquí, pensaba en lo mucho que me gustaría que estuvieras a mi lado. Te he echado mucho de menos, a pesar de que sé que apenas estábamos empezando a ena... —se corrigió— a conocernos. Cada vez que te veía en las oficinas de tu hermano... En fin, creo que puedo asegurarte que sé que cometí un error. Uno que no estoy dispuesto a repetir. Si tú me das otra oportunidad, claro está. Sé que nos llevamos ocho años, que mi vida personal es un desastre, que mi familia es peor que la de cualquier serie de la tele, que no te merez...

Helena lo besó.

—Cállate, Ant. Cállate.

—Como desees.

La besó con lentitud, esforzándose por fijar en sus recuerdos la forma de sus labios, el sabor de su aliento, la textura de su piel. El olor de su cabello. Le recorrió con la lengua el interior de la boca y él, que siempre había sido un amante tranquilo y sosegado, comprendió que esa calma se debía a que las mujeres con las que se había acostado no significaban nada para él, pues con Helena en sus brazos se le estaba acelerando el pulso, la respiración, y no podía dejar de pensar en que tenía que quitarle la ropa y hacerla suya. Le deslizó las manos por la espalda y tiró de la camisa que llevaba para poder tocarle la piel. No fue suficiente. Trató de desabrocharle los botones, pero los dedos le temblaban demasiado. Su mente trataba de dar con el modo de desnudarla sin dejar de besarla, y lo único que se le ocurrió fue... romperle la camisa.

—¡Anthony! —exclamó ella.

—Lo siento —dijo él al instante, muerto de vergüenza—. Lo siento —repitió, apartándose un poco y mirando desconcertado la prenda desgarrada—. Lo siento mucho. No sé qué me ha pasado. —Tenía la cabeza baja y esquivaba los ojos de Helena—. Lo...

—Ven aquí —ordenó ella, tirando de nuevo de él—. Ha sido lo más sexi que me ha sucedido nunca. —Lo besó y lo soltó para quitarse la camisa rota, que tenía intención de guardar durante toda su vida. Y no volver a coser, por supuesto.

Anthony no se reconocía a sí mismo, pero la miró a ella, tumbada debajo de él en el sofá y dejó de plantearse nada. Se quitó la camiseta y se apartó para tomar a Helena en brazos y llevarla hasta su dormitorio. Ella le dio un beso en la clavícula y luego le recorrió el cuello con la lengua, y Anthony la apretó contra él. Entró en la habitación y encendió la luz que tenía encima del pequeño escritorio donde guardaba sus cuadernos de dibujo.

Helena lo estaba volviendo loco con aquellos besos que no dejaba de darle. La tumbó encima del colchón y se colocó encima de ella. Se quedaron mirándose a los ojos durante unos segundos, hasta que Helena colocó las manos en su torso y lo acarició, y Anthony se rindió a las llamas que habían empezado a consumirlo el día que la conoció. Le quitó la ropa interior y le recorrió los pechos con los labios mientras con las manos le desabrochaba el pantalón para desnudarla del todo. Ella trató de hacer lo mismo con los vaqueros de él, pero Anthony le sujetó las manos y se las apartó, llevándoselas hasta el cabezal de la cama. Cuando compró aquella cama, hecha con la estructura de un andamio, en la tienda de un compañero de facultad, pensó que allí podría hacer cosas muy atrevidas, pero nunca se lo había parecido tanto como en aquel momento.

—Deja las manos aquí —le susurró al oído—. No te muevas.

Ella obedeció, pero cuando él retrocedió, Helena le atrapó los labios en otro beso increíble. Anthony siguió bajando y, al llegar a su cintura, se detuvo para apartarse de nuevo. Se apoyó en sus propias rodillas y se quedó observándola.

—Eres preciosa —dijo en voz baja—. Preciosa —repitió, y Helena levantó una mano para acariciarle la mejilla. Él se la atrapó y volvió la cara, besándole la palma.

Se miraron a los ojos y, despacio, Anthony se levantó para quitarse los pantalones. Desnudo igual que ella, volvió a la cama y se tumbó a su lado. Le temblaban las manos, parecía que el corazón iba a salírsele del pecho, y estaba tan excitado que tenía miedo de hacer el ridículo. Sentía un nudo en la garganta de tantas emociones como se le agolpaban allí y, aunque sabía que no podía confesarle a Helena que la amaba, a pesar de que estaba convencido de que eso era lo que sentía, quería que ella lo supiera. Así que la besó. La besó como nunca había besado a nadie antes y como tenía intención de seguir haciéndolo durante el resto de su vida. Enredó una mano en la melena de ella y, poco a poco, la fue deslizando hacia abajo. Le acarició los pechos, descubrió que tenía una peca justo debajo del izquierdo y, con una sonrisa, fue a darle un beso. Le dibujó el ombligo con la lengua y le acarició los muslos con los dedos, igual que un músico la primera vez que toma posesión de su instrumento. Helena temblaba debajo de él, y Anthony era consciente de que sus manos jamás habían recorrido la piel de otra persona con tanto fervor. Necesitaba hacerle el amor, una voz en su cabeza no dejaba de repetirle que necesitaba estar con ella, fundirse con su cuerpo y comprender por fin lo que era el amor.

—Helena —le dijo tras besarla otra vez en los labios—, quiero hacer el amor —añadió con la respiración entrecortada.

Ella no dijo nada, sino que le sujetó el rostro con las manos y le devolvió el beso. Segundos más tarde, Anthony luchó contra sí mismo para apartarse y serenarse lo suficiente como para asegurarse de que ambos querían lo mismo. Y entonces se acordó de algo y se maldijo.

—¿Qué pasa? —preguntó Helena al ver su rostro de preocupación.

—No... —Carraspeó y se sonrojó—. Yo... —Volvió a carraspear y lo intentó otra vez—. Hace mucho tiempo que no estoy con ninguna mujer. Y nunca he estado con ninguna en mi piso, así que...no tengo preservativos —añadió nervioso.

Helena se sentó en la cama y le acarició la espalda, y sintió que él se estremecía.

—¿Mucho tiempo? ¿Y esa azafata?

—¿Qué azafata? —preguntó Anthony, bajando la cabeza para darle un beso en el hueco de la clavícula.

Ella tardó unos instantes en responder:

—La azafata con la que te fuiste...

—No hubo ninguna azafata. —Le mordió el lóbulo de la oreja—. No ha habido nadie desde que te conocí. —La besó antes de que pudiera preguntarle nada más.

—¡Oh! —dijo Helena cuando Anthony se apartó y la miró directamente a los ojos para demostrarle que era sincero.

—Sí, ¡oh! —Le dio otro beso y empezó a alejarse de ella, convencido de que, dadas las circunstancias, iban a tener que dejarlo, pero Helena lo sujetó por la muñeca.

—Yo así solo he estado con un chico. —Ahora era ella la que se sonrojaba—. Un estudiante de intercambio que conocí en mi primer año de universidad.

—Creo que lo odio —dijo Anthony, sin darse cuenta de que estaba hablando en voz alta.

—Y creo que lo hice porque estaba harta de ser la única de mis hermanas, o de mis amigas, que no podía hablar del sexo con conocimiento de causa. —Vio que Anthony tenía los hombros tensos y volvió a acariciárselos—. Fue solo una vez y me acuerdo que pensé que no entendía a qué venía tanto lío con lo del sexo, y así había pensado hasta que... —Anthony levantó la cabeza, que había mantenido baja y

171

esperó a que terminara la frase—. Hasta que nos besamos aquella noche en el portal de mi casa.

Incapaz de detenerse, se abalanzó sobre Helena y volvió a devorarle los labios. No sabía qué le pasaba, pero a ella parecía gustarle, así que dejó de tratar de controlarlo.

—Tomo la pastilla —dijo Helena cuando Anthony se apartó lo suficiente—, y sé que tanto tú como yo estamos bien. Yo ya te he contado mi excitante pasado y a ti te han hecho más análisis estos meses que...

No pudo terminar la frase, porque él, al escuchar que podía hacerle el amor y que además no tenía que utilizar preservativo, se colocó entre sus piernas y se deslizó en su interior en cuestión de segundos.

—Lo siento —farfulló entre dientes al ver que le había hecho un poco de daño—. Es que... —¡Dios! El calor que lo envolvía amenazaba con hacerle perder la poca capacidad de autocontrol que le quedaba—. Helena...

—No pasa nada —susurró ella, acariciándole la espalda—. No me has hecho daño. —En realidad le había dolido un poco, pero al ver la mirada perdida y desolada de Anthony y al sentir cómo le temblaban los hombros decidió no decírselo. Además, poco a poco, su cuerpo iba adaptándose y cada vez le gustaba más sentirlo dentro. Y la idea de que ella hubiera podido hacerle perder el control de ese modo era de lo más excitante. Le colocó los dedos en la nuca, notó que estaba empapado de sudor y tiró de él para besarlo.

Anthony se resistió un poco, no porque no tuviera ganas de besarla, que las tenía, muchísimas, sino porque tenía miedo de que, al sentir su lengua junto a la suya, terminara por ponerse completamente en ridículo. Él no era ningún chaval inexperto, ¡joder, si casi tenía diez años más que ella!, pero ahora era incapaz de recordar los movimientos básicos o qué se suponía que tenía que hacer porque lo único que oía en su mente, lo único que le exigía su cuerpo entero y su corazón, era darle placer a Helena.

Con Helena no se veía capaz de besarla, ni de mover las caderas ni siquiera un centímetro. El calor y la humedad del sexo de ella lo estaban volviendo loco. El perfume que emanaba de su piel le había derretido el cerebro. Los pequeños gemidos de placer que escapaban de sus labios fomarían para siempre parte de sus recuerdos. Y las manos con las que le recorría el torso lo estaban llevando más allá del abismo. Iba a tener un orgasmo y por primera vez en su vida se veía incapaz de evitarlo, incapaz de retrasarlo ni siquiera un segundo.

Abrió los ojos y pensó que quizá así podría distraerse lo suficiente como para aguantar un poco más, pero al ver que Helena también lo miraba y que no escondía nada de lo que sentía, se rompió por dentro y supo que jamás volvería a ser el mismo. Anthony alcanzó el orgasmo y empezó a temblar encima de ella, y Helena lo siguió al instante. Se abrazó a él y sintió cómo una indescriptible ola de placer inundaba sus venas y la llenaba de algo que no había sentido en toda su vida. Y no era solo una sensación física. Sabía, sin ningún atisbo de duda, que su alma nunca más podría ser feliz sin tener a Anthony a su lado. Él terminó de temblar y se quedó tumbado encima de ella, y Helena no dejó de acariciarle la espalda ni un segundo, dándole besos en la nuca y el cuello, susurrando su nombre.

Anthony hundió el rostro en la melena de Helena, que olía a pera, y dejó que ese olor lo impregnara por dentro. Sentía sus manos en la espalda, los besos que iba dándole, pero se veía incapaz de moverse. Los cimientos de su mundo acababan de derrumbarse; él siempre había disfrutado del sexo, pero lo que acababa de suceder no podía compararse a nada de lo que había vivido antes. Todos los miedos que había sentido desde pequeño por culpa de sus inseguridades no eran nada al lado del miedo que tenía de mirar los ojos de Helena y encontrarlos vacíos. Quizá se lo había imaginado todo. Quizá ella...

—Ant —le susurró Helena al oído antes de darle otro cariñoso beso en la mejilla—, ¿estás bien? Estás temblando.

—Estoy bien —susurró él, inhalando profundamente—. Lo siento —dijo al apartarse, pero ella no le dejó ir muy lejos y lo sujetó por la espalda.

—¿Qué es lo que sientes? —le preguntó, jugando con el pelo de su nuca.

«Bueno, tarde o temprano tendrás que enfrentarte a ella», pensó Anthony justo antes de mirarla a los ojos.

—Siento... —Lo que vio en ellos lo dejó sin habla. Helena sonreía y los ojos le brillaban como... como si sintiera algo por él. Algo parecido a lo que él sentía. No terminó la frase y bajó la cabeza para darle un cariñoso beso. Cuando terminó, su corazón latía un poco más calmado.

—Tranquilo, Ant —dijo ella—, todo va a salir bien. —Se incorporó un poco y lo besó, y Anthony la creyó y volvió a abrazarla.

Minutos más tarde, cuando ambos estaban ya a punto de quedarse dormidos, él se apartó y fue al cuarto de baño. Helena no se movió y esperó a que regresara, y cuando lo hizo se acurrucó a su lado y cerró los ojos. Anthony nunca había dormido con otra persona, y le gustó la idea de hacerlo por primera vez con Helena y de no volver a hacerlo con nadie que no fuera ella.

Eran las siete de la mañana y empezaba a salir el sol. Los primeros rayos se colaban por la ventana de la habitación de Anthony, cuya cortina la noche anterior se había olvidado de cerrar. Él llevaba horas despierto, mirando embobado a Helena. Era preciosa, siempre lo había creído, y se lo había dicho en repetidas ocasiones, pero incluso aquella palabra le parecía poco para describirla. Se moría de ganas de ir a por uno de sus cuadernos y dibujarla, igual que había hecho miles de veces. En las anteriores ocasiones, siempre había tenido que recurrir a su imaginación, o a su memoria, para poder retratar su rostro y su mirada, pero ahora la tenía allí delante. Para él solo. Podría levantarse y hacerlo, pero cada vez que se decidía se echaba atrás; no quería perderse ni un segundo de estar con ella y tenía la sensación de que, si la dibujaba, lo que estaba sucediendo entre los dos perdería algo de intimidad.

Anthony sabía que tendría que aprender a compartir a Helena y lo que sentía por ella con el resto del mundo, pero durante esos instantes casi mágicos que preceden a cada nuevo amanecer soñó con poder estar siempre a solas con ella; con poder pasarse los días y las noches besándola, dándole placer, compartiendo su cuerpo y su alma, sin tener que preocuparse por nada y por nadie más. Helena se movió y empezó a abrir los ojos. Él observó fascinado cómo se despertaba; estaba tumbada boca abajo, con la cara mirando hacia él. Tenía el pelo alborotado y él se lo había apartado de la nuca para poder plantarle allí un beso.

—Hola —dijo ella en voz baja al ver que Anthony la estaba mirando.

—Hola —susurró él, y sonrió al ver que se sonrojaba—. ¿Has dormido bien?

—Sí —respondió, levantando una mano para apartarle un mechón de pelo de la frente—. ¿Qué hora es?

—Casi las siete. Duerme un poco más. —Se inclinó hacia ella y le dio un beso en los labios.

—¿Hace mucho que estás despierto?

—Un poco. Estaba pensando —le explicó Anthony, acariciándole la espalda.

—¿En qué? —A Helena se le puso la piel de gallina. Él no respondió, sino que volvió a besarla.

—¿Te he contado alguna vez que en la universidad me apunté a clases de caligrafía china? —le dijo, casi pegado a sus labios.

—No —respondió ella—. ¿Caligrafía china?

—Sí. Uno de mis profesores de universidad también era disléxico... —Se quedó en silencio un instante—. ¡Dios! Me basta con mirarte a los ojos para olvidarme de todo.

—Termina de contarme lo de la caligrafía —le pidió a media voz.

—Espérate aquí un segundo. No te muevas —dijo, antes de darle un beso y salir de la cama—. Enseguida vuelvo.

Helena se quedó tumbada tal como estaba, y oyó que Anthony iba a la habitación que hacía las veces de estudio y abría un cajón para luego cerrarlo.

—Cierra los ojos —le pidió él al regresar—. Por favor.

Ella lo hizo y, al cabo de unos breves pero eternos segundos, notó que le retiraba la sábana de la espalda. Anthony dejó una pequeña tablilla de madera en el colchón y encima depositó con cuidado un tintero y una pluma. Se sentó a horcajadas encima de los muslos de Helena sosteniendo su propio peso con las rodillas; no quería aplastarla y así tenía más libertad de movimiento. Dibujar los símbolos orientales siempre lo había relajado; lo fascinaba poder entenderlos sin tener la sensación de que la mente le fuera a explotar. Anthony era incapaz de leer una palabra en inglés o en español sin tener que esforzarse, pero los símbolos chinos los veía con absoluta claridad. Aquellos dibujos no eran sonidos, ni letras, eran ideas, palabras en sí mismas. Sentimientos a veces representados en un único trazo. Abrió el tintero y mojó la pluma. Acarició la espalda de Helena y tembló al unísono con ella. Oyó cómo se le aceleraba la respiración y a él le sucedió igual.

Con la pluma entre los dedos la acercó a la piel que tenía ante sus ojos.

—Fui a clases de caligrafía china durante años —le explicó, trazando la primera línea—. Y desde el primer día me entusiasmó la idea de poder comprender lo que veían mis ojos.

Helena no dijo nada y mantuvo los ojos cerrados, tal como él le había pedido. Anthony volvió a mojar la pluma y dibujó otra línea, incorporando un giro. Mantenía la vista fija en la espalda de ella, de la mujer que lo había obligado a salir de su caparazón. Aquella espalda era el único lienzo en el que quería volver a escribir.

—Cada símbolo significa algo, y a veces basta con dos o tres para expresar sentimientos muy complejos. A diferencia de nosotros, que gastamos miles de palabras para no decir nada en absoluto. —Dibujó otra línea, pero en esta ocasión se agachó un poco y le besó el omoplato—. Es increíble la importancia que damos nosotros a unas meras palabras que suelen carecer de significado —añadió, pero fue como si se lo estuviera diciendo a sí mismo.

Le dio otro beso en el centro de la espalda y Helena notó de nuevo las cerdas del pincel sobre la piel.

Anthony se quedó en silencio, esperando cada vez más entre trazo y trazo, y Helena podía sentir su mirada fija en su espalda; estudiando su obra, meditando cada pincelada. Después de lo que pareció ser la última, se atrevió a preguntar:

—¿Qué has escrito?

Él no dijo nada, pero tampoco se movió ni se apartó. Despacio, dejó la pluma de nuevo en el tintero y apartó la tablilla de madera de la cama, depositándola en el suelo. Luego, se inclinó un poco encima de Helena y, con una mano, fue resiguiendo cada trazo. Sin hablar, sin apenas respirar. Ella sintió que aquello era muy importante para él, y se estuvo quieta, dándole su tiempo, dejando que se acostumbrara poco a poco a la idea de que no iba a apartarse de él. Cuando Anthony terminó de repasar todo el dibujo con los dedos, Helena creyó que por fin le diría algo, pero no fue así, sino que optó por repetir la operación, pero esta vez con los labios. Con su boca, recorrió cada línea que había trazado con el pincel, besándola centímetro a centímetro y, al terminar, le dio la vuelta y le hizo el amor como si se pertenecieran el uno al otro.

A Helena le habría gustado que le dijera que la amaba, pues eso era exactamente lo que le estaba transmitiendo con aquellos besos y aquellas caricias llenas de ternura y desesperación, pero podía entender que Anthony todavía no fuera capaz de hacerlo. Ella tampoco se lo dijo, no con palabras, pero al terminar, cuando él volvió a abrazarla de aquel modo tan desgarrador, guio la cabeza de Anthony hasta su corazón para que pudiera escuchar que solo latía por él.

Volvieron a despertarse unas horas más tarde y quizá fuera el sol, o la realidad de lo que iba a suceder al día siguiente, pero la anterior intensidad se había desvanecido un poco. Los dos decidieron no decir nada sobre los sentimientos que se habían confesado con los ojos al hacer el amor. Helena no volvió a preguntarle qué significaba lo que le había escrito en la espalda y Anthony se sonrojó al dejar el tintero y la pluma encima de la mesilla de noche de su dormitorio, sin decir nada.

Él preparó el desayuno mientras ella se duchaba. Helena se paró frente al espejo del cuarto de baño y, con la ayuda del espejo de una polvera, se quedó embobada mirándose la espalda. El dibujo era precioso, significara lo que significase, y era una verdadera lástima que el agua fuera a borrarlo. Lo observó durante unos minutos, y al final se resignó a perderlo y se metió bajo la ducha. Más adelante, cuando el padre de Anthony estuviera ya recuperado y pudieran volver a su vida normal, le pediría a Anthony que volviera a dibujárselo, aunque fuera en un papel.

14
EL PADRINO

Después de desayunar, Anthony también se dio una ducha rápida y se puso unos vaqueros y una camiseta. El trasplante iba a tener lugar al día siguiente y, aunque sabía que estaba en buenas manos, no podía evitar sentir cierto miedo. Antes de aquella noche no le había importado demasiado lo que sucediera, pero en esos momentos tenía un motivo muy especial para querer que todo saliera bien. Y ese motivo lo estaba esperando en el sofá, hojeando uno de sus viejos cuadernos de dibujo.

—Tienes un don, Ant —dijo Helena con una sonrisa al verlo entrar—. Cada vez que decido que uno es mi favorito, encuentro otro, dos páginas después, que es incluso mejor.

Él se encogió de hombros y se sentó a su lado.

—¿Has hablado con tus padres? —le preguntó.

—Sí —contestó Helena—. Les he llamado y todos están muy enfadados contigo. —Vio que él tensaba los hombros y se lo explicó mejor—: Por no haberles contado lo de tu padre y lo del trasplante, claro. Mi madre se ha planteado incluso venir a hacernos compañía —añadió ella con una sonrisa.

—Lo siento —dijo Anthony, que en realidad no sabía qué decir. Llevaba tantos años solo que ni siquiera se le había pasado por la cabeza la posibilidad de que la familia de Helena pudiera preocuparse por él—. ¿Qué te apetece hacer hoy?

Ella, que ya había aprendido a descifrar sus ojos, se le acercó y buscó su mano para entrelazarla con la suya.

—El trasplante es mañana a primera hora. Es normal que estés nervioso, por mí podemos quedarnos en casa.

A Anthony le dio un vuelco el corazón, y el estómago, al oír «en casa». Le gustaba cómo sonaba esa expresión en boca de Helena.

—No, quiero que hagamos algo juntos. Sí, estoy nervioso. Y no, no estoy asustado. Bueno, quizá un poco —reconoció—. Lo único que quiero es estar contigo y no pensar en todo lo que puede salir mal —se atrevió a decir, mirándola a los ojos.

Helena le besó.

—Nada va a salir mal, Ant. —Entrelazó los dedos con los suyos—. Si de verdad quieres salir, hay una cosa que me gustaría mucho ver —le dijo, consciente de que él necesitaba estar un rato sin pensar.

—¿El qué?

—¿Te acuerdas de un día que nos encontramos por la calle y me dijiste que echabas de menos las vistas de los edificios de la City con la catedral de Saint Paul al fondo?

—Por supuesto que me acuerdo. Es imposible que me olvide ni siquiera de un segundo de los que hemos compartido —contestó con sinceridad.

—Lo mismo digo —dijo Helena, también emocionada, y, antes de que terminara confesándole algo más importante, continuó—: Pues eso es lo que quiero ver. Creo que he encontrado dibujos de esas vistas en uno de tus cuadernos.

—Buscó entre los que tenía al lado en el sofá y, al dar con uno en concreto, lo levantó—. ¿Son estos?

—Sí —respondió Anthony—. Estos son. Solía dibujarlos cuando salía de trabajar.

—Pues quiero ir a verlos y, de paso, no me importaría que me invitaras a un trozo de ese fabuloso pastel de queso —añadió, recordando también aquella conversación de tantos meses atrás.

—Está bien, veré lo que puedo hacer —dijo él, más despreocupado que hacía dos minutos. Le dio un beso y se levantó del sofá, arrastrándola consigo. Fueron hasta la puerta del apartamento, pero allí volvió a detenerse—. ¿Estás segura de que puedes quedarte estos días? Lo entenderé si tienes que...

Helena no le dejó terminar la frase, sino que se puso de puntillas y le besó con ternura y pasión al mismo tiempo, para ver si así entendía que no quería estar en otro lugar que no fuera junto a él.

—No vuelvas a preguntármelo, Ant —dijo seria al apartarse—. Por supuesto que puedo quedarme, y aunque no «pudiera» me quedaría de todos modos. Tú me necesitas aquí —se atrevió a decir—, así que aquí es donde voy a estar. Y, ahora, señor Phellps, más le vale que me lleve de paseo o le arrastraré hasta el dormitorio otra vez.

Anthony abrió la puerta y empezó a bajar la escalera, pero al llegar al portal, volvió a detenerse.

—Para que lo sepas, esa amenaza no resulta para nada efectiva, Helena. —La atrapó contra la pared y la devoró con la mirada—. Y vas a tener la visita turística más corta de la historia. —Se apartó, dejándola con la respiración entrecortada y hambrienta de sus besos.

Abrió la puerta y silbó para detener un taxi. Y, tal como le había prometido, visitaron los edificios que él había dibujado en un tiempo récord. De regreso al apartamento, se subieron otro taxi, y Anthony le pidió al conductor que se detuviera en una esquina y lo esperara mientras iba a por un trozo de pastel. Helena se quedó en el vehículo y vio que el taxista la miraba de un modo extraño, pero el hombre fue lo bastante educado como para no decir nada. Cinco minutos más tarde, Anthony y Helena subían la escalera que conducía a su casa, deteniéndose cada dos escalones para besarse. Entraron y llegó a la conclusión de que sí, que aquel era el mejor pastel de queso del mundo, aunque dudaba que fuese capaz de volver a comer un trozo sin sonrojarse.

A media tarde, y después de una siesta, volvieron a despertarse el uno en brazos del otro y estuvieron hablando del trasplante y de cómo se organizarían. Anthony le advirtió a Helena que no se dejara impresionar por los comentarios que su madre pudiera hacer, y ella le dijo que, aunque agradecía su preocupación, que estuviera tranquilo, que no se dejaría intimidar por una frívola que había sido incapaz de querer a su hijo. Y si Anthony no hubiera estado ya enamoradísimo de ella, en ese instante habría caído rendido. Un rato más tarde prepararon el ligero equipaje que tenían previsto llevarse al hospital y, después de cenar algo ligero, fueron de nuevo al dormitorio de Anthony. Se tumbaron en la cama y estuvieron horas hablando de tonterías; de los hermanos de ella, de los amigos de él, del proyecto arquitectónico que Anthony estaba a punto de terminar en Barcelona y de la carrera de Helena, que empezaba a pensar que no le gustaba tanto como había creído y que tal vez había llegado el momento de reconocerlo. Entre besos y caricias se quedaron dormidos.

Al amanecer, pero antes de que el sol se entrometiera en su realidad, volvieron a hacer el amor. A Helena se le llenaron los ojos de lágrimas al sentir otra vez la desesperación de Anthony, pero dejó que ocultara el rostro en su melena y que se abrazara a ella con toda la fuerza del mundo.

Cada vez que hacían el amor, Anthony se decía a sí mismo que iba a ser distinto, que iba a poder controlarse y a hacer algo más que entrar dentro de ella y perder el control. Nunca en su vida había sentido la necesidad de pertenecer a otra persona, de buscar la manera de unirse a ella hasta que nada pudiera separarlos, pero con Helena no podía remediarlo. A una parte de él le horrorizaba descubrir que necesitaba hundirse en ella, marcarla del modo más primitivo que existía; a otra, la que obviamente había tomado el control esos días, le parecía bien dedicar el resto de su vida a besar, lamer y acariciar cada milímetro del cuerpo y el alma de Helena. Y ella, dulce y generosa como era, lo abrazaba y lo besaba casi sin pedirle nada a cambio. Lo único que lo tranquilizaba era que tenía la certeza de que Helena sentía placer. ¡Dios!

Sus orgasmos bastaban para que él volviera a excitarse en cuestión de minutos; no importaba lo fuerte o intenso que hubiera sido el orgasmo anterior, tenía suficiente con sentir que ella se arqueaba de placer para volver a estar dispuesto a hacerle el amor durante horas. Quería decirle que la quería, que se había enamorado de ella; no tenía ninguna duda de que así era, pero no quería hacerlo antes del trasplante. No, Helena podría creer que se lo decía por gratitud, o algo por el estilo, y ella se merecía escuchar una declaración en toda regla. Y la tendría, tan pronto como saliera del hospital y pudiera demostrarle que por ella estaba dispuesto a todo.

El martes, el día del trasplante, se despertaron a primera hora y fueron al hospital. Anthony no podía comer nada y Helena se veía incapaz de hacerlo. En el apartamento, él insistió en darle un juego de llaves y en besarla como si tuviera miedo de no poder volver a hacerlo. Ella, aunque le devolvió todos y cada uno de los besos, no le permitió que se planteara tal cosa. Anthony también aprovechó para llamar a Miriam Potts y decirle que Helena estaba con él y que sería quien la llamaría para contarle cómo iba todo. La señora Potts, igual que Helena, no le permitió que se despidiera de ella. Y Helena decidió que las dos iban a ser grandes amigas. Además, le había arrancado la promesa a Anthony de que en cuanto se hubiese recuperado organizarían una cena con Jack y Amanda y otra con la señora Potts. No iba a permitir que Anthony siguiera manteniéndose alejado de las personas que quería.

Al llegar al hospital, fueron directos a la planta en la que tenían la habitación asignada y comprobaron que el doctor Ross y una de sus enfermeras los estaban esperando. Tras los saludos de rigor, el médico le pidió a Anthony que se cambiara y tumbara en la cama, y le dijo que pronto irían a buscarlo. Helena se sentó en una butaca y observó cómo él hacía lo que le habían dicho y se ponía la bata del hospital. Ninguno de los dos dijo nada, hasta que Anthony se sentó en la cama.

—Mis padres no han venido ni a saludar —dijo él, quitándose el reloj. Iba a dejarlo encima de la mesa en la que también estaba el teléfono de la habitación, pero se acercó a Helena y se lo colocó en la muñeca, ajustando la correa de cuero gastado para que no lo perdiera—. Me lo compré con mi primer sueldo, no quería que mi padre y su dinero volviesen a controlar mi tiempo nunca más. Te queda bien.

Ella iba a decir algo, pero en ese instante se abrió la puerta y entró Sabina.

—Hola, Anthony, Helena —los saludó—. Papá ya está listo —les dijo—, mamá está histérica y yo... —se interrumpió nerviosa—. Yo quería venir a saludarte y desearte suerte.

—Gracias —contestó él, sintiéndolo de verdad. Le gustaba ver que su hermana era coherente con su nueva personalidad.

—Bueno, os dejaré solos. —Dio un paso hacia él y, algo incómoda e insegura, lo abrazó—. Suerte, Anthony.

Él le devolvió el abrazo.

—No te preocupes, Sabina. Te prometo que estas navidades mi sobrino recibirá un montón de juguetes de su tío favorito.

Su hermana asintió y salió de la habitación con lágrimas en los ojos. Apenas medio segundo después de que se fuera, la puerta volvió a abrirse para dar paso a un par de enfermeros con una camilla.

—¿Nos dan un minuto? —dijo Anthony con voz firme—. Por favor.

Los dos hombres retrocedieron y cerraron la puerta con un discreto clic. Anthony vio que Helena tenía la mirada fija en el reloj y que se mordía nerviosa el labio inferior. Se acercó a la butaca en la que estaba sentada y se agachó delante de ella. Cualquier hombre habría estado ridículo con aquella bata que le dejaba la espalda al aire y casi de rodillas en el suelo, pero Anthony no.

—Hola —susurró él, acariciándole la mejilla.

—Hola —respondió Helena, atrapando su mano.

—No estés nerviosa, no me pasará nada.

—Lo sé —le dijo, mirándolo ahora a los ojos—. Te esperaré aquí, ¿de acuerdo?

—De acuerdo.

Ambos se quedaron en silencio unos segundos; él acariciándole el pómulo con el pulgar, ella tocándole un mechón de pelo.

—Me tengo que ir —dijo Anthony, levantándose.

Helena también se puso de pie y se abrazó a él para darle un beso. Ella sabía en qué consistían todos y cada uno de los pasos de la intervención, y también sabía que el equipo del doctor Ross era excelente, pero tenía un miedo atroz a que sucediera cualquier cosa. No le estaba resultando nada fácil quedarse allí sentada mientras al chico del que estaba enamorada lo sometían a una operación de trasplante de médula. Quería a Anthony. Y no se lo había dicho, pensó en medio del beso. Trató de apartarse, pero él la abrazó por la cintura y la besó otra vez. Helena se perdió en sus labios y su corazón le susurró al oído que aquel no era el momento adecuado. No quería que Anthony creyera que se lo decía porque tenía miedo de que fuera a sucederle algo malo. Se apretó contra él y respiró hondo, para así llenarse del aroma a sándalo que él siempre desprendía.

Oyeron unos golpes en la puerta y se separaron. Anthony abrió y entraron los dos enfermeros de antes. Se tumbó en la camilla y miró a Helena una vez más.

—Me gusta cómo te queda el reloj —le dijo—, quizá deberías pensar en quedártelo.

—¿Y tú? —preguntó ella, acompañándolos hasta la puerta.

—Yo voy con el reloj. —Le guiñó un ojo, y la camilla entró en zona restringida.

Helena se quedó allí de pie, mirando las puertas de acero como una idiota hasta que oyó una voz horrible a su espalda.

—Espero que, por una vez en su vida, ese chico haga algo bien.

Era Lillian, la madre de Anthony. Helena se habría vuelto y le habría tirado de los pelos por atreverse a decir tal tontería, pero se limitó a respirar hondo y a regresar a la habitación que el hospital le había asignado a Anthony.

La primera hora se le hizo eterna, así que cuando empezó a temer por la integridad física del mobiliario, optó por llamar a su madre y contarle todo lo que había sucedido. Elizabeth insistió en preguntarle si quería subirse al primer avión a Londres para estar con ellos, pero

Helena volvió a negarse. Colgó con la promesa de llamar de nuevo en cuanto Anthony saliera del quirófano.

Estuvo sentada diez minutos, quizá veinte, mirando uno de los cuadernos de dibujo de él que había metido en el bolso a última hora. Le encantaba hojearlos, pues en ellos creía descubrir pequeños detalles de su autor, claves que le permitían comprender mejor a un hombre tan complejo como aquel. A Anthony sus padres no lo habían ayudado, se habían avergonzado abiertamente de él, y, a pesar de todo, estaba dispuesto a correr el riesgo de perder la movilidad para que su padre pudiera curarse. Sus hermanos nunca se habían puesto de su parte y él no había dudado un instante en ayudar a su sobrino, que al parecer también era disléxico como él.

Anthony estaba convencido de que no era listo, pero era capaz de dibujar los edificios más increíbles del mundo, de recitar de memoria diálogos de todas las películas de cine clásico y de aprender caligrafía china, recordó sonrojándose. Sí, Anthony era un hombre muy complejo, con muchos más recovecos de los que uno podía apreciar a simple vista, y Helena no iba a parar hasta descubrirlos todos y hacerlo tan feliz que le resultara imposible recordar una época en la que no lo hubiera sido. Sabía que todavía no le había contado muchas cosas; no sabía qué había sucedido para que se fuera de casa, ni tampoco cómo había conseguido mantenerse en la universidad, ni cómo era posible que llevara tantos años sin hablar con nadie de su familia, pero bueno, se dijo, tenía toda la vida para averiguarlo.

Pasó una hora más sin noticias y fue de nuevo a por el móvil. En esta ocasión, llamó a Ágata, convencida de que si hablaba con alguien que también conocía a Anthony y se preocupaba por él se sentiría más acompañada. Su hermana no le falló y, tras preguntar por él y exigir que la llamara cuando tuviera noticias, se pasó treinta minutos contándole las monerías de Mia. Ágata no era en absoluto una de esas madres novatas que solo hablan de sus retoños, y Helena sabía perfectamente que le contaba todo aquello para distraerla, pero como la táctica funcionó no se lo tuvo en cuenta. Gabriel, su cuñado, también charló un rato con ella y al final le ordenó que tratara de relajarse un poco. Se despidieron con besos y Helena volvió a quedarse sola con sus pensamientos.

Ya ni sabía cuánto rato hacía que se habían llevado a Anthony, y no quería salir de la habitación por miedo a que lo devolvieran y ella no estuviera. Podría llamar a Miriam Potts, pensó, pero descartó la idea porque apenas había hablado con la mujer cinco minutos y no quería asustarla, ni que creyera que Anthony estaba saliendo con una histérica. Aunque, bueno, tampoco era de histérica preocuparse por él; al fin y al cabo, ser donante de médula no era como ir al dentista.

—¡Genial! —farfulló en voz alta—. Estoy discutiendo conmigo misma.

Se acercó a la ventana, que daba a un patio trasero, y tocó el reloj que él le había colocado en la muñeca; al pensar en lo último que le había dicho antes de irse no pudo evitar sonreír. Volvió a sentarse en aquella butaca salida del infierno un poco más calmada, y poco a poco se le fueron cerrando los párpados; el cansancio y los nervios hicieron por fin mella en ella y se quedó dormida. Una hora más tarde, el ruido de una camilla deslizándose por el pasillo la sobresaltó y se despertó. No era Anthony, pero por suerte para Helena, unos cuarenta minutos después otra camilla chirrió y se abrió la puerta de la habitación.

Anthony seguía dormido por la anestesia, y los enfermeros lo colocaron con tanto cuidado en la cama que a Helena le dio un vuelco el corazón. El doctor Ross apareció enseguida y le relató con brevedad y eficiencia los pormenores de la intervención.

Helena apenas escuchó un par de palabras, pero no apartó ni un segundo la mirada de la del médico; en la facultad de medicina había aprendido que muchos de estos profesionales evitan mirar a los ojos de los familiares cuando mienten. El doctor Ross estaba diciendo la verdad y, lo que era más importante, todo había ido bien y Anthony no tardaría en despertarse. Sentiría las molestias propias de la anestesia y de la intervención en sí, pero si tras pasar un día en observación no veían nada extraño, podría irse a casa y terminar de recuperarse allí. En una semana podría volver a hacer vida completamente normal.

Helena se sintió tan aliviada que tuvo que sentarse, y entonces hubo de reconocer ante sí misma que había estado aterrorizada. El doctor Ross se le acercó de nuevo, le dio unas hojas con las instrucciones para los primeros días y le tendió la mano.

—Esté tranquila, Helena. Todo ha salido bien —le dijo, cuando ella se la estrechó—. Anthony es muy fuerte.

—Lo sé —respondió ella—. Gracias, doctor.

El hombre asintió y salió de la habitación, y Helena se acercó a la cama para tocar a Anthony, como había querido hacer desde que lo trajeron los enfermeros. La parte racional de su mente que seguía activa le decía que el hecho de estar tan quieto era completamente normal, consecuencia de la anestesia. Pero la parte emocional, que al parecer era el timón que la guiaba últimamente, no pudo evitar volver a preocuparse. Se sentó en la butaca que había junto a la cama y entrelazó los dedos con los de él. Lo besó en la frente y en los labios, y se quedó allí esperando, tal como le había dicho que haría.

Anthony tardó más de lo que a Helena le habría gustado en abrir de nuevo los ojos, pero cuando lo hizo le bastó con media sonrisa para que ella lo perdonara por haber remoloneado tanto. Se quedó en el hospital dos días, durante los cuales ni su madre ni su hermano fueron a verlo.

El doctor Ross les confirmó que la intervención había sido un éxito y que el paciente Harrison Phellps parecía estar reaccionando bien al trasplante de médula, aunque todavía era pronto para decir nada más optimista. Anthony se dio cuenta de que el oncólogo había dejado de referirse a Harrison como «su padre» y supuso que el buen doctor había terminado por comprender que la suya no era una familia bien avenida.

Sabina sí que fue a visitarlo y le prometió que antes de que regresara a España, ella y Harry irían a verlo al apartamento o adonde él quisiera.

Le contó también que su padre parecía mejorar, pero que, tal como había dicho el médico, todavía no sabían el alcance de la mejora.

La noche antes de salir del hospital, Anthony vio que Helena estaba pensativa, con la mirada fija en la pantalla del móvil.

—¿Qué estás leyendo? —le preguntó él con voz algo cansada.

—¿Qué? ¡Ah! Uno de los mensajes que te han enviado Ágata y Gabriel —contestó.

—¿Y eso es lo que te tiene tan preocupada?

Ella apartó la vista del teléfono y lo miró a los ojos.

—No lo entiendo —dijo de repente.

—¿Qué es lo que no entiendes? —le preguntó Anthony, convencido de que pasarse tantas horas tumbado en aquella cama empezaba a atrofiarle el cerebro.

—Lo de tus padres. No lo entiendo —repitió.

Él levantó una mano para indicarle que se acercara. Helena estaba de pie junto a la ventana, pero se apresuró a sentarse en la butaca que había junto a la cama y entrelazó los dedos con los de él. Anthony tardó unos segundos en hablar, como si en su mente también estuviera tratando de encontrarle sentido al comportamiento de sus progenitores.

—Los Phellps son perfectos. —Fue lo primero que se le ocurrió, recordando una de las frases que solía repetir su padre cuando eran pequeños—. O lo eran hasta que llegué yo. —Vio que Helena iba a defenderlo y, aunque la quiso más por ello, se lo impidió—: Déjame terminar. Supongo que podría decirse que de pequeño fui feliz. Sí, no me mires así, hasta que la dislexia no se hizo evidente, yo también encajé maravillosamente en el perfecto y frívolo mundo de los Phellps, pero cuando empecé a tener problemas... —Notó que ella le apretaba la mano y continuó—: Bueno, ya sabes lo que sucedió entonces. Gracias a Miriam conseguí terminar el colegio. —Sonrió—. Créeme, nunca he conocido a una mujer tan terca y tenaz como ella. Y supongo que jamás podré agradecérselo lo suficiente.

—Miriam te quiere —dijo Helena, que, después de hablar varias veces con la antigua niñera de Anthony, sabía que esta era lo más parecido a una madre que había tenido—. Y eso es lo que hace la gente cuando quiere a alguien: cuidarlo y hacer todo lo que haga falta para ayudarlo. —Los dos seguían sin confesarse sus sentimientos, pero Helena aprovechaba cualquier oportunidad para insinuárselo.

—Y yo a ella —dijo él, y tragó saliva—. Desde que aprendí a dibujar, soñaba con convertirme en arquitecto, en poder traspasar alguno de mis edificios de papel al mundo real. De pequeño, no sabía siquiera qué había que estudiar para conseguirlo, pero sabía que estaba dispuesto a todo para lograrlo. Durante años deseché la idea por imposible, pero cuando gracias a la ayuda de Miriam...

—Y a tu fuerza de voluntad —añadió Helena.

—Y a mi fuerza de voluntad —admitió él, sonrojándose un poco— conseguí aprender a leer y empecé a aprobar las asignaturas en el colegio, volví a soñar con ir a la universidad. Y entonces cumplí dieciocho años y mi padre me llamó a su despacho. A esa edad yo ya era tan alto como ahora, pero recuerdo perfectamente que me temblaron las rodillas al llamar a la puerta. No había vuelto allí desde el día en que el director de la escuela le dijo que tenía un hijo tonto, yo, para ser exactos. En fin, al principio pensé que todo iba bien; mi padre me pidió que me sentara e incluso me preguntó cómo estaba, pero luego su discurso se volvió de lo más extraño, o eso me pareció a mí, pues empezó a divagar acerca del honor de la familia y de la intachable reputación que tenían los Phellps. Yo, como comprenderás, me limité a asentir, convencido de que aquello era un ritual paterno filial de lo más común, pero entonces el magnánimo Harrison Phellps llegó a lo que de verdad quería decirme: «No hace falta que alguien como tú pierda el tiempo en la universidad—me dijo—; solo serviría para que tanto tú como nosotros quedemos en ridículo», añadió. —Helena volvió a apretarle la mano—. «Tú nunca conseguirías licenciarte en nada, sería una pérdida de tiempo y de dinero, y, siendo como eres, seguro que terminarías rodeado de malas compañías.»

—¡Dios! —dijo ella en voz baja.

—Tardé unos segundos en reaccionar, pero cuando lo hice no me enfadé, sino que traté de explicarle a mi padre lo mucho que había mejorado en los últimos años, el montón de técnicas que había aprendido para poder seguir las clases y aprobar los exámenes.

—¿Y qué te dijo él?

—Que no estaba mal como truco de circo —sentenció Anthony, que jamás olvidaría esa frase—, pero que no me bastaría para engañar a los profesores de la universidad. Y la verdad es que tenía razón, yo ya sabía que allí no me bastaría con las fichas o las cintas de la señora Potts, pero Miriam había averiguado que había centros especializados para gente con mi problema. Fue la primera vez que oí hablar del término «dislexia». Y yo estaba seguro de que, con los consejos adecuados y trabajando mucho, conseguiría salir adelante.

—Por supuesto que sí —dijo Helena, igual que si estuviera animando al Anthony de hacía casi veinte años.

—Mi padre ni siquiera me escuchó, y me repitió eso de que el apellido de los Phellps no podía convertirse en el hazmerreír del mundo académico. Recuerdo que se levantó de su silla y se acercó a mí, y después de darme una palmadita en la espalda me dijo que no me preocupara, que ya lo tenía todo pensado.

Helena tembló solo de pensar qué le habría ofrecido Harrison Phellps a su hijo.

—«No te preocupes por nada, Anthony. En el despacho siempre hace falta gente que pase escritos a máquina, que haga recados», me dijo. ¿Te lo imaginas? El muy... Mi padre sabía tan poco acerca de mí que creía que pasar a máquina un documento iba a resultarme fácil. Tuve ganas de gritarle que se fuera a la mierda, pero no lo hice.

—¿No?

—No, y la verdad es que todavía a día de hoy no sé cómo me contuve. Ya te he dicho que tenía claro que quería ser arquitecto, así que en ese instante me di cuenta de dos cosas: la primera, nunca iba a contar con el apoyo de mi padre, y el de mi madre dependía del de él, así que también estaba fuera de cuestión hablar con ella; y dos, si de verdad quería ir a la universidad iba a necesitar dinero. Y la única persona que podía dármelo la tenía de pie a mi lado y se avergonzaba de llamarme «hijo».

Anthony cerró los ojos un instante y tragó saliva.

—No hace falta que me lo cuentes si no quieres —le dijo Helena en voz baja antes de darle un beso en los nudillos.

—En un último intento, le conté a mi padre que quería estudiar Arquitectura —prosiguió él como si no la hubiera oído—, incluso llegué a explicarle que nunca había tenido problemas para dibujar ni para comprender conceptos espaciales como el volumen o el punto de fuga. No me escuchó, sino que regresó a su lado del escritorio y empezó a hablarme de lo bien que me iría en su despacho y del sueldo tan increíble que iban a pagarme por tenerme allí entretenido. Y entonces... —Se quedó callado de nuevo.

—¿Y entonces?

—Entonces me acordé del caso de lady Fairchild.

—¿Lady Fairchild? Parece sacada de una novela de época. —Helena trató de aligerar algo el tono de la conversación.

—Lady Fairchild es una mujer que ahora tendrá unos cuarenta años, con unos padres muy ricos y, al parecer, excesivamente longevos para su gusto. Cuando lady Fairchild tenía veinte años se hartó de esperar a que dichos padres murieran y poder recibir así la fortuna familiar y, como no estaba dispuesta a trabajar, contrató a un abogado: mi padre —le aclaró Anthony, aunque no habría hecho falta—. Yo tendría entonces unos dieciséis años, pero me acuerdo perfectamente de lo mucho que me impactó su historia y de la estratagema legal que utilizó Harrison para conseguirle a su clienta lo que esta quería. Lady Fairchild les reclamó a sus padres la herencia en vida, no sé cuáles fueron exactamente los detalles, pero creo que en España existe una figura similar, algo que dice que un hijo tiene derecho a no sé qué parte del patrimonio de los padres.

—La legítima, creo —dijo Helena, que tenía la sensación de que en el mundo había mucha gente que estaba mal de la cabeza.

—Sí, la legítima. En resumen, la historia de lady Fairchild me impresionó porque, a diferencia de su malcriada hija, el matrimonio Fairchild parecía de lo más normal, y cada vez que veía su fotografía en algunos de los periódicos sensacionalistas del momento me daban pena. Y supongo que también me impactó porque la tal lady fue la amante de mi padre durante unos meses. Al parecer, quería celebrar con alguien su recién adquirida fortuna, ¿y quién mejor que el hombre que lo había hecho posible? Aunque tuviera familia y, como mínimo, veinte años más que ella.

Helena no sabía qué decir. Su familia no era ni mucho menos perfecta, pero no podía imaginarse a su padre teniendo un lío con una chica de la misma edad que una de sus hijas.

—Me acuerdo perfectamente de que miré a mi padre a los ojos y le dije que tenía toda la intención del mundo de entrar en la universidad y matricularme en la Facultad de Arquitectura, y que él iba a pagármelo.

—¿Y qué te dijo?

—Se rio de mí, y cuando vi que iba a recordarme por enésima vez lo tonto que era, le paré los pies. —Cerró los ojos—. Le dije que si no me pagaba los estudios haría lo mismo que lady Fairchild. —Una leve sonrisa apareció en los labios de Anthony—. Tendrías que haberle visto la cara cuando oyó ese nombre, pero siguió negándose. Entonces le dije que si no me ayudaba con los gastos de la carrera me dedicaría a destrozar su preciosa reputación, que iría a ver a sus antiguas amantes, a los socios a los que había engañado a lo largo de los años, al fiscal si era necesario. No sé qué vio en mis ojos, pero fuera lo que fuese supo que iba en serio y abrió el cajón del escritorio, sacó el talonario y me extendió un cheque.

—Un cheque. —No era ninguna pregunta, sencillamente, no pudo evitar repetirlo en voz alta.

—Un cheque por un importe suficiente para pagar una carrera universitaria y subvencionar la vida de una persona durante varios años. Recuerdo que cuando lo sujeté entre los dedos pensé en romperlo y lanzárselo a la cara, y gritarle que cómo era posible que estuviera tan dispuesto a deshacerse de mí. Pero no lo hice y me guardé el cheque en el bolsillo.

—¿De verdad lo habrías hecho? ¿De verdad sabías tantas cosas como para echar por tierra la reputación de tu familia?

Anthony sonrió con amargura y Helena pensó que quizá fuera porque llevaba un pijama azul claro, o porque estaba tumbado en aquella cama de hospital, pero se lo veía triste y resignado. E, igual que el día en que hicieron el amor por primera vez, decidió que haría todo lo posible para hacerlo feliz.

—No te imaginas la cantidad de cosas de las que habla la gente delante de ti cuando creen que eres tonto. —Respiró hondo—. Me gusta creer que no habría sido capaz, pero supongo que sí. Supongo que me parezco más a mi padre de lo que creo.

—Tú no te pareces en nada a ese hombre, Ant. Tú nunca te habrías avergonzado de un hijo tuyo, y nunca te habrías deshecho de él dándole como quien dice un cheque en blanco.

Él se quedó pensando y luego volvió a hablar:

—Ahora no, pero nunca sabremos cómo habría sido de no haber tenido dislexia. Quizá ahora sería un energúmeno como Frey, incapaz de ir a ver a mi hermano después de una operación.

—Estoy convencida de que no —le aseguró ella, acariciándole la mejilla con ternura.

—En fin, esa tarde, la tarde en que mi padre me dio el cheque, también me dijo que me fuera de casa y que no regresara. Recuerdo que dijo que, ya que tenía que pagar para que lo dejara tranquilo, tuviera la decencia de no volver a molestarlo, y añadió que no pensaba darme ni una libra más y que no fuera a verlo cuando tuviera problemas. Llené una maleta y me marché a casa de Miriam. Fue ella quien me ayudó a superar los primeros días. Me acuerdo —tragó saliva—, me acuerdo de que pensé que mi madre vendría a buscarme o que llamaría a Miriam preguntando por mí... pero no lo hizo. —Anthony miró a Helena a los ojos—. ¿Te importa que duerma un rato? Estoy cansado.

—Por supuesto que no, cariño. —Se levantó y le dio un suave beso en los labios—. Descansa. Supongo que el médico te dará el alta mañana y podremos irnos a casa.

—A casa... Me gusta cómo suena —dijo casi dormido.

Helena le acarició el pelo hasta que escuchó que se le acompasaba la respiración. La historia que Anthony le había contado era muy triste; estaba claro que en el mundo había muchísimos niños que pasaban por peores cosas que él, pero no tenía que ser nada fácil ver que tus padres no te quieren, y solo porque no encajas en su vida de revista.

15

HECHIZO DE LUNA

A Anthony le dieron el alta al día siguiente y el doctor Ross fue a despedirse de él personalmente. El médico le dio instrucciones para el resto de la semana, y le dijo que si se lo tomaba con calma podía regresar al trabajo el lunes siguiente. Ross también le explicó que Harrison parecía evolucionar bien y que, por el momento, no mostraba signos de rechazo al trasplante, pero añadió que seguía siendo demasiado pronto para asegurar nada. El hombre dejó caer sutilmente que no hacía falta que fuera a despedirse de sus padres, pues en aquel preciso instante Harrison estaba durmiendo y la señora Phellps también había aprovechado para descansar un poco. Anthony terminó de cerrar la bolsa de mano y le dirigió una sonrisa.

—No se preocupe, hace años que sé a qué atenerme. —Le tendió la mano—. Gracias por todo, doctor.

—No tienes que agradecerme nada, Anthony —respondió este con sinceridad—. Espero no tener que volver a verte jamás —añadió, y tanto a Anthony como a Helena les sorprendió el chiste—. Ojalá las cosas se arreglen entre tú y tus padres. A veces, cuando uno se ve al borde de la muerte recapacita.

—No se haga ilusiones, doctor —dijo él con una media sonrisa—. A mí también me habría gustado que todo esto terminara como una serie de la tele, pero en el mundo real nunca suceden esas cosas. O casi nunca —susurró al ver a Helena.

—Tienes razón. Bueno, me despido. Que tengáis un buen viaje de regreso a Barcelona.

—Gracias, doctor. —Helena se despidió también del oncólogo y media hora después ella y Anthony abandonaban el hospital.

Pasaron el resto de la semana en el apartamento de él y Helena lo agasajó con mimos y cuidados. A lo largo de esos pocos días, Anthony recibió la visita de Jack y Amanda, que aparecieron acompañados por Kat y David, sus respectivas parejas, y los cuatro lo riñeron por no haberles presentado antes a Helena.

A Helena le gustó comprobar que contaba con tan buenos amigos y, a pesar de su habitual timidez, no tardó en conversar con ellos. Eran muy agradables y era evidente que querían a Anthony de verdad, así que Helena se esforzó por abrirse un poco, y dicho esfuerzo tuvo su recompensa: los cuatro la recibieron con los brazos abiertos y amenazaron a Anthony con romperle las piernas si la dejaba.

Durante los días que estuvieron en Londres, él fue contándole poco a poco más cosas sobre su infancia y sobre todos los trucos que la señora Potts ideó para ayudarlo a estudiar.

Miriam también fue a visitarlos y se quedó a pasar con ellos una noche. Ahora que Helena dormía con Anthony, la habitación de invitados volvía a estar libre. El primer día, Helena le dijo a Anthony que se instalaría en la otra cama, o en el sofá, para así no molestarlo mientras se recuperaba. Él la miró fijamente a los ojos y le preguntó si se había vuelto loca, y le aseguró que no pasaba nada porque durmieran juntos, que lo pasaría peor lejos de ella que con ella en la cama. Helena se derritió ante ese comentario y desechó la opción del sofá al instante.

Miriam Potts resultó ser tal como esperaba, excepto en el aspecto físico. Anthony le había contado tantas cosas acerca de lo fuerte y valiente que era, que Helena se la imaginaba casi como una diosa griega, cuando la mujer era en realidad de lo más menuda. Miriam la abrazó nada más verla y después de besar a Anthony, y reñirlo igual que habían hecho sus amigos, se sentó a su lado y los tres empezaron a hablar casi sin parar. Al llegar la noche, Miriam dijo que se iba, pero ni Helena ni Anthony le permitieron que pidiera un taxi a esas horas y ella se quedó a dormir. Helena se sonrojó un poco al ver cómo la antigua niñera de Anthony la miraba antes de acostarse, pero se tranquilizó cuando esta se le acercó y la abrazó, y le susurró al oído que se alegraba mucho de que ella y Anthony se hubieran conocido. Miriam se fue a la mañana siguiente, después de prepararles un copioso desayuno y comida para casi tres días y hacerles prometer que regresarían pronto a verla.

Helena hablaba a diario con su familia y llamó un par de veces a una compañera de clase para preguntarle si había sucedido algo excepcional. Sabía que a Anthony le preocupaba que se estuviera perdiendo aquella semana de clases, a pesar de que ella le había repetido hasta la saciedad que no importaba, que ya lo recuperaría cuando regresaran. Así que, para no darle más motivos de insomnio, no le dijo que se había perdido un examen y que seguramente tendría que volver a matricularse en esa asignatura. A Helena nada de aquello le importaba en exceso; había superado un curso por año, algo excepcional en la Facultad de Medicina, así que podía permitirse tener algún retraso. Eso no iba a hacer que fuera mejor o peor médico, y lo que ahora de verdad importaba era que Anthony se recuperara y pudieran volver juntos a Barcelona.

El domingo, el día antes de su regreso, Anthony y Helena volvieron a quedar con Sabina y Harry, y este le contó a su tío lo útiles que le habían sido los pequeños trucos que le había explicado el día que se conocieron. Pasaron la mañana en el parque y luego fueron a comer a una cafetería, en la que se rieron muchísimo. A la hora de la despedida, Harry le regaló a Anthony un dibujo que había hecho para él; eran ellos cuatro frente al museo de cera, y Anthony lo dobló y guardó con el mismo cuidado que si le hubiera regalado un Picasso. Abrazó a su sobrino y le prometió que la próxima vez que fuera a Londres lo llevaría al zoo o adonde él quisiera. De Sabina también se despidió con un abrazo, que su hermana le devolvió emocionada.

Después de la comida, Anthony y Helena volvieron al apartamento dando un paseo. Él estaba muy callado, pensativo incluso, y tenía motivos para estarlo: la última semana había sido muy intensa; una especie de capítulo final a la envenenada relación entre él y sus padres, había recuperado a su hermana, había ganado un sobrino y por fin se había atrevido a arriesgar su corazón... y la recompensa no podía ser mejor, pensó, mirando a Helena, que caminaba a su lado sin decir nada. Esa era una de las cosas que más le gustaban de ella, que nunca lo presionaba para hablar, como si supiera que él terminaría por contárselo todo cuando estuviera preparado para hacerlo.

Solo llevaban una semana como amantes, a Anthony siempre le había gustado esa palabra, aunque sabía que en español no tenía una connotación tan romántica como en inglés. Tener un amante significa que alguien te ama, pensó, y sus labios esbozaron una sonrisa. No habían vuelto a hacer el amor desde el trasplante; ella seguía preocupada por su recuperación y él había aprovechado aquellos días para tratar de encontrar el modo de recobrar aquella calma que creía poseer antes de conocer a Helena.

—¿Por qué sonríes? —le preguntó ella, tirando un poco de las manos que tenían entrelazadas.

—Estoy feliz —respondió Anthony sin pensarlo, y vio que estaba diciendo la verdad—. Sí, soy feliz —repitió, esta vez mirándola a los ojos para que ella supiera que era sobre todo mérito suyo.

—Me alegro —dijo Helena a media voz, y siguieron caminando otra vez en silencio.

Llegaron al apartamento de Anthony cuando todavía entraba el sol por las ventanas, y él la sujetó por la cintura tan pronto como cruzaron el umbral. Le besó la nuca y le mordió el cuello.

—Llevo días queriendo hacer esto —susurró, pegado a su piel.

Helena tembló.

—Ven conmigo. —Tiró de ella y la llevó al dormitorio. Él nunca se había considerado un hombre con demasiadas fantasías, pero al parecer nada de lo que le sucedía con Helena podía compararse con su vida anterior. Sí, eso era, en su vida había dos etapas: antes de Helena y después de Helena. Esas noches en que habían dormido juntos sin hacer el amor, su mente parecía empeñada en mostrarle todas las posibilidades que tenía su cama, y su cocina, y su mesa de dibujo, y su sofá, y su... Cerró los ojos y respiró hondo; si seguía esa línea de pensamiento, le pasaría lo mismo que las otras veces y volvería a comportarse como un animal en celo.

Se detuvo delante de la cama y, colocado otra vez detrás de Helena, le habló al oído:

—Cierra los ojos —le dijo.

Ella estaba convencida de que su hada madrina había decidido compensarla por una primera vez horrible con un guiri y le había enviado a Anthony, o, lo que era lo mismo, al mejor amante del mundo. Lo que le sucedía con él no era normal; bastaba con que le susurrara algo al oído, con que respirase su olor o sintiera sus labios mínimamente cerca de su piel para que ya no se acordara ni de su propio nombre. Una vocecita en su mente no dejaba de gritarle que no fuera tonta y que aprovechara el momento, pero otra, seguramente menos insistente, le recordó que a él lo habían operado unos pocos días antes.

—Anthony, ¿estás seguro...? —Él la besó entre el hombro y la oreja y a ella se le olvidó lo que iba a decirle. «¡La operación!», le recordó aquella voz—. ¿Estás seguro? El trasplante, tú...

Anthony se colocó frente a Helena y la estrechó contra su pecho, besándola con una pasión que seguro que terminaría por consumirlos a ambos, y no se apartó hasta que sintió que sus cuerpos empezaban a fundirse.

—Estoy bien —le dijo—. Y me muero por hacerte el amor. Necesito hacerte el amor. —Y al decirlo comprendió cuánto—. Necesito hacerte el amor aquí, ahora, antes de que regresemos a Barcelona. —Le habría gustado añadir «en nuestra cama», pero no lo dijo. Él sabía que a Helena todavía le quedaban unos años de universidad en España, y estaba dispuesto a esperarla, a seguirla adonde hiciera falta si ella se lo permitía, por supuesto. Pero aquella cama, que hasta entonces solo había sido un mueble carísimo, les pertenecía a los dos, y no quería irse de Londres sin recordárselo a ambos.

Ella lo miró a los ojos y levantó una mano para acariciarle la mejilla, un gesto tierno que Helena repetía con mucha frecuencia, y que a él lo hacía enloquecer. Para acabar de derribar sus defensas, se puso de puntillas y lo besó. «Ya estoy otra vez desesperado por tumbarla en la cama y perderme dentro de ella», pensó Anthony.

—Cierra los ojos —volvió a pedirle con un susurro cuando se apartaron. Aunque pareciera un milagro, había conseguido recuperar algo de calma y estaba más que decidido a sacarle el máximo provecho posible a la situación.

Helena los cerró y se quedó quieta. Era evidente que estaba nerviosa, tenía las mejillas sonrosadas y la respiración entrecortada, pero esperó a que Anthony dijera o hiciese algo.

—No te muevas —dijo él.

—¿Vas a buscar el tintero? —se atrevió a preguntarle ella. Era la primera vez que volvía a sacar el tema, y Anthony todavía no le había dicho lo que le había escrito en la espalda aquel amanecer.

—No.

Helena sintió la seda cubriéndole los ojos y notó que él le anudaba el pañuelo en la nuca, apartándole el pelo con cuidado para darle otro beso. Ella era muy vergonzosa y, aunque se sentía cómoda estando desnuda con Anthony en la cama, no sabía si estaba preparada para aquel juego. Si era sincera consigo misma, tenía que reconocer que estaba excitada, pero le costaba desprenderse de las inseguridades. Pero entonces él habló y ella se olvidó de todos sus miedos:

—Eres la única mujer que me ha llegado al corazón —dijo emocionado, desabrochándole el primer botón de la camisa—. Hasta que te conocí no sabía que fuera capaz de sentir todo esto. —Le dio un beso en los labios, pero se apartó antes de que ella pudiera devolvérselo—. Eres la única en la que no puedo dejar de pensar. —El segundo botón—. Cuando estoy contigo, ni siquiera me acuerdo de que no soy como los demás. —El tercer botón y, de paso, le recorrió el esternón con la lengua—. Cuando estoy contigo ni siquiera me importa no ser como los demás. —Le quitó la camisa y se arrodilló, besándole el ombligo. Le rodeó la cintura con los brazos y respiró profundamente. Helena tembló de emoción y de excitación, y, con dedos inseguros, le acarició el pelo. Anthony se quedó quieto unos largos y lentos segundos—. Tengo miedo de regresar a Barcelona y perderte. Tengo miedo de que te des cuenta de que soy diez años mayor que tú...

Ella le acarició la mejilla y le deslizó dos dedos hasta la mandíbula, buscándole los labios para hacerlo callar, y él le atrapó la mano y le besó la palma.

—Tengo miedo de que no quieras estar con un hombre que tiene que concentrarse para leer una sencilla nota.

Helena no pudo más y lo apartó lo suficiente como para agacharse, poniéndose a su altura. Seguía teniendo los ojos tapados por el pañuelo de seda, y en su fuero interno sabía que Anthony necesitaba aquella protección. Levantó ambas manos y le atrapó el rostro. No lo veía, pero conocía de memoria el brillo de sus ojos, la forma de sus labios, el puente de su nariz, aquellos pómulos tan marcados que lo hacían único. Sintió cómo le palpitaba la vena que tenía en el cuello y notó que tomaba aire.

—Tengo miedo —dijo Anthony despacio— de que no sientas por mí lo mismo que yo siento por ti... —Pronunciar esa frase tuvo el mismo efecto en él que una cerilla en un polvorín.

La pegó a su cuerpo y, tras devorarle los labios y hacerla enloquecer besándole el cuello, la tumbó en el suelo y terminó de desnudarla.

Helena quería decirle que sentía exactamente lo mismo que él, incluso más, pero cada vez que trataba de hablar, Anthony la besaba hasta dejarla sin aliento, como si no quisiera que respondiera a su declaración. Lo intentó tres veces, pero al final, aquellos besos, aquellas caricias y aquella desesperación que parecía impregnarlo cada vez que hacían el amor, terminaron por hacerle imposible hablar. Lo único que podía hacer era sentir y responder a la pasión de aquel hombre tan maravilloso.

La imagen de Helena desnuda, con el pañuelo de seda verde tapándole los ojos, y confiando tanto en él que ni siquiera había tratado de cubrirse, fue más de lo que el tenue control de Anthony pudo soportar. Se apartó de ella lo imprescindible para desnudarse, sin importarle si arrancaba uno o todos los botones de la camisa, y al terminar la tomó en brazos y la tumbó en la cama. Consciente de que jamás olvidaría aquella visión y de que, pasara lo que pasase, ninguna mujer ocuparía nunca el lugar de Helena, Anthony le hizo el amor. Se perdió en su interior y, cada vez que creía morir, ella le acariciaba la espalda, o le daba un trémulo beso en el cuello, o sencillamente suspiraba, él perdía otro centímetro de su corazón y de su alma, hasta que no le quedó nada y se lo hubo entregado todo a ella.

«Díselo», le susurró una voz en su interior cuando estaba a punto de alcanzar el que sería el orgasmo más demoledor de toda su vida, y lo habría hecho, pero el deseo y la pasión tomaron las riendas y al sentir que Helena empezaba a temblar debajo de él, a envolverlo con aquel calor que lo hacía enloquecer, no pudo. Sus labios se buscaron y se fundieron en un beso que era el eco de lo que estaban haciendo otras partes de su cuerpo. Anthony tiró del pañuelo verde, desesperado por ver sus ojos, asustado por si no brillaban con el mismo sentimiento que seguro que reflejaban los suyos.

Helena interrumpió el beso y, con la mano que tenía en la nuca de Anthony, lo apartó un poco; quería que supiera que comprendía perfectamente lo que estaba sucediendo... y que no le importaba esperar el tiempo que fuera necesario para poder decírselo con palabras.

Se detuvieron; sus miradas se encontraron, sus cuerpos temblaron embargados de deseo y, sin moverse ni un milímetro más, sin besarse, sin hacer nada, solo sintiendo la piel, Anthony se rompió por dentro y la besó. Helena le devolvió el beso y, con él, su corazón y todo su ser.

A pesar de la intensidad de la noche anterior, o quizá debido a ella, por la mañana, Anthony y Helena se despertaron relajados y terminaron de preparar su equipaje. Mientras ella llamaba a su hermana Martina para confirmarle que llegaría a media tarde y que no hacía falta que fuera a buscarla al aeropuerto, Anthony aprovechó para telefonear a sus amigos y despedirse de ellos, y cuando Amanda le preguntó cuándo regresaría a Londres, se dio cuenta de que no sabía qué responder. El proyecto Marítim no iba a retenerlo en Barcelona para siempre, y él y Helena todavía no habían hablado de lo que estaba sucediendo entre ellos. Por suerte, Amanda comprendió las dudas de su amigo antes de que este se las confesara y le dijo que no se preocupara, que ya encontraría el modo de solucionarlo.

Tanto en el aeropuerto como durante el vuelo, Anthony comprobó que le gustaba mucho estar con Helena, pero no solo eso, era como si llevaran años como pareja, y no apenas unos cuantos días. Ella era la primera persona, aparte de la señora Potts, que sabía comportarse con naturalidad respecto a su dislexia. Ahora que por fin se lo había contado, Anthony no veía la necesidad de recurrir a sus habituales técnicas de disimulo, y Helena leía en voz alta los paneles del aeropuerto o la información de las tarjetas de embarque sin darle la más mínima importancia. Como si llevaran toda la vida juntos. Ella no era condescendiente, ni lo trataba como si fuera tonto, se comportaba como de costumbre. Eso sí, besándolo siempre que podía.

Anthony estaba convencido de que tenía cara de idiota, pero la verdad era que no podía dejar de sonreír. El único pequeño detalle que enturbió su alegría fue que en el trayecto de regreso, Helena le dijo que tendría que ponerse a estudiar enseguida para recuperar las clases que había perdido esa semana y, aunque en ningún instante le recriminó nada, Anthony no pudo evitar sentirse culpable. Él sabía lo mucho que significaba para ella terminar bien aquel curso, y no quería que saliera perjudicada por su culpa, así que, a pesar de todo lo que había estado pensando y sintiendo en aquellas últimas horas, que lo habían llevado a decidir que en cuanto pudiera le preguntaría si quería dejar algo de ropa en su apartamento, llegó a la conclusión de que quizá no era lo mejor para Helena y optó por no decirle nada. Se quedó mirándola mientras ella le contaba que uno de los profesores más estrictos que tenía era el padre de Emma, su futura cuñada, pero Anthony apenas la escuchaba. Estaba enamorado de ella y ella de él; lo sabía por cómo lo besaba, por cómo lo tocaba, y no pasaría nada por esperar un poco, seguro que cuando Helena terminara con los exámenes y él concluyera el proyecto encontrarían el modo de estar juntos y no volver a separarse.

El avión aterrizó sin problemas y, por suerte, sus maletas fueron las últimas en salir. Por suerte porque así pudieron darse un montón de besos mientras las esperaban. Helena era muy cariñosa y Anthony, que nunca se hubiera definido a sí mismo como romántico, parecía incapaz de dejar de tocarla, como si su cuerpo quisiera dejarle claro al de ella que le pertenecía y que, aunque a partir de ese día fueran a distanciarse un poco, pues la vida real se entrometería entre ellos, seguían siendo el uno del otro.

—¿Seguro que no quieres subir? —le preguntó Helena cuando ambos estuvieron de pie frente al portal del piso que compartía con Martina.

—Seguro —respondió Anthony peleándose consigo mismo—. Pero no vuelvas a preguntármelo; mi fuerza de voluntad tiene un límite. —Se apartó un poco de ella, que pudo ver que los nudillos de la mano con que sujetaba el asa de la maleta se le habían puesto blancos.

—Está bien —dijo Helena, feliz al ver que él sí quería quedarse un rato más, pero que creía estar haciendo lo correcto—. Supongo que podré esperar hasta mañana. Porque te veré mañana, ¿no?

—Trata de impedírmelo. —Se inclinó y la abrazó, inhalando profundamente su aroma—. Vamos, entra.

Ella se dio media vuelta, abrió la puerta y colocó la maleta como tope.

—Deberías haberle dicho al taxista que esperara —le dijo, al ver que él tenía intención de ir andando hasta su apartamento.

—No, ¡qué va! Así he podido despedirme de ti. Además, me irá bien caminar un rato. —Levantó la vista hacia el cielo y vio que estaba nublado—. Será mejor que me vaya. Te llamo luego. —Le dio un beso.

—De acuerdo —susurró Helena, y entró en el portal—. Ant, ¿de verdad estás bien? —le preguntó, tras mirarlo unos segundos.

Había adelgazado un poco y, aunque sonreía mucho más que antes, parecía cansado y preocupado.

—Claro —respondió él—. No te preocupes por mí. —Tiró de la maleta y dio un par de pasos—. Luego te llamo—repitió.

—Ant. —Helena lo detuvo con la voz y, al ver que se volvía tan rápido, se sonrojó un poco—. Yo... —Se quedó sin habla.

—Yo también —dijo él y siguió andando, pero no antes de lanzarle un último beso con la mirada.

16

BLADE RUNNER

Anthony se reincorporó al trabajo al día siguiente, y lo primero que vio fue que la relación entre Juan y Teresa había mejorado. La recepcionista lo saludó como siempre, pero era innegable que le sonreía de un modo distinto, y cuando en medio de la conversación le dijo:

«Juan me dijo que la intervención había ido muy bien», y dicho comentario fue acompañado de un sonrojo, supo que tenía que felicitar a su amigo.

En los meses que Anthony llevaba en España, Juan Alcázar había pasado de ser un profesional al que admiraba a un amigo al que también iba a echar de menos si regresaba a Londres. Regreso que cada vez ponía más en duda.

Minutos más tarde, entró en su despacho y conectó su ordenador, en el que tenía instalado un programa que le leía los correos y cualquier otro documento escrito. Lo había comprado hacía unos años, cuando la Universidad de York inició un programa pionero de ayuda a las personas con dislexia y que era uno de los mejores de Europa . Se colocó los auriculares y se dispuso a repasar lo que fuera que le hubieran enviado durante su ausencia, pero no había empezado aún cuando Juan apareció por la puerta.

—¿Ibas a ponerte a trabajar sin pasar antes a saludarme? —le preguntó este medio en broma.

—No sabía que estabas aquí. —Se levantó la manga y cuando fue a mirar la hora sonrió porque no llevaba reloj. Se lo había quedado Helena—. Si no me falla la memoria, y no he estado tanto tiempo fuera como para ello, nunca llegas antes de las nueve.

—Ya, bueno. —Se frotó la nuca y se sonrojó un poco—. Teresa y yo hemos venido juntos, y como ella tiene que entrar a las ocho...

—¿Ah, sí? —Decidió no tomarle el pelo con la noticia, sino sencillamente felicitarlo—. Me alegro. Se te ve feliz.

—Lo estoy —respondió Juan—. Nos lo estamos tomando con calma, ninguno de los dos quiere precipitarse. ¿Y tú? ¿Cómo fue el trasplante? ¿Tu padre está bien?

Por insistencia de Helena, Anthony había llamado a Juan desde Londres y le había contado el motivo de su viaje y también que había viajado acompañado de Helena. Su amigo lo había escuchado con atención e, igual que hacía él, ahora le había dicho que se alegraba de que por fin estuviera con la chica que tanto le gustaba. También le aseguró que no se preocupase por el trabajo, que se tomase su tiempo para recuperarse y que él se encargaría de todo en su ausencia.

—Todavía es pronto para lanzar las campanas al vuelo, pero según el doctor Ross, por ahora todo parece ir bien —le explicó Anthony.

—Y tú, ¿cómo estás? Y no me refiero solo a la intervención.

—Aunque parezca increíble, creo que estoy casi tan feliz como tú —se limitó a añadir como explicación.

—Por Helena, supongo. —Juan no pudo evitar tomarle un poco el pelo—. Dudo que un trasplante de médula te deje con esa sonrisa de idiota enamorado que tienes ahora.

—Déjame en paz. —Sonrió y más serio añadió—: Ahora tengo que ver si consigo convencerla de que siga conmigo a pesar de no estar ya convaleciente.

Sonó el teléfono de su despacho, pero antes de que Anthony lo descolgara, Juan dijo:

—Tengo la impresión de que encontrarás la manera. Nos vemos luego. —Se despidió cuando él descolgó.

A partir de esa llamada, a Anthony se le descontroló un poco la mañana y no pudo volver a coincidir con Juan hasta que faltaban unas pocas horas para terminar la jornada. Mantuvieron una reunión improvisada en una de las salas del despacho y Juan le contó los últimos avances que, en realidad, eran ya los últimos. El proyecto que lo había llevado a Barcelona estaba ya encarrilado y, si quisiera, Anthony podría incluso regresar a Londres en unos días, esta vez para quedarse, y supuso que sus jefes no tardarían en pedírselo.

Él nunca les había insinuado que quisiera quedarse en España y, a decir verdad, aún no sabía si era eso lo que quería. No tenía ninguna duda de que quería ver si su relación con Helena podía funcionar, pero no sabía si ella opinaba igual. Quizá ahora que habían regresado, las cosas entre ellos dos...

—¿Puede saberse en qué estás pensando? —le preguntó Juan dándose por vencido; llevaba cinco minutos hablando solo—. Acabo de decir una completa barbaridad y ni siquiera te has inmutado.

—Perdona, lo siento. —Carraspeó—. Es que tengo muchas cosas en la cabeza.

Su amigo dobló los planos que había desplegado.

—Me lo imagino. Mira, ¿por qué no lo dejamos para mañana? No sé tú, pero yo estoy cansado y tengo ganas de irme a casa.

—Claro. —Anthony se levantó y lo ayudó a recoger—. Gracias, Juan.

—No hay de qué.

Anthony regresó a su despacho con intención de revisar un par de correos e irse de allí cuanto antes. No había hablado con Helena durante todo el día y se moría de ganas de preguntarle cómo le había ido en la facultad. Pero justo cuando salía por la puerta, la voz de uno de los socios lo detuvo:

—Anthony, ¿podemos hablar un momento?

—Por supuesto —respondió, a pesar de que lo habría mandado a paseo. Dejó sus cosas de nuevo en la silla y los siguió.

Cuarenta y tres minutos más tarde, Anthony abandonó el edificio de oficinas con un montón de felicitaciones sobre sus espaldas y la buena noticia, al menos según sus jefes, de que, después de la presentación del edificio Marítim, podía regresar a Londres. Él no lo tenía tan claro.

Helena había tenido un día horrible. Tanto que incluso llegó a plantear-se si el destino la estaba castigando por lo sucedido en Londres. Su día salido del infierno comenzó horas antes de que le sonara el despertador, cuando empezó a encontrarse mal. Seguro que después de tantos días fuera tenía el estómago revuelto, eso o un alien había decidido instalar-se en su barriga. Le hubiera gustado quedarse en la cama diez horas más, o incluso veinte, pero como tenía que ir a la facultad a la caza y captura de los apuntes de los últimos días, se obligó a levantarse.

A la hora del almuerzo había vomitado ya dos veces, y todavía le falta-ba recuperar un par de prácticas. Cuando dieron las seis, un sudor frío le empapaba la espalda, pero ya estaba al día de todo. Ahora solo tenía que ponerse a estudiar como una posesa y todo saldría bien. Todavía no había hablado con Anthony, pero supuso que él habría tenido un día igual de caótico que el suyo y no le dio mayor importancia, aunque se moría de ganas de oír su voz. Menos mal que esa noche habían quedado para cenar en su piso. Helena fue a su casa a ducharse y cambiarse de ropa, y no solo porque quería estar guapa, sino también para ver si así se espabilaba un poco. Se puso unos vaqueros y un jersey que según su hermana la favore-cía mucho y se pintó discretamente. Estaba algo nerviosa, lo que era una tontería, pues se había pasado los últimos días viviendo con Anthony en su apartamento de Londres, pero no lo podía evitar.

Anthony también se duchó al llegar a casa, también se cambió de ropa y también estaba nervioso, pero como él tenía que cocinar, no tuvo demasiado tiempo para pensarlo. De camino a su apartamento, le com-pró a Helena un pequeño ramo de flores. Todas eran de color malva, el favorito de ella, a juzgar por los pendientes que solía llevar. No preparó nada sofisticado para cenar, una sencilla receta de las que le había enseñado la señora Potts, y el timbre sonó justo a la par que el del horno. Lo apagó y fue a abrir. Helena cruzó el umbral y Anthony la tomó en brazos para besarla. La había echado tanto de menos que cualquiera diría que llevaban meses y no un solo día sin verse. Ella lo besó con el mismo fervor, pero él notó que tenía la piel fría y se apartó ligeramente.

—¿Te encuentras bien? —le preguntó preocupado, mirándola a los ojos.

—Sí. —Lo vio enarcar una ceja y optó por contarle la verdad—. Debo de estar incubando una gripe. Lo siento, quizá debería haberte llamado para anular la cena.

—No, bueno, sí. —La hizo entrar y cerró la puerta que, con la emoción de verla, se había dejado abierta—. Lo que quiero decir es que tendrías que haberme llamado para decirme que te encontrabas mal. Habríamos podido dejarlo para otro día.

—Tenía ganas de verte —dijo Helena sin disimular—. Y tampoco estoy tan mal.

—Yo también tenía ganas de verte —contestó Anthony—. Y si te hubieras quedado en tu casa, habría ido a cuidarte.

—¡Vaya! Creo que empiezo a arrepentirme de no haberlo hecho. ¿Qué es lo que huele tan bien? —le preguntó con una sonrisa y cambiando de tema.

—El pollo de la señora Potts. ¿De verdad tienes hambre?

—De verdad. Vamos, no te preocupes. Seguro que después de comer me encontraré mejor.

Anthony sirvió la cena y bastaron un par de minutos para que comprendiera que odiaba comer solo y que quería pasar el resto de su vida compartiendo desayunos, almuerzos y cenas con Helena. Le contó cómo le había ido el día y ella escuchó atenta, aportando sus comentarios sobre cualquier tema.

Antes de cenar, había decidido no contarle todavía lo de Londres. Si todo salía bien, ya se lo diría al cabo de unos días, cuando supiera exactamente cuándo iba a regresar allí. Por su parte, Helena le contó los apuros por los que había pasado para ponerse al día de todo, pero le aseguró que ya lo tenía controlado y que ahora solo era cuestión de estudiar. Anthony aún se sentía culpable de que tuviera que hacer aquel sobreesfuerzo, pero justo cuando iba a decírselo, Helena se levantó y fue corriendo al baño a vomitar. Anthony corrió tras ella y, a pesar de que le insistió en que no hacía falta, se arrodilló a su lado y le mojó la nuca con una toalla. No sabía muy bien si servía para algo, pero recordaba que la señora Potts se lo había hecho una vez y le había reconfortado.

Cuando Helena dejó de vomitar, la acompañó al sofá y la obligó a tumbarse allí, donde se quedó dormida, con la cabeza apoyada en el regazo de él y con los dedos masajeándole el cráneo. Anthony la habría llevado en brazos hasta su cama, pero se la veía tan bien que optó por dejarla allí y quedarse a su lado.

A las ocho de la mañana, el sol entró inesperadamente por las ventanas del comedor despertándolos a ambos, y Helena abrió los ojos muerta de vergüenza. Al parecer, le daba más apuro haber vomitado delante de él que el hecho de que la hubiera visto desnuda.

Anthony la acompañó a casa e insistió en que no fuera a clase, pero cuando se despidieron con un beso, demoledor en ternura y pasión contenida, Anthony supo sin lugar a dudas que Helena no le haría ningún caso. Regresó a su apartamento y se duchó a toda velocidad para no llegar demasiado tarde al trabajo.

Helena se quedó en casa toda la mañana, para ver si así se recuperaba de aquel dichoso virus que había dado al traste con su cena con Anthony, por no mencionar la escena del cuarto de baño, con la cabeza casi metida en el retrete. Después de una ducha y un par de horas de sueño se sintió algo más recuperada y se fue a la facultad. Mientras iba en el autobús, pensó que tenía que encontrar la manera de compensar a Anthony por la pésima cita de la noche anterior, aunque le había encantado despertarse con la cabeza en su regazo.

Anthony estaba tan preocupado por Helena que cuando a las once le sonó el móvil, respondió sin mirar quién era. De haberlo hecho, habría visto el nombre del doctor Ross en la pantalla y quizá habría estado algo más preparado para escuchar la voz del médico y la noticia que iba a darle.

—Anthony, buenos días. Lamento tener que molestarte, pero necesitaría hablar contigo.

—¿Doctor Ross?

—Sí, soy yo. ¿Te pillo en mal momento? —preguntó el médico con educación.

—No, no. Dígame.

—Es Harrison —dijo el hombre, que siempre se había caracterizado por ser muy directo—. Su cuerpo está rechazando el trasplante.

—¿Y eso qué significa? —preguntó él, que también era conocido por su franqueza.

El doctor tomó aire.

—Significa que su cuerpo no se adapta a tu médula, a pesar de la compatibilidad.

—¿Y?

—Y le queda muy poco tiempo de vida. Harrison ya sabía que lo del trasplante, aunque era la única opción, no era ninguna garantía.

—¿Se puede repetir el trasplante?

—En algunos casos, sí. Pero en el de tu padre no serviría de nada. El cáncer está muy avanzado y volver a intervenirlo significaría causarle un dolor innecesario.

—Entonces, ¿qué se puede hacer?

—A estas alturas, no demasiado —contestó el doctor Ross—. Pero quizá pudiésemos intentar un nuevo tratamiento experimental procedente de Estados Unidos, y he creído que te gustaría estar al corriente —explicó.

Era obvio que el médico sabía que ni sus padres ni su hermano se habían molestado en mantenerlo al corriente, pero Anthony no pudo evitar preguntarse por qué Sabina no lo había llamado.

—Se lo agradezco, doctor. Veré si puedo ir a verlo. Ahora le tengo que dejar —dijo, aunque no tenía a nadie esperándolo. Y colgó.

Apenas cinco minutos más tarde, el móvil volvió a sonar y el número de Sabina apareció en la pantalla.

—Anthony —dijo su hermana—, el trasplante...

—El cuerpo de Harrison lo está rechazando. Lo sé, me ha llamado el doctor Ross —le explicó—. Al parecer, nuestro padre quiere saber tan poco de mí que incluso su cuerpo se niega a aceptarme.

—Anthony —lo reprendió ella—. Mañana mismo empieza un tratamiento experimental.

—¿Mañana?

—Sí, primero dijeron que iban a esperar unos cuantos días, pero al parecer no hay tiempo. ¿Vendrás?

Él se quedó pensándolo. No quería ir, pero por lo visto lo de estar enamorado le había ablandado el corazón y se estaba planteando la posibilidad de tratar de construir algún tipo de relación con su familia, así que contestó:

—Lo intentaré.

17

CASINO

Se pasó el resto del día buscando alguna excusa que justificara no ir a Londres a ver a su padre, y a primera hora de la tarde optó por preguntarle a Juan si podía hablar con él. Primero había pensado en llamar a Helena, pero no quería arriesgarse a correr el riesgo de despertarla, si por casualidad le había hecho caso y se había quedado en casa durmiendo.

Después de explicarle a Juan sus dos llamadas, su amigo le aconsejó que fuera. Le dijo que la muerte no tenía remedio y que por el trabajo no se preocupara, que él se encargaría de atender lo que quedaba por terminar. Los socios de Barcelona secundaron su ofrecimiento y le repitieron que se fuera tranquilo.

Anthony sabía que a su padre no le apetecía verlo, de ahí que ni él ni su madre lo hubieran llamado, pero Juan tenía razón; si sucedía lo peor, y lo más probable, según el doctor Ross, es que a Harrison Phellps no le quedara mucho tiempo de vida, quizá valía la pena intentar hacer las paces por última vez.

Ya en su despacho, puso en marcha el ordenador y compró un billete a Londres para el día siguiente a primera hora. Compró un solo billete a pesar de que una vocecita egoísta le susurró al oído que comprara dos y que volviera a pedirle a Helena que lo acompañara. No lo hizo porque Helena todavía estaba un poco enferma y tenía que ponerse al día en la facultad y porque quería enfrentarse solo a su familia, en especial a su padre. En su interior sabía que tenía que hacerlo solo, como derrotar al monstruo que se esconde en la oscuridad o bajo la cama. Con el billete confirmado, fue al despacho de Juan para decirle que al final había decidido seguir su consejo y que iba a ausentarse un par de días. Juan le repitió que podía irse tranquilo y le dijo incluso que lo llamara si tenía que alargar su visita a Londres.

—Cuando regreses —le dijo Juan—, quizá podríamos salir a cenar los cuatro; tú, Helena, Teresa y yo.

—Me encantaría, te tomo la palabra. —Anthony le estrechó la mano y dio el día por terminado. Si tenía que irse a Londres a primera hora de la mañana, quería pasar el máximo de tiempo que pudiera con Helena.

Por desgracia, ella no salió de la facultad hasta tarde, así que cuando se reunió con Anthony y este le contó todo lo sucedido ya era de noche. Como había previsto, Helena se ofreció a acompañarlo, pero él insistió en que no era necesario, y le recordó que solo iban a ser un par de días y que así ella podría recuperarse del primer viaje.

Helena, a pesar de no conocer todavía todos los detalles de la relación entre Anthony y su familia, sí sabía que a este iba a resultarle doloroso hablar con aquel hombre que tanto se había avergonzado de él, y por eso quería estar a su lado, para recordarle que ninguna de aquellas barbaridades eran ciertas. Al final, tuvo que resignarse a quedarse en Barcelona, pero confió en que lo que habían compartido durante aquellos días le bastara a Anthony para saber que ella lo amaba y que estaba convencida de que era un hombre increíble.

Cenaron algo ligero en casa de él y Helena se quedó a dormir. Ninguno de los dos dijo nada; Anthony no le pidió que se quedara y ella no insinuó que quisiera hacerlo, pero ambos dieron por hecho que así iba a ser. Se durmieron abrazados el uno al otro. Helena llevaba una camiseta de él a modo de improvisado pijama y Anthony decidió que la metería en la maleta. El despertador sonó muy temprano e hicieron el amor con ternura, lentitud y en silencio. No dejaron de besarse ni un instante y Anthony pensó que, si la intensidad de sus encuentros seguía aumentando de aquel modo, no llegaría a envejecer.

Después, ella se fue a su casa para cambiarse e ir a la facultad y él hizo la maleta a toda velocidad y salió corriendo hacia el aeropuerto. No quería perder el avión, pero no se le ocurría mejor motivo para perderlo que haber estado con Helena.

Helena asistió a un par de clases e hizo un examen, pero tuvo que irse a mitad del mismo otra vez por culpa del estómago. Cuando salió del cuarto de baño, después de vomitar de un modo nada digno, auxiliada por una amabilísima señora de la limpieza de la universidad, fue al despacho del profesor López de Castro para preguntarle si podía repetir el examen otro día. El muy cretino no tardó ni tres segundos en responderle que no, que lamentándolo mucho no podía hacerlo. Pero que estuviera tranquila, añadió, que si no aprobaba, siempre le quedaba septiembre.

Helena salió del despacho furiosa y sintiendo de nuevo arcadas. Estaba convencida de que era imposible que, con las respuestas que había tenido tiempo de completar antes de abandonar la clase, pudiese aprobar y, después de hablar con López de Castro, no contaba con que este le mostrara ningún tipo de benevolencia. Resignada, de mal humor y preocupada por aquellos vómitos, regresó a su casa. Estaba a un par de calles cuando una idea le pasó por la mente y decidió entrar en una farmacia.

Anthony no perdió el avión y llegó a Londres en el horario previsto. Pidió un taxi y fue directo al hospital en el que estaba ingresado Harrison, pero le pidió al conductor que, de camino, se detuviera en su casa, para así dejar las maletas. Cuando bajó del coche, sacó el móvil y llamó a Sabina; si su hermana estaba por allí le gustaría tomarse un café con ella antes de subir y enfrentarse a sus padres.

Sabina respondió al instante y medio minuto más tarde aparecía por las puertas del ascensor. Lo abrazó nada más verlo y juntos fueron a una cafetería cercana con la esperanza de que el café fuera más decente que el del hospital.

—Se te ve muy bien, Anthony —le dijo cuando se sentaron—. ¿Helena no ha podido acompañarte?

—No, está resfriada —le explicó—. Y la verdad es que he preferido venir solo —añadió—. No sé cómo reaccionará Harrison a mi visita.

En ese instante llegó el camarero con los cafés que habían pedido al entrar y Sabina dio un sorbo, incómoda.

—No sé, Anthony. Cuando éramos pequeños jamás me cuestioné el comportamiento de mamá y papá, pero ahora que tengo a Harry, la verdad es que no consigo entenderlo.

—No lo intentes, Sabina. Yo he llegado a la conclusión de que no tiene explicación. ¿Cómo está Harry?

—Muy bien. Me ha dicho que le gustaría mucho verte, si es que tienes tiempo, claro. He comprado aquellos libros que me recomendaste y me están resultando muy útiles. Harry está decidido a ser uno de los mejores de la clase.

—Seguro que lo será. —Anthony bebió un poco de café—. ¿Cómo ves a papá?

—El trasplante no ha ido bien, y ese tratamiento experimental creo que tampoco servirá de nada. No lo digo yo —se apresuró a puntualizar—; el doctor Ross nos ha explicado esta mañana que los resultados no son nada alentadores. Al parecer, la enfermedad está muy avanzada y el cuerpo de papá no responde.

—Y tú, ¿cómo estás? —le preguntó él, tomándole la mano que tenía encima de la mesa.

—No estoy triste y eso me preocupa. Sé que papá y mamá no me trataron mal, yo nunca tuve que pasar por nada similar a lo tuyo, pero... supongo que ninguno de los dos ganaría jamás el premio al padre o a la madre del año. Pero ¿sabes qué es lo peor? —Esperó a que su hermano negara con la cabeza antes de continuar—: Que si no tuviera a Harry, nunca me habría dado cuenta. No quiero que papá se muera, pero si soy sincera conmigo misma, tampoco lo echaré de menos. Seguro que ahora crees que soy una persona horrible.

—No, Sabina. No creo que seas una persona horrible. Yo, aunque me gustaría poder negarlo, creo que incluso sentí algo de satisfacción cuando me enteré de que estaba enfermo, así que, si uno de los dos es mala persona, soy yo. —Sabina lo miró a los ojos y Anthony siguió hablando—: A lo largo de todos estos años he aprendido que querer a alguien exige mucha responsabilidad y dedicación, y supongo que Harrison y Lillian estaban demasiado ocupados consigo mismos como para preocuparse por nosotros. No creo que a estas alturas ni tú ni yo podamos hacerlos cambiar de manera de ser, pero eso no implica que seamos como ellos.

—Eso espero —contestó ella, pensativa.

—Y yo —añadió Anthony, sacando el dinero para pagar—. ¿Vamos?

Sabina se levantó y los dos hermanos, que estaban empezando a convertirse en amigos, caminaron juntos hacia el hospital. Cruzaron el vestíbulo del mismo y entraron en el ascensor. Al llegar a la habitación de Harrison, ella se quedó fuera y dejó que Anthony entrara solo.

—Anthony, no esperaba volver a verte —dijo su padre en tono seco. Tenía mal aspecto y era innegable que se iba apagando—. ¿Qué haces aquí?

—Hola, Harrison. He venido a verte. —Se acercó a él y se sentó en la silla que había junto a la cama—. ¿Y Lillian?

—Vendrá más tarde —se limitó a responder el hombre.

Se quedaron en silencio. Dos duelistas a la espera de que el primero desenfundara, y Anthony comprendió entonces que no había ido allí para hacerle daño. Había ido porque necesitaba comprender por qué nunca nada de lo que había hecho había sido suficiente para que lo considerara su hijo. Anthony no se lo había contado a nadie, ni siquiera a Helena, ni a Miriam Potts, pero a lo largo de los años, siempre que conseguía una meta importante se lo hacía saber a su padre. Cuando entró en la universidad, llamó a su despacho y se lo dijo a una de sus secretarias, que además era la amante de turno de Harrison. Cuando se graduó y entregó su proyecto de final de carrera, le envió una invitación para la graduación y copia del mismo. Cuando encontró su primer trabajo como arquitecto, llamó y dejó recado en casa. Y así siempre, y nunca, ni una sola vez, recibió ningún tipo de respuesta.

—¿Cómo estás? —le dijo.

—Muriéndome.

—Lo sé.

—Anthony, en serio, ¿a qué has venido? —volvió a preguntarle, como si no pudiera soportar que estuviera en la habitación—. Estoy convencido de que estás deseando salir por ahí a celebrarlo, así que ahórrate las cursilerías y lárgate de una vez.

—No voy a celebrar que te mueras.

—¿Porque quieres demostrarme que eres mejor persona que yo? Pues entonces eres más idiota de lo que creía.

—No soy idiota, soy disléxico, y a estas alturas ya deberías saber la diferencia, Harrison. —Volvieron a quedarse en silencio, pero ahora que su padre ya había dejado claro cuál iba a ser el tono del encuentro, Anthony no veía motivos para morderse la lengua—. Mira, tengo que preguntártelo. ¿Por qué te molesto tanto?

Su padre volvió levemente la cabeza para mirarlo. Harrison Phellps había sido un hombre magnífico, al menos en lo que al aspecto físico se refería; fuerte, rubio y de ojos azules. De joven, lo habían comparado incluso con Paul Newman. También había sido famoso por su mirada intimidante, su ambición sin límite y, cómo no, por su prestigioso bufete. De pequeño, a Anthony solían temblarle las piernas al verlo, y de mayor había sentido desde miedo hasta respeto por él, pero en aquellos momentos, solo sentía lástima.

—Yo solo quería tener dos hijos —empezó Harrison—. Con Frey y Sabina ya tenía más que suficiente, y cuando tu madre se quedó embarazada sospeché que alguno de sus jóvenes acompañantes había metido la pata. Le dije que abortara —continuó—, pero ella se hizo la ofendida y se negó a hacerlo. No porque te quisiera —puntualizó—, sino porque deseaba restregarme por la cara lo equivocado que estaba y porque sabía que con tres hijos, si llegábamos a divorciarnos, tendría que pagarle una enorme cantidad de dinero. Fue una tontería que cediese a tenerte por ese motivo; Lillian y yo sabíamos que nunca nos divorciaríamos. A ella le gusta demasiado ser la señora Phellps y yo tengo que reconocer que tu madre ha sido una pieza importante en mi carrera profesional; nadie sabe hacerme quedar tan bien como ella. Los dos hemos tenido nuestras historias, pero siempre hemos sabido que terminaríamos nuestros días juntos.

«Sí —pensó Anthony—, supongo que las arpías saben que solo pueden emparejarse entre sí.»

—Naciste y la verdad es que todo volvió pronto a la normalidad. Frey y Sabina iban al colegio y de ti se encargaba aquella dichosa mujer.

—La señora Potts —puntualizó Anthony, ofendido por que ni siquiera se acordara de su nombre.

—Eso, la señora Potts. Pero cuando empezaste a darnos problemas, cuando vi que eras incapaz de aprender a leer como una persona normal...

—Soy una persona normal y, aunque sé que no te importa, deja que te diga que sé leer. —Se levantó de la silla—. Sigue, sigue con tu historia.

—Para mí, todo eso fue la prueba definitiva de que no eras hijo mío y decidí que, como no eras un Phellps, no tenía que preocuparme por ti.

—Claro —dijo Anthony, sarcástico.

—Pero tampoco podía gritar a los cuatro vientos que tu madre me había sido infiel y que me había endosado a un bastardo.

—Un bastardo que al final resultó no serlo —matizó él— porque, aunque me pese, sí soy hijo tuyo.

—Sí, lo eres —reconoció Harrison a regañadientes—. Mira, Anthony, no sé qué esperas de mí, pero aunque me esté muriendo no voy a pedirte perdón por no haberte apoyado, ni voy a darte las gracias por aceptar someterte a un trasplante de médula. Al fin y al cabo, tampoco ha servido de nada.

—Y supongo que estás convencido de que es culpa mía —dijo Anthony, y con la mirada que le lanzó su padre supo que había dado en el clavo.

—Si hubieras aceptado aquella propuesta que te hice cuando tenías dieciocho años, tal vez...

—¿Tal vez qué? Me ofreciste convertirme en un inútil. Si hubiera aceptado tu «generosa» oferta, ahora sería el chico de los recados mejor pagado de Londres, pero tú seguirías sin respetarme, y lo peor sería que yo tampoco me respetaría a mí mismo.

—¡Vaya! Esto sí que es una sorpresa —dijo su padre—. Te pareces más a mí de lo que creía.

—Yo no me parezco a ti en absoluto —sentenció Anthony, convencido de que aquella frase era un insulto.

—Pues claro que sí, al fin y al cabo eres un Phellps, y a nosotros solo nos importamos nosotros mismos. Vamos, ¿cuántos años tienes? Veintiocho, ¿no? Y, por lo que sé, solo te has dedicado a tu carrera, a tu trabajo, a demostrarme que me había equivocado contigo. —Levantó las manos—. Y me parece bien. Estás haciendo exactamente lo mismo que habría hecho yo. Estás solo, sin nadie a tu lado y luchando para satisfacer tu ambición.

—Yo no me parezco a ti —repitió Anthony, pero un sudor frío le resbaló por la nuca.

—Cuando te ofrecí que trabajaras en el bufete lo hice pensando en mí, lo reconozco, en los problemas que me ahorraría. Y esa tarde, en mi despacho, la tarde en que me pediste dinero, fue la primera vez que pensé que quizá harías algo bueno en la vida.

—¿Por qué me diste el dinero?

—Tenías dieciocho años, estabas furioso conmigo y decidido a salirte con la tuya, y la verdad es que no me importaba lo más mínimo lo que sucediera contigo. En esa época, estaba convencido de que no eras hijo mío y el dinero terminé por recuperarlo, y no me refiero a los cheques que mandaste al bufete.

Cuando Anthony encontró su primer trabajo, decidió mandar periódicamente un cheque a su padre para devolverle el dinero que le había dado. Nunca recibió ninguna respuesta, así que, aunque siguió mandándolos hasta alcanzar la cantidad exacta más unos intereses, Anthony llegó a la conclusión de que Harrison quizá no lo supiera o, si lo sabía, no le importaba.

—Nunca te he importado —dijo él—. Y quizá Frey y Sabina tampoco.

—Frey sabrá ocupar mi puesto cuando yo no esté, y el apellido Phellps seguirá siendo sinónimo de profesionalidad y poder. Y Sabina podría haber llegado muy alto, porque su exmarido es uno de los hombres más ricos de Inglaterra, pero al parecer ha preferido jugar a ser la mamá perfecta.

—¿Cómo puedes ser así? —preguntó él, asqueado.

—Me estoy muriendo, Anthony, y no voy a convertirme ahora en un hipócrita, ni voy a pedir disculpas por mi vida. Todo lo que he hecho lo he hecho convencido, y no me arrepiento de nada. Sí, ahora eres arquitecto, genial, has conseguido superar tus dificultades, fantástico, pero eso no me importa lo más mínimo. Me molestabas y actué pensando en mí. Igual que todo el mundo, la única diferencia es que yo soy lo bastante sincero como para reconocerlo. Y cuando me diagnosticaron el cáncer y tuve que recurrir a ti, tuve la decencia de llamarte y decírtelo sin rodeos. ¿O acaso habrías preferido que llamara y fingiera ser alguien que no soy? ¿Habrías preferido que te llamara llorando, siguiendo un estúpido guion de telenovela, y terminara utilizándote?

—¿Sabes una cosa, Harrison? Lo que más me asusta es que en tu retorcido y ególatra cerebro todo esto que dices tiene sentido.

—Tú tampoco dudaste en utilizarme cuando tenías dieciocho años —le recordó su padre, mirándolo a los ojos.

—No es lo mismo.

—Quizá no, pero te pareces más a mí de lo que te gustaría. Eres igual de decidido y egoísta y, créeme, de no haber sido por lo de tu dislexia, ahora estarías en el pasillo sacándole los ojos a Frey para ver quién se quedaba con el despacho.

—No —afirmó.

Los dos permanecieron en silencio mirándose a los ojos. Al parecer, el duelo había terminado sin ningún vencedor. Ambos habían perdido.

—Vete, estoy cansado —dijo su padre—. Diría que ha sido un placer, pero mentiría.

—Lo mismo digo —contestó Anthony y se dirigió hacia la puerta—. Adiós, Harrison. —Se dio media vuelta y lo miró por última vez, pues sabía que nunca más volvería a verlo con vida.

—Adiós, Anthony —dijo su padre, consciente también de que se le estaba acabando el tiempo. Y quizá fuera eso lo que lo hizo volver a hablar, o quizá el miedo a enfrentarse a la muerte sin haberle dicho algo bueno a su hijo menor—: Guardo tu título de Arquitectura en el cajón de mi despacho. Lo digo solo por si quieres recuperarlo cuando... Vamos, lárgate y déjame solo.

Anthony salió y cerró la puerta despacio.

Eran las cuatro de la madrugada cuando sonó el móvil y, antes incluso de ver el número de su hermana en la pantalla, Anthony supo que su padre había muerto. Atendió a Sabina, que le dijo que lo enterrarían al día siguiente, y luego colgó. Estaba sentado en la cama, sujetándose la cabeza entre las manos cuando se dio cuenta de que no sentía nada. Nada en absoluto. Y eso lo asustó más que todo lo que le había dicho Harrison aquella mañana. Anthony tenía miedo, un miedo atroz a que su padre tuviera razón y se pareciera más a él de lo que estaba dispuesto a reconocer. No supo cuánto tiempo pasó en esa postura, pero sin duda fue demasiado, pues cuando salió de aquel estado de ensimismamiento le dolía todo el cuerpo.

Se duchó como un autómata y se vistió, y el sonido del timbre del teléfono lo hizo reaccionar de nuevo. Era Miriam. Al parecer, Sabina se había quedado lo bastante preocupada por él como para llamar a su antigua niñera y contarle lo que había sucedido. La mujer le dijo que iba a subirse al primer tren a Londres para estar a su lado y le preguntó tres o cuatro veces si necesitaba algo. Anthony la escuchó como si estuviera hablando con otra persona, como si él estuviera fuera de su cuerpo, pero entonces, una pregunta lo hizo volver a la realidad.

—¿Has llamado a Helena?

—No.

—¿No crees que deberías hacerlo? —preguntó Miriam con cautela.

—No lo sé —respondió, sincero y cansado.

—Llámala, Anthony. Seguro que después de hablar con ella te encontrarás mucho mejor —añadió.

—Iré a buscarte a la estación.

Miriam comprendió rápidamente la poco sutil respuesta y se despidió de Anthony. No iba a llamarla. Aquel chico, por mayor que se hiciera, siempre sería un niño para ella. Anthony era un especialista en huir de los sentimientos y, al parecer, ahora que estaba herido había decidido huir de Helena.

Después de colgar a Miriam Potts, Anthony llamó a Sabina para preguntarle los detalles del funeral y luego abrió uno de los cuadernos que se había llevado con él a Londres y empezó a dibujar. Dibujó a Helena, sus dedos sí reconocían lo que su mente se estaba empeñando en negar, y luego dibujó una casa. La casa de sus sueños, en la que viviría una familia feliz. Una familia que él no tendría jamás, pues tanto Helena como la casa se merecían un hombre con corazón y él no lo tenía. Un hombre con corazón lloraría la muerte de su padre, un hombre con corazón habría ido a preguntarle a su madre si necesitaba algo, un hombre con corazón no se habría planteado negarle su médula a su padre. Sí, Harrison Phellps tenía razón, se parecía más a él de lo que estaba dispuesto a reconocer, pero ahora que lo había visto ya no podía seguir negándolo y, aunque no supiera cómo, se alejaría de Helena y la dejaría sola para que encontrara a alguien mejor.

Ella lo había llamado preocupada y le había dejado un cariñoso mensaje en el contestador. Anthony se obligó a borrarlo y fue a servirse un *whisky*. Se lo bebió de un trago y la llamó.

18
MATRIX

Helena estaba embarazada. La prueba había tardado apenas segundos en mostrar el resultado positivo y ella se quedó sentada en el suelo del baño, con la espalda pegada a la bañera, mirando aquel pedazo de plástico blanco como si dentro estuvieran guardados los secretos de la humanidad. Estaba embarazada, iba a tener un bebé; no, se corrigió, ella y Anthony iban a tener un bebé y cuando pensó en él, en Anthony, no pudo evitar sonreír y que al mismo tiempo se le encogiera el corazón. Estaba enamorada de él y tendría que habérselo dicho antes de que se fuera, pero lo haría cuando regresara y seguro que juntos encontrarían la manera de salir adelante. Él tampoco le había hablado de sus sentimientos, aunque Helena creía que se lo demostraba con aquellos continuos besos que le daba cada vez que estaban juntos y contándole siempre lo que pensaba y lo que sentía. Para un chico como Anthony, dejar que otra persona lo conociera era como darle el mejor regalo del mundo.

Ella estaba convencida de que el embarazo era una buena noticia, pero también le daba mucho miedo. Sabía que era muy joven, quizá demasiado para eso, y sabía que si seguía adelante iba a cambiar el resto de su vida de un modo que ahora no se había planteado. Tampoco podía olvidar, por más que lo había intentado desde que esa mañana había visto la línea rosa en el test de embarazo, aquel día en que Anthony le había asegurado con vehemencia que él no quería ser padre. Ellos dos nunca habían vuelto a hablar del tema, obviamente porque ninguno de los dos se había planteado que hiciera falta, y Helena quería creer, necesitaba creer, que la decisión de Anthony nacía de lo que había vivido él con sus padres y no de lo más profundo de su corazón. Si Anthony de verdad no deseaba ser padre, ¿cómo se tomaría lo del embarazo? Por ahora Helena no era capaz de plantearse qué haría. Abortar era una opción, quizá la más sensata, y también se la había planteado. Pero antes de tomar una decisión quería hablar con Anthony.

Lo había llamado antes, justo al salir de la facultad, pero él no respondió y tuvo que conformarse con dejarle un mensaje en el que no mencionaba nada de todo eso, solo que le echaba de menos. Estaba preocupada, sabía poco de Harrison Phellps y del resto de la familia de Anthony, exceptuando quizá a Sabina, y no quería que volvieran a hacerle daño. En lo que se refería a Anthony, Helena no solo estaba enamorada de él, sino que se sentía como una amazona, como una guerrera; ella, que era famosa por su timidez y su discreción, se veía capaz de arrancarle la yugular a cualquiera que tratara de hacerle daño. Era una sensación extraña y maravillosa. Se imaginó a sí misma vestida toda de látex negro y apuntando con una pistola al tal Harrison, diciéndole que si le tocaba un pelo a su Anthony lo aniquilaría sin ni siquiera parpadear.

Se rio. «Serán las hormonas», pensó, y se levantó del suelo. Martina, su hermana, no estaba; le había dejado una nota diciendo que se quedaba a estudiar en casa de una amiga, y Helena supuso que era mejor así. No estaba segura de haber podido mantener el secreto y no quería contarle a nadie lo del embarazo antes de hablar con Anthony, pues no le parecía justo.

Iba en pijama y se tumbó en la cama. Si alguien le hubiera dicho que se pondría tan contenta no se lo habría creído. Ella, la discreción y planificación en persona, se había quedado embarazada sin haberlo planeado, sin haberlo analizado desde todos los ángulos posibles, y era feliz. Cerró los ojos y pensó en cómo había sucedido; llevaba un tiempo tomando la pastilla, había decidido hacerlo después de unas reglas muy dolorosas y siguiendo el consejo de su ginecóloga, y nunca se había olvidado ninguna; hasta que Anthony ingresó en el hospital para el trasplante. Estaba tan preocupada por él que se olvidó de tomársela, y cuando se dio cuenta ya habían pasado demasiadas horas. No le dio ninguna importancia, en realidad se olvidó de ello al instante, y se dijo que las probabilidades de embarazo eran ínfimas, pero reales, como atestiguaba la prueba que había en el cuarto de baño. Estaba tan cansada, y tan contenta, que poco a poco fue quedándose dormida y soñó con Anthony.

Durmió hasta tarde, pero se despertó con un mal presentimiento, y lo primero que hizo fue mirar el móvil. Anthony no la había llamado. «¡Qué raro!», pensó, y descolgó para marcar el número, pero unas inoportunas arcadas le impidieron terminar. Ya que estaba en el cuarto de baño, decidió ducharse y, al salir, se vistió con algo cómodo. Había optado por quedarse en casa y poner orden a los apuntes que había recopilado. Además, quería poder hablar con tranquilidad con Anthony. Todavía no había decidido si se lo diría o no por teléfono; una parte de ella se moría de ganas, pero otra quería verle la cara cuando escuchara la noticia, y si se lo decía por teléfono se lo perdería. Al final, decidió que esperaría a ver cómo iba la conversación e improvisaría. Estaba en la cocina, canturreando como una boba y preparándose un zumo de naranja, cuando por fin sonó el móvil. Vio el número y corrió a secarse las manos.

—Hola —dijo al descolgar.

—Hola —respondió él, y a ella le bastó para saber que algo iba mal.

—¿Qué pasa, Anthony? ¿Estás bien? —añadió tras unos segundos de silencio.

—Sí —carraspeó—. Estoy bien. Ayer me llamaron de la central de Londres —empezó a mentir y ya no pudo parar. Tan convencido estaba de que eso era lo que tenía que hacer, que ni siquiera se cuestionó la coherencia de lo que le estaba diciendo—. Me preguntaron si podía quedarme aquí unos días más.

—¿Unos días más? —Helena reconocía la voz de Anthony, pero su tono, el modo en que pronunciaba cada palabra, era como si fuera el de otra persona.

—Sí, no especificaron. No sé cuándo regresaré; te llamaré cuando lo sepa.

—Me llamarás cuando lo sepas —repitió atónita—. ¿Y antes no?

—Estaré muy ocupado y tú tienes que recuperarte de esa gripe estomacal y ponerte al día en la facultad.

Se hizo un silencio y Helena temió que él fuera a colgar. Quizá meses atrás se habría quedado callada, pero no ahora.

—Ant, ¿se puede saber qué está pasando?

—No pasa nada, ya te lo he dicho. Me han pedido que me quede unos días, y creo que a los dos nos irá bien tomarnos un poco de tiempo para pensar en lo que estamos haciendo.

—Pero ¿¡qué estás diciendo!? Anthony, ¿qué diablos está pasando?

—Silencio otra vez—. ¿Cómo está tu padre? —De repente, supo que, de algún modo, Harrison Phellps era el responsable de aquella locura. Oyó cómo Anthony respiraba y tomaba aire, y rezó para que estuviera dispuesto a contarle la verdad.

—Ya te he dicho que no pasa nada.

«No, no, no.» Helena notó que los ojos se le llenaban de lágrimas.

—Ant, ¿qué te pasa? Dímelo, por favor. Tú sabes que puedes confiar en mí. Cuéntame lo que pasa y seguro —se le quebró la voz—, seguro que entre los dos lo solucionamos.

Él sintió un nudo en la garganta. Sí, sabía que podía confiar en Helena, sabía que si le contaba que su padre había muerto subiría al primer avión que despegase de Barcelona rumbo a Londres e iría a su lado. Que si le decía lo que Harrison le había dicho antes de morir haría todo lo posible por quitárselo de la cabeza. Y no podía permitírselo. Ella estaría mucho mejor con otro, con alguien sin sus defectos, sin sus miedos, alguien que no corriera el riesgo de convertirse en un desalmado egoísta sin corazón. Estaría mejor sin él.

—Te llamaré dentro de unos días. Adiós, Helena. —Y colgó antes de que pudiera arrepentirse.

Ella se quedó mirando el teléfono sin reaccionar. Notó que las mejillas iban quedándole bañadas en lágrimas, pero no hizo ningún esfuerzo por secárselas. Apoyó la espalda contra la pared y, poco a poco, fue resbalando hasta quedar sentada en el suelo. Una vez allí, metió la cara entre las rodillas y lloró desconsoladamente. Anthony no la llamaría hasta al cabo de unos días, o tal vez nunca, y lo conocía lo suficiente como para saber que si lo llamaba antes no le contestaría al teléfono. Ant había desaparecido otra vez; al menos esta, pensó con suma tristeza, se había despedido de ella.

Se quedó allí llorando, con el corazón hecho añicos, y pasados unos minutos o unas horas, cuando su estómago se quejó hambriento, se levantó y se reprendió a sí misma. Algo había sucedido en Londres y si tenía que esperar a que Anthony volviera para averiguar qué era, esperaría, porque no iba a darse por vencida tan fácilmente, y no lo decía solo por el embarazo. Ant era una persona por la que valía la pena luchar y ya era hora de que alguien se lo demostrara.

El optimismo le duró a Helena tres días y medio. Por las noches, siempre le caían un par de lágrimas (un par de cientos, para ser exactos), pero durante el día iba a la facultad y hacía planes para cuando Anthony regresara. Hablarían, y cuando hubieran solucionado aquel horrible malentendido y volvieran a estar bien, le contaría lo del embarazo Ya no vomitaba, al menos no tanto, y la ginecóloga le había dicho que todo parecía estar en orden y le había recordado que aun tenía unas semanas para tomar una decisión. Todavía no se le notaba nada, como era lógico, pero lloraba cada vez que veía un anuncio de bebés o de perros en la tele o escuchaba una canción bonita. Sin embargo, ese día toda su ilusión se desvaneció con una mera llamada de teléfono.

—¿Diga? —dijo Helena al no identificar el número.

—¿Helena? —preguntó una voz masculina.

—Sí, soy yo. ¿Con quién hablo?

—No nos conocemos, al menos no en persona. Mi nombre es Juan Alcázar y soy...

—Arquitecto y compañero de trabajo de Anthony, lo sé. Un placer saludarte, Juan.

—Lo mismo digo —respondió el hombre al instante—. Supongo que te preguntarás por qué te llamo.

—La verdad es que sí —contestó cautelosa y sincera.

—Es por Anthony.

—¿Le ha sucedido algo?

—Espero que no. Llevo llamándolo desde el funeral de su padre y, como no he conseguido hablar con él, Teresa me ha sugerido que te llamara a ti. Espero que no te importe el atrevimiento, he conseguido tu número de teléfono de un modo poco ortodoxo; Anthony te llamó un día desde el trabajo y en la centralita, con la ayuda de Teresa, han conseguido encontrar tu número.

—No, tranquilo. No pasa nada. ¿Has dicho «desde el funeral de su padre»? —Helena tuvo que sentarse.

—Sí, fue hace unos días, ¿no?

—Sí —balbuceó ella, que ni siquiera sabía que Harrison Phellps hubiera muerto. Tragó saliva y se obligó a no llorar. No quería incomodar a Juan, el pobre no tenía la culpa de que Anthony volviese a comportarse como un témpano de hielo.

—Cuando hables con él —prosiguió Juan, ajeno al drama de la joven—, ¿puedes decirle que me llame, por favor?

—Claro. —No tenía ni idea de lo que estaba diciendo, pero por suerte, sus buenos modales acudieron en su auxilio—. No te preocupes.

—Gracias. A ver si cuando Anthony regrese la semana que viene podemos quedar los cuatro.

—Claro —repitió ella.

—Gracias de nuevo, Helena. —Juan se despidió y colgó. Helena perdió el aplomo que la había ayudado a seguir adelante durante aquellos días.

El padre de Anthony había muerto y él no se lo había dicho. ¿Por qué? ¿Por qué? ¿Por qué? La confusión que sintió el día que habló con él reapareció en aquel instante multiplicada por mil, pero esta vez iba acompañada de rabia y dolor. No entendía nada, aunque un pensamiento sí resplandecía con claridad en su mente: si él quería dejarla y no volver a verla más, lo mínimo que podía hacer era decírselo a la cara.

Pasado el funeral de su padre, Anthony se quedó en Londres varios días más para resolver algunos asuntos. Miriam Potts no volvió a preguntarle por Helena, ni siquiera cuando no la vio en la ceremonia. A sus amigos Jack y Amanda, a los que Anthony les había pedido explícitamente que no le dijeran nada a Gabriel acerca de la muerte de Harrison, les bastó con mencionar el nombre de ella una sola vez para saber que no tenían que volver a hacerlo.

Antes de regresar a su pueblo, Miriam lo acusó de ser un cobarde y trató de sonsacarle por última vez qué había sucedido entre él y Harrison para que se comportase de aquel modo, pero no lo consiguió.

La noche antes de regresar a España, Anthony estaba sentado en el sofá en el que casi le hizo el amor a Helena por primera vez cuando sacó el teléfono del bolsillo y marcó su número. Le había prometido que lo haría antes de volver, y esa promesa sí podía cumplirla. El móvil de ella sonó y sonó, hasta que al final le salió el buzón de voz, pero fue incapaz de dejar un mensaje. ¿Qué podía decirle? ¿Que la echaba de menos pero que ella estaba mejor sin él? Seguro que su Helena se reiría y lo reñiría. «Su Helena.» Más le valía ir haciéndose a la idea de que no, de que ya no era suya, y, a juzgar por la llamada que había quedado sin responder, iba a tener que asumirlo a marchas forzadas. A la mañana siguiente, se despertó y fue solo hacia el aeropuerto. Se pasó todo el vuelo con la nariz metida en su cuaderno, sin dibujar, pero mirando todos los retratos que había hecho de Helena durante los pocos días que habían pasado juntos.

El avión aterrizó en Barcelona veinte minutos más tarde de lo previsto, pero como a Anthony no iba a ir a buscarlo nadie no se preocupó lo más mínimo. Recogió la maleta y conectó el móvil, que tardó menos de un minuto en sonar. Descolgó sin mirar y recibió una bronca monumental.

—¿Se puede saber qué demonios te pasa, Anthony?

—Tranquilo, Gabriel. No me grites. —Dejó la maleta en el suelo y se frotó los ojos con la mano.

—¡Que no te grite! Tu padre ha muerto, mejor dicho, murió hace ocho días, o no sé cuántos, y no me llamaste. Así que, repito, ¿se puede saber qué demonios te pasa?

—¿Cómo lo has sabido?

—¿Que cómo lo he sabido? ¿Eso es lo único que tienes que decir? ¡Joder! Dejando a un lado que soy periodista y que tu jodido padre era uno de los abogados más influyentes de Londres, creía que éramos amigos, Anthony. ¡Mierda! Eres mi mejor amigo; tú y mi estúpido cuñado. —Soltó aire exasperado y añadió algo más calmado—: Me lo dijo Helena.

Anthony notó que le daba un vuelco el estómago y que el corazón le dejaba de latir.

—¿Helena?

—Sí, Helena. Ágata fue a verla porque estaba preocupada por ella, porque ha dicho a su familia que deja la carrera de Medicina y por esa gripe estomacal que no termina de curársele.

Un sudor frío le corrió por la espalda. ¿Helena seguía encontrándose mal y había decidido que dejaba la carrera? ¡Dios! ¡Qué ganas tenía de verla y abrazarla!

—Anthony, ¿sigues ahí? —preguntó Gabriel al no oír nada.

—Sí, sigo aquí.

—¿Y dónde diablos estás?

—Acabo de aterrizar en Barcelona. Mira, Gabriel, siento no haberte llamado, pero... es complicado —se limitó a decir—. Te prometo que luego te llamo y te lo cuento todo; hasta dejaré que me insultes un par de veces, pero ahora tengo que colgar.

—Está bien —dijo el otro pasados unos largos segundos—. Pero que conste que sigo muy enfadado. Eres mi amigo, Anthony, y sé lo difícil que es perder a un padre. Y no me vengas ahora con que en tu caso es distinto. Habría ido para estar contigo.

—Lo sé —contestó él, emocionado—. Luego te llamo.

—Es que, ¡joder, Anthony!, no es solo que tu padre haya muerto y no me hayas dicho nada. Tus viajes a Londres, tu trasplante de médula… Sí, no te hagas el sordo, Helena me lo contó y unos días después también Jack y Amanda. ¿Puede saberse por qué no me lo dijiste? Eres mi mejor amigo y sé que estos meses has estado hecho una mierda. Y no me digas que no querías molestarme o que creías que no iba a tener tiempo para ti.

—Ahora tienes a Mia y a Ágata —se limitó a decir Anthony con un nudo en la garganta.

—Y tú eres mi mejor amigo, Anthony, y formas parte de mi vida. No sé qué hay exactamente entre tú y Helena, pero es obvio que es importante, así que llámala y después, cuando hayas hecho las paces con ella, me envías un mensaje o lo que sea y nos vemos y me cuentas qué diablos te pasa, ¿de acuerdo?

—De acuerdo.

Anthony se despidió y colgó, y fue corriendo en busca de un taxi.

Helena estaba sentada al escritorio, tratando de leer unos apuntes, cuando sonó el timbre. Alguien debía de haberse dejado abierto el portal de la calle, y su visita, fuera quien fuese, había decidido subir directamente. Miró por la mirilla y retrocedió al instante, como si la persona que había al otro lado de la puerta pudiera verla. El timbre sonó otra vez y entonces abrió. De nada serviría eternizar aquella situación.

—Anthony, ¿qué haces aquí?

—He vuelto.

—Ya veo.

—Te llamé anoche.

—Lo sé. No quise contestar al teléfono.

Se quedaron mirándose el uno al otro; él se dio cuenta de que ella se sujetaba del marco de la puerta con fuerza, y ella de que a él le temblaba ligeramente la mandíbula.

—¿Puedo entrar?

—No.

—Por favor —añadió, tras recuperar los latidos de su corazón.

—Está bien. —Helena accedió y se dio media vuelta para dirigirse hacia el interior del apartamento.

Se dijo a sí misma que había accedido a su petición porque no quería montar una escena en medio del rellano, pero la verdad era que necesitaba sentarse, así que fue directa al sofá. Él la siguió y, después de dejar la maleta apoyada contra la mesa, se sentó a su lado, a escasos centímetros de distancia.

—¿Cómo te encuentras? —Fue lo primero que le preguntó.

Estaba algo más delgada y tenía ojeras, pero para Anthony seguía siendo la mujer más bonita del mundo. Un mechón le caía por la frente y él sentía un cosquilleo en las yemas de los dedos de las ganas que tenía de apartárselo, aunque, a juzgar por la mirada de ella, corría el riesgo de perder la mano si lo intentaba. Además, ahora ya no tenía derecho a hacerlo.

—Bien —respondió concisa—. ¿Y tú?

—Bien. —La recorrió con la mirada y luego volvió la cabeza para mirar el resto del piso. Había una mesa con apuntes y varios libros, y una taza de café al lado. Junto a la tele, vio una montaña de DVD, todos de películas en blanco y negro, y recordó que, meses atrás, ella le había prometido que miraría esos «rollos» que a él tanto le gustaban. Sintió un nudo en el estómago y en la garganta, pero se forzó a ignorarlos—. ¿Cómo te enteraste de lo de mi padre?

—Me lo dijo Juan Alcázar. Estaba preocupado porque no conseguía dar contigo y me llamó creyendo que yo sabría algo más de ti.

Helena se había imaginado esa escena miles de veces y, en casi todas, ella le gritaba y lo insultaba, pero ahora que lo tenía delante, lo único que quería hacer era preguntarle cuándo se habían perdido el uno al otro. Y como sabía que de nada serviría, quería que se fuera y la dejara sola. Al menos, así podría llorar y empezar a olvidarlo.

—Ah, comprendo. ¿Qué le dijiste?

—Nada. Fingí que estaba al corriente de lo de tu padre y poco más —suspiró—. ¿Qué vas a hacer? ¿Vas a quedarte en Barcelona? —Jugó nerviosa con el cojín que tenía en el regazo.

—Unos días. Después de la presentación del edificio Marítim regresaré a Londres.

—¿No te quedarás para la boda de Guillermo? —El hermano mayor de Helena iba a casarse con Emma al cabo de poco tiempo. «Menos mal que algunas historias de amor sí terminan bien», pensó Helena—. Los dos se enfadarán mucho si no estás, y por... —movió una mano entre los dos— lo nuestro no tienes que preocuparte. Mis hermanos no saben nada, me imagino que lo sospechan, pero poco más.

Helena estaba convencida de que los cinco tendrían sus teorías, pero no les había confirmado nada, y seguro que cuando vieran que ella y Anthony apenas se hablaban dejarían de hacer cábalas.

—Asistiré a la boda de Guillermo y Emma —dijo. Ni siquiera se había planteado la posibilidad de no ir. En todo ese tiempo, Guillermo Martí se había convertido para él en un gran amigo—. ¿Nunca le has contado a nadie lo nuestro? —le preguntó ofendido. Quizá se había equivocado con Helena si para ella lo sucedido entre los dos no era lo bastante importante como para merecer algún tipo de comentario.

—¿Cuándo? ¿Para qué? —dijo en voz baja—. Tengo que estudiar —añadió entonces, desviando la vista hacia el escritorio.

—Por supuesto. —Anthony iba a ponerse en pie, pero se lo pensó mejor—. Gabriel me ha dicho que has decidido dejar Medicina. Me ha llamado hace un rato, justo cuando he aterrizado —explicó—. Lo siento.

—¿El qué? ¿Que deje la carrera, haber hablado con Gabriel antes que conmigo o todo lo demás? —Lo fulminó con la mirada—. Lo de la carrera no tiene nada que ver contigo, ya iba siendo hora de que tomase una decisión al respecto. —Estaba tan ofendida que se levantó de un salto. ¿Quién se había creído que era? Sería engreído...—. Y es lo mejor para mí, no me veo siendo médico, pero voy a terminar el curso. A mí no me va lo de esfumarme en el aire, y ya he empezado a investigar otras alternativas. Esta vez no voy a dejarme llevar por una ilusión infantil —estaba hablando de la carrera, no del chico que tenía delante— y no dedicaré mi tiempo a algo que al final no va a hacerme feliz. —Bueno, tal vez no, tal vez estaba hablando de él—. La próxima vez que elija, acertaré.

—Será mejor que me vaya —dijo él, aturdido, poniéndose ahora sí de pie—. Solo quería ver cómo estabas.

—Pues ya ves que estoy bien. No hace falta que te preocupes por mí. —Caminó hacia la puerta y la abrió.

Anthony sujetó el asa de la maleta y la arrastró tras él; ya no tenía ninguna excusa para quedarse. Lo único que podría conseguirlo sería decirle la verdad, y eso no estaba dispuesto a hacerlo. «Helena estará mejor sin ti», se repitió, pero esa parte egoísta que todas las personas tienen dentro le susurró que quizá podría retener algo de ella. Quizá podría convencerla de que, al menos, fuera su amiga. Iba a decírselo, pero la miró a los ojos y no abrió la boca. Helena había levantado un muro entre los dos, y él le había dado las piedras para ello.

—Siento lo de tu padre —le dijo ella antes de que se fuera del apartamento.

Anthony se detuvo en la puerta y la miró a los ojos, deseando que Helena pudiera ver lo que se escondía en ellos y le ahorrase tener que explicárselo.

—Yo no. —Y esa era la terrible verdad. Ese era el motivo por el cual se estaba alejando de ella. Helena era demasiado buena, demasiado preciosa, como para estar con un hombre que era incapaz de llorar la muerte de su padre.

Anthony abandonó el edificio y caminó por las calles sin percatarse de nada de lo que sucedía a su alrededor. Llegó a su apartamento, un lugar que había empezado a considerar un hogar cuando ella se quedaba allí, pero que ahora eran solo cuatro paredes que se le caían encima. Estaba cansado, muy cansado, y decidió tumbarse en la cama. Cerró los ojos y trató de no soñar con Helena.

Después de que Anthony se fuera, Helena volvió a llorar, aunque achacó la reacción al descontrol hormonal por el que estaba pasando su cuerpo y no a que lo hubiera visto y las cosas no se hubieran arreglado entre los dos. Una diminuta parte de ella había soñado que, cuando él regresara, la tomaría en brazos y la besaría hasta dejarla sin aliento, para luego decirle que lo habían abducido unos extraterrestres y que por eso no la había llamado antes ni le había contado lo de la muerte de su padre. El estúpido e infantil sueño siempre terminaba con Anthony de rodillas pidiéndole que lo perdonara y jurándole amor eterno.

Nada más lejos de la realidad. Él solo había ido a verla porque se sentía culpable por lo de la carrera y porque quería ver si ya no estaba enferma. No había habido ninguna declaración de amor ni ningún beso apasionado. Anthony apenas la había mirado a los ojos. Cuando dejaron de caerle las lágrimas, fue al baño para lavarse la cara y despejarse un poco, y después hizo lo que llevaba días deseando hacer: llamó a su madre y se lo contó todo.

19

SED DE MAL

Hacía casi un mes que no lo veía y, si era sincera consigo misma, tenía que reconocer que lo echaba de menos. En la universidad, ahora que sabía que iba a dejarlo, las cosas habían terminado por ponerse en su sitio y Helena volvía a tenerlo todo bajo control. Estudiaba como siempre, pero sin excesos, y cada día salía a pasear un rato, o leía un poco, o miraba una película de cine clásico.

La conversación con su madre había sido terapéutica. Elizabeth había tardado unos minutos en reaccionar, y lo primero que hizo fue preguntarle si le estaba tomando el pelo. Lo segundo, subirse al coche y plantarse en Barcelona en un tiempo récord, como seguro demostrarían las multas que tarde o temprano le llegarían. La madre de Helena la riñó por no habérselo dicho antes y luego la abrazó mientras lloraba; después esperó pacientemente a que le contara toda la historia. Elizabeth no riñó a Helena por no haber sido más cauta, a esas alturas ya no servía de nada, y le aseguró que tanto ella como su padre iban a estar a su lado tomase la decisión que tomara. Helena no se engañaba, les necesitaba y mucho; ella sola no podía hacerse cargo. Lo único que le pidió a su madre fue que de momento no le dijera nada ni a su padre ni a sus hermanos, y ella accedió a regañadientes con una condición: que se lo dijera a Anthony.

Elizabeth, aunque estaba completamente a favor de su hija, y si hubiera tenido a Anthony delante le habría sacudido, estaba convencida de que tenían que hablar. A juzgar por lo que Helena le había contado, y según lo que ella misma sabía del joven, en Londres le había sucedido algo muy grave y ni él ni Helena podrían seguir adelante con sus vidas hasta resolver las cosas definitivamente entre los dos. Si se separaban sin tener esa conversación, seguro que se arrepentirían el resto de sus vidas.

Helena todavía no había hablado con Anthony, y su madre había cumplido con su parte del trato y había mantenido el secreto, pero ambas sabían que se le estaba acabando el tiempo. Faltaban pocos días para la boda de Guillermo y Emma, y tarde o temprano empezaría a notársele el embarazo y alguno de sus hermanos se daría cuenta, o el propio Anthony, y no quería que se enterasen así.

Era viernes y Helena iba andando por la calle. Al pasar por delante de la Filmoteca vio que esa noche ponían *Sed de mal*. Era una de las películas favoritas de Anthony, y ella lo interpretó como una señal, así que, armándose de valor, lo llamó al móvil y le preguntó si le apetecía verla. Él no pudo disimular lo sorprendido que estaba de escuchar su voz, pero accedió rápidamente a la invitación, y Helena empezó a cuestionarse si había hecho bien en propiciar esa cita.

Habían quedado a las ocho delante del cine, pero Anthony llegó un poco antes y compró dos entradas; quería asegurarse de que Helena se quedaba al menos a ver la película. Ella llegó puntual, unos minutos antes de la hora acordada, y lo saludó con un sencillo «hola». Anthony le hubiera dado un beso, pero se limitó a sonreír y a devolverle el saludo.

Entraron en la sala sin decir nada importante, intercambiando solo preguntas de cortesía, como si fueran dos compañeros de trabajo o unos conocidos. Él tuvo ganas de gritar y ella sintió unas arcadas que nada tenían que ver con el embarazo. Por suerte, la película empezó enseguida y les proporcionó la excusa necesaria para dejar de fingir, aunque ni siquiera las intrigas de Orson Welles consiguieron que el uno pensara en algo que no fuera el otro. Las luces volvieron a encenderse casi dos horas más tarde y ambos se levantaron de las butacas sin mirarse a los ojos; ¡qué distintas habían sido las cosas antes, cuando iban al cine! Salieron y Anthony fue el primero en hablar:

—¿Te apetece ir a cenar? —le preguntó.

—No, la verdad es que no. No tengo hambre —añadió. Estaba tan nerviosa que si comía, seguro que terminaría vomitando—. Prefiero irme a casa, ¿me acompañas? —Si tenía que hablar con él, prefería hacerlo en la tranquilidad de su apartamento.

—Claro.

Cruzaron en silencio unas cuantas calles, hasta que Helena reinició la conversación:

—¿Cómo te va el trabajo? Supongo que estarás a punto de regresar a Londres, ¿no?

Él se encogió de hombros.

—Mi intervención en el proyecto Marítim ha finalizado —se limitó a decir.

Tanto él como Juan habían recibido muchos elogios por su trabajo; tantos que a Anthony le habían ofrecido un mejor puesto en la central de Londres. Él lo había agradecido y les había dicho que regresaría pasada la boda de Guillermo.

Estaba convencido de su decisión, a pesar de que Juan le había dicho que era un idiota y que debería quedarse en España y dar a su relación con Helena otra oportunidad. Su amigo no sabía por qué habían roto, pero no desaprovechaba ninguna oportunidad para recordarle que se estaba equivocando, poniéndose incluso a sí mismo como ejemplo.

Siguieron andando sin decir nada más y, minutos más tarde, llegaron al portal del edificio donde vivía Helena.

—¿Por qué no subes? —lo invitó antes de perder el valor—. Tengo que contarte algo.

Anthony se quedó mirándola y entonces se acordó del famoso Eric. Seguro que había reaparecido en la vida de Helena y esta quería decirle que iría acompañada a la boda, o algo por el estilo.

—De acuerdo —dijo Anthony con la garganta seca. Subieron y, al entrar, ella se dirigió a la cocina para servirse un vaso de agua.

—¿Te apetece tomar algo? —le ofreció.

—Un poco de agua, si no te importa.

Segundos más tarde, salió de la pequeña cocina con dos vasos y le dio uno. Él lo aceptó. Sus dedos se rozaron con el intercambio y ambos disimularon.

Helena se sentó en la butaca, en su lugar favorito, y respiró hondo.

—Tengo que contarte algo. Tarde o temprano ibas a enterarte, pero prefiero que lo sepas por mí —empezó, tratando de mirarlo a los ojos, sin demasiado éxito.

—Lo sé, Helena.

—¿Lo sabes?

—Sí, y me alegro por ti. Te aseguro que no me importa.

—¿Te alegras por mí?

—Sí, por supuesto, y puedes estar tranquila. No me entrometeré en tu vida.

—No te entrometerás en mi vida —repitió ella, atónita—. ¿Cómo te has enterado?

—Me lo dijo tu hermano.

—¿Mi hermano? —Iba a matar a su madre—. ¿Guillermo?

—Sí, Guillermo. —¿Por qué le parecía tan raro? Él y Guillermo se veían muy a menudo—. Me dijo que habías empezado a salir con alguien.

No era verdad, eso no había sido para nada lo que su amigo le había dicho el día que habló con él, pero Anthony aprovechó para sacar el tema y ver si Helena lo confirmaba.

Ella suspiró aliviada. Anthony no sabía nada del embarazo y, al parecer, su hermano tampoco.

—No estoy saliendo con nadie —dijo aún confusa.

Anthony tardó varios segundos en reaccionar.

—¿No estás saliendo con nadie? —El corazón empezó a latirle descontrolado y la determinación que lo había mantenido alejado de ella durante todos aquellos días se fue desvaneciendo.

—No, por supuesto que no —añadió, antes de darse cuenta de que era un error.

Todo sucedió tan rápido que, al terminar, ninguno de los dos recordaba quién había sido el primero en besar al otro, pero cuando sus labios se tocaron, ambos supieron que iban a hacer el amor. Cualquier otra cosa era inconcebible. Anthony la besó sujetándole la cabeza para que Helena no se apartara, y cuando se sació de sus labios descendió por su cuello y su escote. La desnudó en cuestión de segundos, los mismos que tardó ella en hacerlo con él, y se hundió en su interior sin poderlo evitar, respondiendo a una necesidad tan antigua como el tiempo.

Helena le recorrió la espalda con las manos, de aquel modo que a él le hacía perder el control, y, aunque una vocecita le decía que aquello era un error, lo había echado tanto de menos que no le importaba. Igual que las otras veces, Anthony la abrazó con desesperación, y siguió besándola incluso después de que ambos sucumbieran al placer. Pero de repente él se puso tenso y empezó a apartarse.

—Lo siento. —Fue lo primero que Anthony dijo. Ella se sonrojó y se sentó despacio en el sofá.

—Yo no. —Estaba harta de fingir que aquel distanciamiento que se había producido entre los dos le parecía bien—. No lo siento y sé que tú tampoco —se atrevió a añadir.

Él suspiró abatido y empezó a vestirse, incapaz de sostenerle la mirada.

—Me tengo que ir. —Estaba asustado, se sentía perdido y no quería arrastrar a Helena consigo—. Será mejor que no volvamos a vernos.

Ella habría hecho cualquier cosa por él, cualquier cosa excepto contarle lo del embarazo y que se quedara con ella por lástima, o por cumplir con algún estúpido código de honor propio de siglos pasados.

—Ant —lo detuvo con voz firme—, si te vas ahora sin contarme qué demonios sucedió en Londres, y sin decirme qué diablos te pasa —hizo un pausa y esperó a que la mirara a los ojos—, no hace falta que regreses. Nunca más volvería a ver a una mujer tan bella y decidida como Helena en aquel instante, y al ser consciente de ello sintió un nudo en el estómago y en el alma, pero terminó de abrocharse la camisa.

—No volveré. —Caminó hacia la puerta y se detuvo—. Es mejor así, créeme. —Salió sin mirarla y secándose con el dorso de la mano una lágrima que le resbaló por la mejilla. Ella lanzó un bol que tenía encima de la mesa contra la puerta y lloró al ver que se hacía añicos, igual que su corazón.

Un par de días más tarde, llamó a su madre y le contó el fiasco de la cita con Anthony. Elizabeth la escuchó con atención, sintiendo en el alma que la relación entre ellos dos no tuviera un final feliz, y ambas decidieron que lo mejor sería esperar a que hubiera pasado la boda de Guillermo para contarle lo de su embarazo, y que después de pensarlo mucho había decidido seguir adelante y tener el bebé. Anthony le había dicho que regresaría a Londres después de la boda; si después de saber la verdad decidía hacerlo de todos modos, ella al menos tendría la conciencia tranquila, aunque el corazón roto durante el resto de su vida.

Helena no pretendía ocultárselo a Anthony para siempre, pero en su mente había asumido que iba a tener al bebé sola. A juzgar por lo que había pasado esa última noche, él no la quería y Helena dudaba que un bebé pudiera cambiar eso. Además, ella jamás aceptaría que Anthony se quedase a su lado por lástima o por hacer lo correcto. Si se equivocaba y Anthony quería ejercer de padre, buscarían la manera de que eso fuera posible, pero ellos como pareja habían terminado. Helena no sabía que una persona podía estar triste y alegre a la vez. Ahora que había tomado la decisión de seguir adelante, era feliz; sabía que su familia la apoyaba y que también lo habrían hecho si ella hubiese decidido interrumpirlo, y saber que contaba con ellos pasara lo que pasase lo significaba todo para ella. Romper con Anthony, que él volviera a comportarse como un frío desconocido, le había roto el corazón y le provocaba tanta tristeza que había días en los que temía ahogarse en ella, pero al menos los últimos preparativos para la boda de Guillermo y Emma consiguieron distraerla lo suficiente. Incluso llegó a sonreír en varias ocasiones, a pesar de la envidia que sentía.

La boda fue preciosa. Emma y Guillermo pronunciaron sus votos matrimoniales frente a cuarenta invitados. Al terminar la ceremonia, que consistió solo en un par de lecturas escogidas por los novios, se fueron a celebrarlo a un pequeño restaurante con vistas al mar que había en un pueblo cercano al de la familia Martí.

Había cuatro músicos tocando suaves melodías de *jazz*, regalo de Anthony, y todo el mundo parecía estar casi tan contento como los recién casados. Incluso los padres de Emma, los doctores, como los llamaba ella, sonrieron en un par de ocasiones. Guillermo aprovechó que Emma estaba hablando con Raquel para acercarse a Anthony, quien, aunque había participado animadamente en toda la celebración, parecía estar triste. Su amigo estaba apoyado en una pared, con un *whisky* en la mano, observando la improvisada pista de baile en la que Helena formaba pareja con Eduard, su flamante y orgulloso padre.

—Me prometí a mí mismo que iba a darte algo de tiempo —le dijo Guillermo apoyándose en la pared junto a él—. Y creo que tres meses son más que suficiente. ¿Puede saberse por qué diablos no estás bailando con ella? Y no se te ocurra volver a soltarme ese rollo acerca de que la decepcionarás.

Guillermo, igual que Anthony, se acordaba a la perfección de la última conversación que habían mantenido sobre Helena. La última porque, al terminar Anthony, que estaba borracho, le prohibió a su amigo que volviese a sacar el tema.

—¡Déjalo ya, Guillermo! Creo que el matrimonio empieza a afectarte.

—Ríete si quieres, pero no pienso darme por vencido. —Dio un sorbo a la copa que también él sujetaba en la mano—. ¿Te acuerdas de cuando

Emma estaba en Nueva York y yo creía que nunca volveríamos a estar juntos?

—Claro que me acuerdo. —Anthony bebió un poco sin apartar la vista de Helena. Estaba preciosa con aquel vestido de seda y aquella sonrisa.

—En esa época conocí a una chica. Lucía, la chica de la inmobiliaria que me encontró el despacho.

—Me acuerdo de ella.

—Pues bien, Lucía era muy agradable, además de guapa y simpática. Y seguro que habría podido llegar a ser relativamente feliz con ella, pero jamás habría sido como con Emma. ¿Sabes lo difícil que es encontrar a la única persona del mundo que llena todos y cada uno de los rincones de tu alma?

Anthony miró a su amigo a los ojos.

—No la dejes escapar, Anthony. —Y, con esa frase, Guillermo lo dejó allí solo y fue a buscar a Emma, pues sentía la imperiosa necesidad de darle un beso a su esposa.

Él se quedó allí de pie, meditando sus palabras. «Los rincones de tu alma», pensó. Sí, eso era aquel vacío que llevaba días sintiendo, el vacío que amenazaba con engullirlo y no dejarlo escapar.

Helena había salido de su vida, mejor dicho, él la había echado y ahora se sentía solo, sin rumbo y sin sentido, incapaz incluso de respirar. Después de la muerte de su padre llegó a convencerse de que Helena estaría mejor sin él, pero ¿y si se equivocaba? ¿Y si lo único que sucedía era que tenía miedo? ¿Y si había cometido el peor error de su vida y ya no podía hacer nada para arreglarlo? Dejó la copa en el suelo y fue a buscarla.

—Helena, ¿puedo hablar contigo un segundo? —Anthony la siguió hasta el pasillo—. No puedes evitarme durante toda la boda.

—La verdad es que sí puedo, lo único que necesito es que tú colabores un poco —contestó ella sin darse la vuelta.

—No tengo intención de colaborar. —Le rodeó la muñeca con los dedos—. No puedo seguir haciéndolo. Te echo de menos.

Esa confesión, hecha con voz temblorosa, consiguió que Helena se detuviera y bajara la vista. Anthony estaba casi pegado a su espalda y ella inclinó la cabeza para mirar cómo sus dedos la rodeaban. Anthony miró a su alrededor y vio que el pasillo en el que se encontraban se dividía en dos; hacia la derecha, para ir a los servicios, y hacia la izquierda, en dirección a lo que parecían ser unos despachos. Se decantó por ese y tiró de Helena. Cuando creyó que gozaban de la suficiente intimidad, se detuvo y, despacio, la apoyó contra la pared. El pasillo estaba a oscuras y la única luz provenía de una enorme ventana que había al fondo. Era de noche, pero la luna de verano ofrecía la suficiente claridad como para poder verle la cara. Y aquellos ojos con los que tantas noches había soñado.

—Tenemos que hablar, Helena —le repitió, apoyando las manos a ambos lados de su cabeza.

—No —insistió ella, diciéndose a sí misma que Anthony le había roto el corazón tantas veces que ahora apenas le quedaba el suficiente para seguir viviendo. Aunque una voz en su interior no dejaba de repetirle que nunca antes lo había visto tan afectado como en aquellos instantes—. No tenemos nada de que hablar.

—¿Cómo que no tenemos nada de que hablar? —A él le tembló la mandíbula—. ¿Acaso te has olvidado de lo que sucedió entre nosotros?

Helena se negó a responder. Nunca se le había dado bien mentir, así que decidió levantar la barbilla y mantenerse impasible.

—Ya te he dicho que no quiero hablar.

—No quieres hablar —repitió él—. Y tampoco quieres verme. Y, por lo que se ve, tampoco estás dispuesta a escucharme. —La miró a los ojos.

—Deja que me vaya, Anthony —susurró ella, que empezaba a notar que se le llenaban los ojos de lágrimas—. Tú mismo dijiste que era mejor así.

Él se quedó inmóvil, recordando todo lo que había sucedido entre los dos, las palabras de ella, las de él... y lo que le había dicho Guillermo acerca de encontrar a la única persona capaz de llenar todos los rincones de tu alma. Por fin entendía que Helena era esa persona y, si la perdía, jamás podría ser feliz.

—No puedo, Helena. No puedo —le dijo con voz ronca.

Anthony movió la mano derecha y la hundió en la melena de ella. Le acarició la nuca con los dedos, deleitándose al sentir que a Helena se le ponía la piel de gallina. Despacio, inclinó la cabeza en busca de su boca, dándole una última oportunidad de apartarse. Ella no lo hizo, sino que abrió un poquito los labios y se le aceleró la respiración. A Anthony le bastó ese gesto para perder el control y conquistó su boca con desesperación. La besó sin la delicadeza que se suponía que tenía, sin la destreza de alguien que se supone que ya ha besado antes. Lo hizo con el corazón, con el alma, y con el miedo que comporta saber que sin esa persona nunca estaría completo. El beso siguió y siguió. Pegó su cuerpo al de ella y, cuando sintió que las manos de Helena se agarraban a la solapa de su americana, una avalancha de sentimientos le inundaron con un solo beso. Quizá su corazón y su cerebro por fin habían comprendido que estaba enamorado de aquella mujer y que sí valía la pena correr el riesgo.

—No, no —susurró ella, a pesar de que un momento antes lo estaba besando con pasión—. Suéltame.

Anthony la sintió temblar entre sus brazos y la soltó.

—¿Qué pasa? —le preguntó, preocupado de verdad—. ¿Te he hecho daño?

—Ahora no —contestó, segura de que él comprendía a qué se refería.

—Helena —pronunció su nombre emocionado—, no puedo seguir así. Tengo que contarte lo que me ha pasado. Necesito contártelo todo y que tú me digas que no pasa nada, que todo va a salir bien. —Anthony sabía que se estaba derrumbando, pero ni su alma ni su corazón estaban dispuestos a darle tregua.

Ella se quedó mirándolo y no se dio cuenta de que estaba llorando hasta que él le secó una lágrima con el pulgar. El gesto la hizo reaccionar y dio un paso atrás.

—Sí que pasa, Ant. Y no, todo no va a salir bien. Ya no.

—No digas eso, por favor. —Trató de tocarla otra vez, de acariciar aunque solo fuera sus dedos, pero ella volvió a apartarse y él dejó de intentarlo.

—No, Anthony. No puedo volver a pasar por esto.

—Sé que te he hecho daño, y sé que me he comportado como un imbécil y un cobarde, pero déjame que te lo explique. Cuando murió mi padre...

—No —lo interrumpió ella—. No quiero saberlo. Si te escucho, seguro que terminarás por convencerme de que volvamos a estar juntos, y yo —se le quebró la voz—, yo no podría soportar que te alejaras de mí una tercera vez. Además, ya no puedo pensar solo en mí.

Anthony sintió esa frase como una punzada en el corazón.

—¿Estás con alguien? —se obligó a preguntarle.

Helena levantó la vista y lo miró a los ojos. Los de él también brillaban por las lágrimas.

—Estoy embarazada.

—¿Cómo...? —Se quedó sin habla.

—Cuando te sometiste al trasplante de médula —respondió escueta—. Del modo tradicional.

—El día que fuimos al cine... —dijo para sí mismo.

—Sí, eso era lo que iba a decirte. —Tragó saliva y se mordió el labio inferior para mantener a raya las lágrimas.

A Anthony le flaquearon las piernas y tuvo que apoyarse en la pared para no caerse. Desvió la mirada hacia el estómago de Helena y creyó ver una pequeña curva que antes no estaba. Quería levantar la mano y acariciarlo. Quería abrazarla, besarla, pero se quedó paralizado, incapaz de mover una sola articulación ni decir nada. Iba a ser padre.

¿Y si lo hacía mal? ¿Y si cometía los mismos errores que Harrison había cometido con él? ¿Y si Helena no quería que él fuera el padre de su hijo o hija? Todas esas preguntas lo asaltaron de golpe y terminó por sentarse en el suelo. Y ella malinterpretó completamente su reacción y salió corriendo. Anthony se levantó y fue tras ella, pero no lo bastante rápido.

Estuvo media hora buscándola y, al final, Emma se compadeció de él y le dijo que Marc, otro de los hermanos de Helena, la había llevado a casa de sus padres. Emma debió de leerle la mente, cosa nada difícil, pues seguro que su rostro lo delataba, y añadió sin ninguna sutileza que no fuera a buscarla, que Helena no quería verlo. Anthony sintió como si lo hubieran golpeado en el esternón y, abatido, se despidió de sus amigos y se fue. Se veía incapaz de estar rodeado de tanta gente feliz.

20
TITANIC

En cuanto Anthony subió al coche que había alquilado para aquel fin de semana supo que no iba a hacer caso del consejo, más bien advertencia, que le había hecho Emma e iría a buscar a Helena.

Tenía que verla, necesitaba verla y hablar con ella. Necesitaba asegurarse de que, aunque tal vez ella ahora le odiase, no había perdido por completo la posibilidad de recuperarla algún día.

Condujo hasta la casa de la familia Martí en Arenys de Mar; por suerte había estado allí una vez, cuando Ágata y Gabriel se reconciliaron y organizaron una pequeña fiesta para sus amigos, y tenía buena memoria. No le resultó difícil encontrar el lugar y cuando llegó apagó el motor y bajó del coche sin darse tiempo de pensar qué estaba haciendo; solo sabía que necesitaba hablar con ella.

—¡Eh, tú! ¿Dónde crees que vas?

La helada voz de Marc, otro de los hermanos de Helena, le detuvo.

—Quiero ver a Helena, necesito hablar con ella.

Marc era más alto que Guillermo y, a pesar de que Álex era su gemelo, parecían dos caras de la misma moneda. Marc era la cara mala, la que tenía peor carácter.

—Y yo necesito viajar en el tiempo y tener otra vida, pero hay que joderse. A menudo no tenemos lo que necesitamos, sino lo que nos merecemos.

Anthony carraspeó; estaba lo bastante alterado como para plantearse la posibilidad de pelearse con ese chico, pero no tanto como para no anticipar que perdería. Él estaba en forma, pero saltaba a la vista que Marc era capaz de tumbarlo de un puñetazo.

—Ni lo intentes. A diferencia del resto de mis hermanos, yo soy la fuerza bruta, no el cerebro.

—Mira, Marc...

El aludido soltó una carcajada.

—Al menos no me has llamado Álex. ¡Un punto para el inglés! —Marc se cruzó de brazos y esperó.

—Quiero hablar con Helena y, no sé si te has enterado, pero hoy en día las mujeres pueden decidir por sí solas.

Marc enarcó una ceja, dejándole claro que él sabía perfectamente que las mujeres podían hacer lo que les diera la gana y que él estaba allí porque Helena era su hermana y haría cualquier cosa por ella.

—Diría que, de los dos, soy el que lo tiene más claro, colega. Yo no le mentí a mi chica sobre la muerte de mi padre, por poner un ejemplo.

—Ya, bueno. No sabes de lo que hablas.

—¡Oh, créeme! Lo sé perfectamente, pero tranquilo, voy a ayudarte a salir de dudas.

Anthony parpadeó confuso.

—¿Ah, sí?

—Sí, vamos. Sígueme. —Abrió la puerta principal de la casa y, con una reverencia burlona, le invitó a que entrase—. Espera aquí.

Anthony se quedó donde le indicó y observó a Marc mientras este subía la escalera en dirección a lo que supuso que eran los dormitorios. Oyó que hablaba sin distinguir qué decía y después el ruido de una puerta y silencio.

Pasaron varios minutos, durante los cuales Anthony primero no se movió ni un centímetro, pero cuando se alargaron aprovechó para observar donde estaba. Era el comedor de la familia Martí, una mesa larga ocupaba el lugar principal y encima había ramos de flores, que seguramente amigos y vecinos habían enviado ese mismo día para felicitar a Guillermo o a sus padres por la boda. También había tazas y vasos esparcidos por todas partes y saltaba a la vista que allí habían brindado y celebrado la ocasión. ¿Helena había estado allí? ¿Había sonreído o se había pasado la mañana triste?

Se acercó también a la gran chimenea que presidía la estancia y curioseó por la repisa llena de fotografías de los hermanos Martí en distintas edades y situaciones. Cuando en una reconoció a Helena de pequeña, se le formó un nudo en el estómago y se le aceleró el corazón; no pudo evitar levantar el marco y observarlo con más detenimiento. ¿Sería así su hija de pequeña? Le escocieron los ojos y, al notar que temblaba, se obligó a devolver la foto a su lugar.

—Si rompes eso mi madre te despellejará vivo. —La voz de Marc volvió a pillarle desprevenido.

—Lo siento.

—Helena dice que hablará contigo, pero solo unos minutos. Dice que acepta porque no quiere que montes un espectáculo y eches a perder la boda de Guillermo y Emma.

—De acuerdo. —A Anthony le daba igual el motivo; lo único que le importaba era que ella había aceptado verle.

Se oyó una puerta en el piso superior y después Helena apareció en la escalera. Anthony iba a acercarse a ella, pero la mano que Marc le colocó en el pecho le detuvo.

—Yo estaré fuera. Cuando mi hermana me llame entraré a buscarte. Procura no darme el gusto de tener que pegarte, ¿está claro?

—Puedo entender que cuides de ella, pero esto no te incumbe y yo no soy ningún niñato al que le intimiden tus músculos o tus malos modales. Lárgate de aquí y déjame hablar con Helena.

Marc soltó otra carcajada y se acercó a su hermana.

—¿Estás segura de que quieres hablar con él?

Helena asintió.

—Sí, es mejor así. No quiero dejar asuntos por resolver. Gracias por traerme a casa, Marc. —Se puso de puntillas y le dio un beso en la mejilla.

—No me las des. Al menos esto todavía no lo he echado a perder.

Anthony no sabía de qué estaban hablando los hermanos y no le gustó reconocer que tuvo celos del modo en que Helena abrazó a Marc antes de que este saliera. Aunque, de camino a la puerta, se detuvo un segundo a su lado para fulminarlo con la mirada.

—Helena, tenemos que hablar —dijo Anthony en cuanto se quedaron a solas.

—No, ya no.

—No puedes decirme eso.

Anthony quería acercarse y abrazarla, pero la postura de ella se lo impidió.

—Creo que puedo decirte lo que me dé la gana.

Él agachó la cabeza avergonzado.

—Tienes razón. Lo siento.

—Que repitas esas palabras una y otra vez no cambiará las cosas. Siempre tengo razón y siempre dices que lo sientes. Y después vuelves a hacerlo. No sirve de nada que sigamos haciéndonos esto, Anthony.

—No digas eso.

—Es la verdad.

Anthony tragó saliva. Se veía capaz de luchar contra el enfado de Helena, contra su rabia, pero no contra esa tristeza, contra ese abatimiento y esa absoluta resignación. Contra eso no tenía armas.

—Helena, cariño —ella abrió los ojos furiosa al oír el término y Anthony rectificó—. Perdón, no volveré a llamarte así. Solo te pido que me escuches.

—Pero yo ya no quiero escucharte, Anthony. Te pedí que me contaras lo que estaba pasando, prácticamente te lo supliqué, y tú —furiosa se secó una lágrima—, y tú te mantuviste frío e inalcanzable. Nada te hizo cambiar de opinión. Decidiste que no me contabas la verdad y no me la contaste. Decidiste que me mentías y me mentiste. Decidiste que habíamos terminado y terminamos. No me escuchaste, pues bien, ahora yo no quiero escucharte a ti.

—Me has dicho que estás embarazada. —Le costó pronunciar esas palabras—. Creo que eso cambia las cosas.

—Para mí, sí. Para ti no estoy tan segura. Cuando te lo he dicho casi te has desplomado; no puede decirse que te hayas puesto a dar saltos de alegría o que te hayas emocionado demasiado. Y todavía recuerdo esa conversación en la que me aseguraste que no querías tener hijos, así que tranquilo. Esto ha sido culpa mía y yo me haré cargo. Mi familia...

Anthony no pudo más y se acercó a ella para suplicarle que no siguiera diciendo esas cosas. Como no podía abrazarla, se conformó con colocarle las manos en los hombros y mirarla a los ojos.

—Para, por favor.

—Es la verdad, si tenemos que hablar tenemos que dejar las cosas claras. De nada sirve que sigamos engañándonos. Tú dijiste que no querías tener hijos y yo me he quedado embarazada porque fui descuidada.

—No te has quedado embarazada tú sola, Helena. Y sí, reconozco que aquel día dije que no quería tener hijos pero, ¡joder! —La soltó y dio un paso hacia atrás mesándose el pelo—. Pero yo nunca me había imaginado que pudiera enamorarme. Si hubiera sabido que mi vida iba a convertirse en esta locura, que tú ibas a aparecer en ella, que sucedería todo esto, jamás habría dicho eso, jamás lo habría pensado.

A Helena le escocieron los ojos, pero consiguió retener las lágrimas.

—Si de verdad quieres formar parte de la vida del niño o de la niña, no voy a impedírtelo.

—¿Y de la tuya? ¿Vas a impedirme que forme parte de la tuya?

—De mi vida te has echado tú solo, Anthony. Ya no me queda nada más que darte. No soy capaz de volver a arriesgarme contigo, ya no.

—Entonces, ¿qué es lo que propones? ¿Qué quieres hacer?

Si algo había aprendido Anthony a lo largo de su vida gracias a la dislexia era a tener paciencia. A veces hay problemas que no se resuelven a la primera, que hay que darles tiempo. No estaba comparando a Helena con un problema, pero sabía que le estaba pidiendo demasiado y estaba siendo muy injusto con ella. La verdad era que la había abandonado, que la había dejado sola durante meses; meses en los cuales ella había descubierto que estaba embarazada y había decidido cambiar por completo su vida y dejar la carrera que estaba estudiando. Meses en los que él no había estado a su lado.

Ahora no tenía derecho a exigirle nada y, si ella le echaba de su lado definitivamente, iba a tener que aceptarlo. Al menos de momento.

—No lo sé, Anthony. No lo sé.

Él soltó el aliento y dejó de caminar; no había dejado de moverse de un lado al otro de aquel comedor. De repente estaba exhausto, el peso de todas las malas decisiones que había tomado esos últimos meses amenazaba con hundirle.

—¿Puedo sentarme?

—Claro —aceptó ella, señalando el sofá que había en una pared.

—Tú también pareces cansada.

Debía de estarlo porque no se lo cuestionó y caminó hasta el sofá para sentarse a su lado, aunque se aseguró de mantener las distancias.

—No quiero seguir discutiendo contigo, Anthony —susurró—, y nunca voy a pedirte que dejes de ser amigo de Gabriel o de Guillermo. Entiendo que son tus amigos y que son importantes para ti, al menos tan importantes como tú les permites serlo.

—Lo son. También he metido la pata con ellos. Ya sé que no sirve de nada que te lo diga, pero a ellos tampoco les conté que Harrison había muerto.

—Has construido tantos muros a tu alrededor que has acabado encerrado en ellos, Anthony. Hubo un tiempo en que creía que había encontrado la manera de derribarlos, pero ya no. Creo que por cada piedra que conseguía quitar yo, tú colocabas dos más.

—Helena, lo siento.

—Sé que lo sientes.

—¿Qué quieres que haga? Te juro que derribaré esos muros yo solo; no hace falta que sigas luchando tú sola por esta relación. Me ha costado perderte para darme cuenta de que tengo que hacer yo el trabajo.

—Por tu bien espero que lo consigas. No quiero que te pases el resto de tu vida solo.

—No, no, no. Deja de hacer esto —le pidió furioso.

—¿El qué?

—Deja de hablar como si en mi futuro fuera a aparecer otra mujer para ocupar tu lugar. Tal vez no me creas. Tal vez no quieras hacer nada más conmigo. Lo entiendo o puedo intentar entenderlo, pero esto que me ha pasado contigo no volverá a sucederme con nadie.

Helena sacudió la cabeza y volvió a hablar en voz baja.

—Quiero ir a acostarme, estoy cansada.

—Claro. ¿Nos vemos mañana?

—No.

—¿Pasado?

—No.

—Helena, por favor.

—No sé cuándo querré volver a verte, Anthony. No sé si llegará el día en que lograré entender por qué fuiste capaz de dejarme y eliminarme de tu vida durante meses.

—Nunca te he eliminado de mi vida, Helena.

—Pues a mí me lo ha parecido.

—Me cuesta mucho creer que alguien pueda quererme, Helena. Me resulta imposible, la verdad. Y cuando murió mi padre todo se desmoronó. Pensé que estaba haciendo lo correcto.

—¿Cuándo vuelves a Inglaterra? —Ella cambió de tema al levantarse del sofá.

—Eso no importa. Puedo quedarme, puedo pedir que vuelvan a asignarme al despacho de Barcelona, puedo...

Ella lo tocó por primera vez. Colocó una mano en su mejilla y Anthony dejó de respirar.

—No te quedes. Vuelve a Inglaterra y resuelve tus asuntos. Dame tiempo, te prometo que cuando pueda te mantendré informado de cómo va el embarazo.

—¿Y si no me basta con eso, Helena?

—Por ahora es lo único que puedo ofrecerte.

—Está bien. De acuerdo, me iré —accedió sin moverse de donde estaba, recorriéndola con la mirada como si fuera la última vez que fuera a tenerla tan cerca—. Sé que no tengo derecho, pero ¿puedo pedirte algo?

—No lo sé, Ant —se arrepintió de haberlo llamado así en cuanto vio cómo él la miraba, pero no fue capaz de añadir las sílabas que faltaban a su nombre—. ¿De qué se trata?

—¿Puedo abrazarte?

Ella no respondió, no se negó ni aceptó, sencillamente se inclinó hasta que su cabeza quedó recostada en el pecho de él.

Anthony soltó el aliento y respiró despacio para ver si así mantenía bajo control las lágrimas y los latidos de su corazón. La rodeó despacio con los brazos y la estrechó entre ellos. Cerró los ojos y tras sus párpados se reprodujeron todas las veces que la había tenido entre los brazos; aquella vez en el ascensor, la noche que se besaron en el portal de Barcelona, en Londres mientras paseaban.

—¡Joder, Helena! Lo siento tanto...

Ella no dijo nada, pero de repente él notó que se humedecía la tela de la camisa y adivinó que Helena estaba llorando. No podía seguir haciéndole daño a esa chica, ella lo era todo para él, y si para que dejase de llorar tenía que irse, eso era lo que iba a hacer. Buscó fuerzas donde no tenía y se agachó para depositar un único beso en lo alto de la cabeza de Helena.

—Te quiero. No llores más, ya me voy.

21

UP

Hacía más de diez minutos que Anthony se había ido y Helena seguía sentada en el sofá. Antes le había dicho la verdad, no quería saber qué le había pasado, no después de ver que le resultaba tan fácil alejarse de ella. Ya había pasado por ello en dos ocasiones, tres, si contaba la noche en que fueron al cine, y no se veía capaz de sobrevivir a una cuarta. La primera vez, cuando Anthony dejó de verla después de que ella se atreviera a besarlo le costó un poco superarlo, pero estuvo a punto de conseguirlo. La segunda fue cuando, después de estar con él en Londres, se limitó a llamarla un día y a decirle que lo mejor sería que se tomaran un tiempo. Esa vez fue sin duda la peor de todas; su padre había muerto y él no se lo había contado.

«De hecho —pensó Helena—, me necesitaba tan poco que ni siquiera quiso que estuviera a su lado.» Y el día que fueron al cine, el día en que ella le habría contado lo del embarazo, cuando Anthony le hizo el amor y luego la dejó sin darle otra explicación que aquella tontería de que iba a estar mejor sin él.

Ahora estaba dispuesto a contárselo, genial, pero ahora ella no quería escucharlo. Tenía miedo de creerle, de darle otra oportunidad para que luego, en el futuro, volviera a desaparecer. Y no podía decirse que la noticia del embarazo le hubiera hecho especial ilusión. Casi se había desplomado, y por su rostro pasaron un montón de emociones, y ninguna buena. Él afirmaba que la quería, solo con recordar cómo se lo había dicho antes de irse a Helena volvía a rompérsele el corazón. Una parte de ella quería haberle respondido entonces que ella también le quería y que le perdonaba, pero sabía que no podía hacerlo. No podía porque no confiaba en él y no creía que él estuviera dispuesto a quedarse a su lado. La había abandonado demasiadas veces para creérselo.

Le dolían los pies y, al desviar la vista hacia abajo, vio que todavía llevaba el vestido de boda y los zapatos de tacón. Con razón estaba tan cansada. Había sido un día muy emotivo y el encuentro con Anthony había sido demoledor. Ni su cerebro ni su corazón podían seguir pensando en lo que acababa de suceder, así que como un autómata se levantó del sofá y subió a su habitación, donde se desnudó y se puso el pijama. No sabía qué hora era, pero tenía que descansar. Al día siguiente sería un gran día; empezaba el resto de su vida.

Anthony se planteó varias posibilidades, que iban desde plantarse frente al piso de Helena el lunes siguiente y echar la puerta abajo para suplicarle otra vez que lo perdonase, hasta regresar a Londres y tratar de olvidarla. La segunda la descartó al instante; la primera iba adquiriendo fuerza por segundos. Necesitaba hablar con alguien; había estado a punto de decirle a una vecina que se había encontrado en la escalera que iba a ser padre. Se tiró de la corbata hasta aflojarla, sacó el móvil del bolsillo y llamó a Miriam Potts. Habría llamado a Gabriel, pero no sabía si Helena le había contado lo del embarazo a su familia y no quería meter más la pata.

—Anthony —respondió la señora asustada—, ¿sucede algo? ¿Sabes qué hora es?

—Helena está embarazada —soltó, y al decirlo en voz alta se le quebró la voz.

—¡Felicidades, cariño! —exclamó la mujer, feliz, perdonándole que le hubiera dado un susto de muerte al llamar a las dos de la madrugada—. Seguro que estás muy contento.

—Lo estoy. —Y era verdad—. Pero también estoy muy asustado.

—Es normal, pero no tienes nada de que preocuparte, seguro que todo saldrá bien. Lo único que tienes que hacer es cuidar de Helena y del bebé. Serás un padre fantástico.

—¿Cómo lo sabes? No puede decirse que haya tenido un gran ejemplo.

—Vamos, Anthony. No digas tonterías.

—No me dirás ahora que te pones del lado de Harrison y Lillian —dijo él, incrédulo, a la defensiva.

—Por supuesto que no. Con lo listo que eres, a veces parece mentira que digas tales estupideces. —Su niñera lo riñó como cuando era pequeño—. Por supuesto que no me pongo del lado de Harrison y de Lillian; ellos no tienen nada que ver con esto.

—Son mis padres —insistió.

—Dime una cosa, Anthony: ¿por qué me has llamado a mí y no a Lillian? —Él no respondió y siguió con el razonamiento—: ¿A quién tenías más ganas de contarle lo del bebé, a Frey o a Gabriel?

Anthony sujetaba el móvil con tanta fuerza que tenía los nudillos blancos.

—La familia no es solo cuestión de genética —prosiguió la mujer—. Serás un gran padre porque llevas años siendo un gran hermano. Si no me crees, pregúntaselo a Gabriel y verás cómo él te dice lo mismo. Desde que le conociste, has estado a su lado; le ayudaste cuando murió su padre y cuando se peleó con Ágata, y estoy convencida de que te dejarías matar para proteger a su hija recién nacida. Y serás un gran padre porque llevas un montón de años siendo un gran hijo, algo testarudo, si me lo permites, pero siempre he sabido que me querías y que cuidarías de mí pasara lo que pasase. Así que ahora pásame a Helena para que pueda felicitarla —dijo Miriam también emocionada.

Ella siempre había considerado a Anthony como a su hijo, y no iba a permitir que la sombra del matrimonio Phellps le impidiera disfrutar de la alegría de ser padre.

Anthony tardó unos segundos en asimilar lo que Miriam le estaba diciendo. Tenía razón, como siempre. Ella se convirtió en su familia el día en que decidió luchar por él y ayudarlo a superar las trabas de la dislexia. Era más madre ella, que lo había consolado tras cada suspenso, que lo había animado cuando se daba por vencido y que había celebrado con él todos sus éxitos, que Lillian, que se había limitado a presumir de él cuando podía y a dejar de hacerlo cuando ya no pudo. Y esa familia había crecido cuando conoció a Gabriel, y seguramente también con Jack, Amanda y Guillermo. Y, ahora, si conseguía convencer a Helena de lo mucho que la quería y de que se había comportado como un cobarde, tenía la posibilidad de formar una nueva con ella y con el bebé que estaban esperando.

—Anthony, ¿sigues ahí? —preguntó Miriam—. Pásame a Helena.

—Helena no está aquí —contestó avergonzado.

—¿Y dónde está? —Lo conocía tanto que había detectado su dolor en la respuesta.

—En su casa... Nos peleamos. Después de lo de mi padre, creí que estaría mejor sin mí y la dejé —confesó, y al oírlo le pareció el razonamiento más absurdo que había escuchado jamás.

—Bueno, ¿y a qué esperas para arreglarlo?

—No sé qué hacer.

—No me vengas con excusas, Anthony. Un hombre que consiguió aprender a leer a base de fichas de colores es capaz de reconquistar a la mujer que ama. Piensa en algo; no estoy dispuesta a no conocer a mi nieto o nieta.

—Gracias, Miriam —dijo con sinceridad.

—De nada, cariño. Y ahora, acuéstate, mañana tienes mucho que hacer.

Se despertó a las seis de la madrugada y fue corriendo a su ordenador. Necesitaba mucho tiempo para escribir todo lo que tenía en la cabeza.

Helena no abrió los ojos hasta las doce del mediodía. Era domingo y, normalmente, ella y su hermana Martina desayunaban juntas en pijama y luego se iban a Arenys a comer con sus padres y el resto de sus hermanos. Pero, dado que el día anterior había sido la boda de Guillermo y Emma, habían decidido cambiar de planes y hoy estaban todos instalados en la casa familiar. Martina estaba durmiendo en la habitación de al lado y el resto de sus hermanos igual, en las habitaciones que habían ocupado de pequeños. El único que no estaba era Guillermo, obviamente, que se había quedado con Emma en el hotel donde habían hecho la celebración.

Seguro que toda su familia seguía durmiendo, pensó, mientras se preparaba un zumo; ellos se habían quedado hasta el final de la fiesta. Esperaría a que se despertaran y durante el almuerzo o la cena ya les contaría lo sucedido. Desayunó sola y, al terminar, decidió conectar el ordenador portátil que se había llevado y ver si así se distraía un poco. Fue al programa de correo y se quedó helada. En la bandeja de entrada había un correo de Anthony con el asunto «No me leas si no quieres, pero no me borres. Por favor». Helena tenía seleccionada la casilla de eliminar, pero no fue capaz de apretar, aunque tampoco lo leyó. Se quedó mirando la pantalla sin saber qué hacer, con el corazón y la cabeza hechos un lío e incapaz de decidir si de verdad era capaz de eliminar a Anthony de su vida.

Anthony le escribió un *e-mail* cada semana. Helena nunca los leía, pero siempre los guardaba en una carpeta. Los recibía los sábados por la mañana, alrededor de las diez, y si eran las once y el ordenador no parpadeaba, se ponía muy nerviosa. Llevaban así casi dos meses, siete semanas para ser exactos, y ninguno de los dos parecía estar dispuesto a dar un paso adelante y terminar su relación. Supuso que él no hacía nada porque esperaba a que ella diera el primer paso y, si era justa con él, eso era justo lo que ella le había pedido.

Helena sabía que Anthony había regresado a Inglaterra y que seguía trabajando como arquitecto para el mismo despacho. Gabriel se lo había contado, sin ni siquiera tratar de disfrazar los motivos por los que lo hacía. Por su parte, Anthony sabía que Helena estaba casi de cinco meses, y no porque se lo hubieran contado, sino porque él llamaba a Gabriel semanalmente para sonsacarle información. Los dos amigos habían llegado a un acuerdo, más que nada para evitar que la integridad física de Gabriel saliera perjudicada; el pobre, era el único que tenía un pie en cada bando, aunque Ágata, su mujer, tenía la teoría de que todos estaban del bando de los dos, pues en el fondo lo único que querían era que ambos fueran felices, juntos a poder ser.

El citado acuerdo consistía en que Anthony solo le preguntaba a su amigo por el tema del embarazo, y él a cambio le iba soltando a Helena pequeñas dosis de información acerca de Anthony. Este quería asegurarse así de que ella, aunque fuera solo muy de vez en cuando, pensara en él. Lo que peor llevaba Anthony, aparte de echarla muchísimo de menos, era no poder compartir con ella lo del bebé.

Él hubiera preferido quedarse en Barcelona, pero después de hablar con Gabriel y con Guillermo comprendió que Helena necesitaba espacio, que necesitaba estar sola para aclararse las ideas y organizar su vida, y también para recuperarse del dolor que él le había causado. Si se hubiera quedado, habría terminado por seguirla a todas partes hasta conseguir hablar con ella, y quizá entonces la perdería para siempre. Y Guillermo y Gabriel tenían razón, Helena le había aguantado muchas cosas, así que ya iba siendo hora de que él tuviera la misma paciencia. Lo único que tenía que hacer era ser constante y esperar, y confiar en que ella le quisiera lo suficiente para darle otra oportunidad. Esa última parte era la que le resultaba más difícil, pero cada noche, cuando se iba a dormir y veía el vacío que había a su lado y en su corazón, se repetía que tenía que seguir luchando, que tarde o temprano Helena le escucharía... o le llamaría para decirle que dejara de escribirle.

Martina entró en el apartamento y, como cada día, fue recibida por la imagen de su hermana sentada en el sofá, con el portátil sobre el regazo y la mirada fija en la pantalla. Aquello no podía seguir así, no era bueno para ninguna de las partes implicadas, y, dado que al parecer tanto Helena como Anthony eran incapaces de dar un paso en ningún sentido, y ni Gabriel ni Guillermo se atrevían a tomar cartas en el asunto, ella y Ágata habían decidido entrar en acción.

Ágata la había llamado aquella misma mañana para decirle que fuera a verla, que tenía que hablar con ella. Martina, que nunca había podido resistirse a un misterio, salió corriendo hacia casa de su hermana mayor. Esta le contó que a Gabriel se le «habían escapado» varios comentarios acerca de lo abatido y desesperado que estaba Anthony; los justos para despertar su curiosidad.

—Cuando piqué y le pedí que desembuchara —le explicó Ágata con una taza de té en la mano—, mi queridísimo marido tardó un segundo en empezar a cantar.

—¿Y? —Martina estaba en ascuas.

—¡Y es tan romántico! —suspiró Ágata—. Resulta que Anthony es disléxico...

—¿Disléxico? ¡Pero si es arquitecto! —la interrumpió Martina.

—No seas boba, una cosa no tiene nada que ver con la otra. Déjame continuar; Anthony es disléxico y sus padres nunca lo apoyaron, es más, de pequeño lo trataron como si fuera idiota y llegaron incluso a esconderlo de las visitas o algo igual de trágico.

—¡Vaya par de cretinos! Hay gente que no se merece tener hijos —sentenció su hermana, indignada.

—Pues va a peor. Gracias a la ayuda de su niñera, una señora que creo que se llama Miriam, Anthony consiguió terminar la escuela, pero cuando quiso ir a la universidad su padre se negó a ayudarlo.

—¿Cuándo te has enterado de todo esto? —Era imposible que Ágata lo hubiera sabido y no se lo hubiera contado antes.

—Ayer por la noche. Nunca había sospechado que Anthony fuera disléxico, pero la verdad es que ahora entiendo muchas cosas.

—¿Como cuáles?

—Como que nunca mirara las cartas de los restaurantes —le explicó—. Cuando vuelva a verlo, tendrá que darme explicaciones. ¡Mira que pensar que sus amigos no íbamos a estar a su lado! En fin, deja que termine de contarte lo de Helena.

—Claro, sigue. —Martina bebió un sorbo de té y tardó varios segundos en darse cuenta de que no le había echado azúcar.

—Anthony le pidió a su padre que le pagara la universidad, pero al parecer, el hombre volvió a negarse, así que Anthony lo amenazó con provocar un escándalo si no le daba el dinero.

—¿En serio?

—No sé todos los detalles, pero el padre de Anthony terminó por pagar y él perdió el contacto con su familia. Ni sus padres ni sus hermanos quisieron saber nada más de él.

—¡Vaya! —dijo sorprendida Martina. En su familia nunca había sucedido nada tan dramático.

—Todavía no he terminado. —Su hermana levantó las cejas y entonces prosiguió—: Hace unos meses, el padre de Anthony lo llamó para decirle que estaba enfermo de leucemia y exigirle, no te lo pierdas, exigirle que le donara médula ósea para ver si así se curaba.

—Es como un culebrón.

—Igual. —Mia se puso a llorar, por lo visto, quería participar en la conversación, y Ágata fue a buscarla sin dejar de hablar—. Gabriel me dijo que se le escaparon muchos detalles y que había tardado semanas en sonsacarle toda esa información a Anthony, pero la cuestión es que al final su padre murió y por eso Anthony dejó a Helena. Según Gabriel, el muy idiota llegó a la conclusión de que estaría mejor sin él.

—Cuando los hombres se ponen en plan víctima cometen auténticas estupideces.

—Ya, pues espera. ¿Te acuerdas de que Helena nos dijo que Anthony no había reaccionado del todo bien al saber lo del embarazo? —Martina asintió y Ágata continuó—: Le dijo a Gabriel que se había quedado tan impresionado que había sido incapaz de reaccionar, y que cuando lo hizo Helena ya se había ido.

—¿Y por qué no ha tratado de hacer las paces?

—Ahora viene lo más romántico: la llamó un montón de veces, pero ella no le contestó al teléfono, y también se plantó en su casa, pero ya conoces a Helena.

—No le abrió —acertó Martina.

—Entonces Anthony decidió que le escribiría un *e-mail* cada semana y que en él le iría contando todo lo que había sucedido antes de conocerla, con la esperanza de que así Helena llegara a comprender que el error tan grande que había cometido era en realidad fruto de sus miedos. Y también le está contando todo lo que está haciendo para prepararse para la llegada del bebé.

—¡Oooohhhh!

—Lo sé, a mí me pasó igual.

Las dos hermanas sonrieron como bobas durante unos segundos.

—Un momento —dijo Martina—. Anthony y Helena todavía no han hecho las paces. De hecho, ella se niega a hablar con él y se pasa todo el día pegada al ordenador.

—Pues no será para leer sus *e-mails*. Según Gabriel, Anthony está convencido de que Helena los ha borrado o, si los conserva, no los ha leído o no la han hecho cambiar de opinión.

Martina golpeó la mesa de la cocina con los dedos.

—Tenemos que hacer algo —dijo de repente.

—Esperaba que dijeras eso —respondió Ágata.

Al final, ambas hermanas decidieron que lo mejor sería ser directas, así que Martina fue al piso que compartía con Helena dispuesta a interrogar, pero jamás habría creído que su hermana fuera a ponérselo tan fácil. El hecho de pillarla allí, con la mirada clavada en el ordenador, le dio la excusa perfecta:

—¿Se puede saber por qué no has leído los *e-mails* de Anthony?

22

CUANDO HARRY ENCONTRÓ A SALLY

—¿Se puede saber por qué no has leído los *e-mails* de Anthony? —repitió Martina.

Helena, aunque se sobresaltó un poco al oír la voz de su hermana, tardó unos segundos en comprender lo que le estaba preguntando.

—¿Cómo sabes que no los he leído?

Martina se le acercó y se sentó a su lado en el sofá.

—Mírate, Helena. —Le señaló la cara con las manos, insinuándole que tenía ojeras—. Si los hubieras leído, ya habríais solucionado lo vuestro, en un sentido u otro. No podéis seguir así; no es bueno para ninguno de los dos, de los tres. —Le tocó la barriguita—. ¿Por qué no lo has hecho?

—Hoy he recibido este. —Giró el ordenador y le mostró la pantalla.

En ella se veía el programa de correo y en la bandeja de entrada había uno que llevaba por asunto «Mi última carta».

—¿Lo has leído? —le preguntó Martina, apartándole un mechón de pelo de la frente.

—No. No he leído ninguno. —Tomó aire y volvió a colocar bien el ordenador—. Al principio, estaba tan enfadada con él que no quería escuchar, o leer, sus excusas, pero luego...

—Luego te diste cuenta de que le quieres. Helena, ni siquiera sabe si estás embarazada de un niño o de una niña. Gabriel no se lo ha dicho —añadió, al ver que ella la miraba sorprendida—. ¿No crees que al menos deberías leerlos? Quizá en este último te diga que ha conocido a otra persona. —No esperó a que su hermana dijera nada, sino que se levantó, le dio un beso en la frente y se dirigió hacia la puerta—. Estaré fuera un par de horas. Si me necesitas, llámame.

Helena no se despidió de ella; sabía que su hermana había dicho esa frase para provocarla. Una especie de reto que sabía que no iba a poder resistir. Quizá Martina tuviera razón, no podían seguir así. «Quizá Anthony haya encontrado a otra», le repitió una voz en su cabeza. Movió el ratón por la pantalla y abrió la carpeta en la que guardaba todos y cada uno de los correos que le había enviado Anthony. Le dio al primero y no pudo parar de leer...

Para: «Helena Martí» hmarti@gmail.com
De: «Anthony Phellps» aphellps@gmail.com
Asunto: Lo siento

Gracias por no haberlo borrado. No me creerás, pero estoy muy contento por lo del embarazo. Sé que no he reaccionado bien, pero me he asustado... Hasta ayer por la noche estaba convencido de que mi familia no me quería, y si ellos no me querían, ¿cómo iba a quererme otra persona?
¿Cómo iba a ser yo capaz de querer a nadie?
Quizá sea tarde para recuperarte. Si pudiera viajar en el tiempo y hacerlo todo de otro modo, lo haría, pero no puedo. Sé que debería habértelo explicado todo antes, desde el principio, y quiero que sepas que sé, sin ninguna duda, que habrías estado conmigo. Y tenía miedo de que lo hicieras por pena. Tenía miedo de que terminaras dejándome. Y tenía miedo de

convertirme en un hombre cruel y egoísta como mi padre. Y tenía miedo de... de tantas cosas...

Llevo tantos años teniendo miedo que ya no sé si seré capaz de arriesgarme. Pero contigo quiero hacerlo, necesito hacerlo, y si al terminar de conocerme no quieres volver a saber nada de mí, lo entenderé.

Si no me dices lo contrario, te escribiré cada semana, y esperaré tu respuesta durante todo el tiempo que sea necesario.

Anthony

Helena abrió el segundo correo al instante.

Para: «Helena Martí» hmarti@gmail.com
De: «Anthony Phellps» aphellps@gmail.com
Asunto: Una foto

Ayer vi a Gabriel y a Ágata, y, si las miradas matasen, yo estaría muerto y tu hermana en la cárcel. Comprendo perfectamente su reacción, así que les dije que si lo preferían no volvería a visitarlos. Por suerte para mí, los dos han accedido a seguir siendo mis amigos; no tengo tantos como para poder permitirme el lujo de perder a los mejores. Espero que no te importe. Te prometo que no les preguntaré por ti; no quisiera incomodarlos, y a ti tampoco. Cualquier cosa que quieras que sepa puedes decírmela tú misma.

Aunque te vi en persona, me enseñaron unas cuantas fotos de la boda de Guillermo y Emma. Estabas preciosa.

Te prometí que te contaría quién soy, así que más vale que empiece. No leí mi primer cuento de un tirón hasta los catorce años. Cuando me di cuenta de que no aprendía a la misma velocidad que los otros niños del colegio traté de ocultarlo, pero no pensé que era tonto hasta que mi padre me lo dijo a la cara. De no haber sido por Miriam, no sé si habría sido capaz de terminar la escuela; ella me leía los cuentos y me hacía hacer dibujos para que los recordara. Yo dibujaba una escena y ella escribía debajo una frase que la resumía. Creo que mi cerebro empezó a asociar ciertas palabras con ciertas imágenes, aunque en realidad al final lo que sucedió fue que me aprendí los cuentos de memoria.

Ayer le conté a Gabriel lo de la dislexia. Miriam tiene razón, es como un hermano para mí, y no me ha defraudado; se ha puesto furioso porque se lo hubiera ocultado y luego ha hecho algo muy típico de él: le ha quitado importancia y ha hecho como si nada. Debería haber confiado en él antes.

Me he quedado una de las fotos. Te echo de menos.

Anthony

Abrió el tercero y, en él, Anthony le relataba cómo había aprendido a memorizar listas enteras y lo mal que lo pasaba rellenando los cuadernos de caligrafía. La frustración que sentía y las pesadillas que tenía casi cada noche, con números y letras que lo asaltaban.

El cuarto volvía a ser más íntimo:

Para: «Helena Martí» hmarti@gmail.com
De: «Anthony Phellps» aphellps@gmail.com
Asunto: Regreso a Londres

A una parte de mí le gustaría quedarse, cada día salgo a la calle con la esperanza de cruzarme contigo, y sé que si me marcho eso no sucederá; pero otra parte, muy pequeña, pero que al parecer tiene más sentido común y ha decidido escuchar a tu hermano Guillermo y a tu cuñado, me obliga a marcharme.

Me han ascendido y cuando vuelva a Londres seré jefe de proyectos. Juan, el arquitecto que ha trabajado conmigo en Barcelona durante todo este tiempo, me ha dicho que podría quedarme, que a su equipo le iría bien, y está convencido de que los de la central lo autorizarían. Pero le he dicho que no, que prefiero regresar, al menos por ahora.

He tratado de dibujarte embarazada, pero no puedo, siempre que lo intento me quedo atrapado en tus ojos y en lo tristes que estaban la última vez que te vi. Me prometí a mí mismo que no te preguntaría nada acerca del bebé, pero hoy no puedo cumplir esa promesa. ¿Te encuentras bien? ¿Necesitas algo? ¿Sabes si es niño o niña? ¿Tú qué prefieres?

Sé que diciéndote todo esto corro el riesgo de que borres este correo y de que no leas los próximos, pero necesito hacerlo. Necesito creer que aún existe una conexión entre nosotros.

Te escribiré desde Londres.

Anthony

Helena notó que tenía las mejillas húmedas y se dio cuenta de que estaba llorando.

Para: «Helena Martí» hmarti@gmail.com
De: «Anthony Phellps» aphellps@gmail.com
Asunto: Sin ti

Una vez escuché una canción que decía que en Londres siempre brilla el sol; el problema es que las nubes se empeñan en taparlo. Me gustó la idea, aunque sin ti a mi lado no creo que el sol vuelva a brillar nunca más.

En el trabajo dicen que me han echado de menos, y quizá sea cierto, a juzgar por el montón de carpetas que me he encontrado encima de la que fue mi mesa y que he recuperado ahora.

Recuerdo perfectamente el día en que decidí que quería ser arquitecto y también recuerdo la rabia que sentí cuando mi padre me dijo que no pensaba permitir que fuera a la universidad y lo dejara en ridículo. Horas antes de que muriera, estuve hablando con él; le pregunté directamente por qué no me quería, y me dijo que, en realidad, jamás le había importado. Habló de mí como si fuera un mueble, un objeto que al final había terminado por estorbarle. Creo que aguanté los insultos bastante bien, pero antes de que me fuera me dijo que en realidad yo era como él: un hombre egoísta que solo se preocupaba por sí mismo y su prestigio. Me echó en cara que le hubiera exigido que me diera dinero para ir a la universidad y me dijo que lo único que me había motivado a superar las dificultades de la dislexia era mi orgullo. Un orgullo que me había llevado a no confesarles nunca a mis amigos mi problema. Salí convencido de que él tenía razón. Todo parecía indicarlo y decidí que tenía que alejarme de ti, que tú te merecías a alguien mucho mejor que yo; alguien sin dislexia y con corazón.

Sé que cometí un error, un gravísimo error... Sigo creyendo que te mereces a alguien mucho mejor que yo, pero no me corresponde a mí decidirlo. Debería haberte contado lo de mi padre y debería haberte confesado todas mis neuras para que fueras tú quien tomara la decisión.

El apartamento está vacío sin ti.

Anthony

«¡Será idiota! —pensó Helena, secándose otra lágrima—. Debió de pasarlo muy mal y seguro que no se lo contó a nadie.»

Para: «Helena Martí» hmarti@gmail.com
De: «Anthony Phellps» aphellps@gmail.com
Asunto: Ojalá estuvieras aquí

Durante el primer año de carrera, los ordenadores me daban terror. Si no hubiera sido por el profesor Hopper, jamás lo habría superado. Este profesor también es disléxico, tiene casi el mismo grado de dislexia que yo, y enseguida detectó mi problema. Él fue el primero que me dijo que lo que me pasaba tenía un nombre y que lo padecía mucha más gente de lo que yo creía. Una tarde, me llamó a su despacho y me recomendó varios centros a los que acudir en busca de ayuda e información, y también me comunicó que había hablado con el resto de los profesores y que todos habían accedido a que grabara las clases en cintas de casete.

Sin la ayuda de un programa informático especializado, hubiera tardado horas en escribir una página: las letras bailaban delante de mis ojos y no lograba comprenderlas, o, cuando lo hacía, mi cerebro era incapaz de retener la información el tiempo suficiente como para formular una frase. Me aprendí de memoria la posición de las letras en el teclado y luego una voz me leía lo que había escrito.

Charlar con el profesor Hopper me ayudó mucho y el médico que me presentó, también. Me inventé una especie de lenguaje de símbolos para tomar apuntes y, al terminar cada clase, la escuchaba varias veces y luego me ofrecía voluntario para explicarla a cualquiera que estuviera interesado. No faltaba nunca a clase, no podía permitírmelo, y, a partir de tercero, mis repeticiones de las clases eran tan populares que las hacía en la cafetería y a menudo acudían más de veinte personas.

Hoy he comprado un cuaderno nuevo. Trataré de dibujar algo que te guste. Ojalá estuvieras aquí.

Anthony

Leía tan rápido que apenas asimilaba todo lo que él le estaba contando. Anthony había dicho en serio eso de que iba a contárselo todo, y con cada palabra que leía más cerca estaba de comprender que se hubiera asustado.

Para: «Helena Martí» hmarti@gmail.com
De: «Anthony Phellps» aphellps@gmail.com
Asunto: No puedo dormir sin ti

Unas semanas antes de graduarme le mandé una invitación de la ceremonia a mi padre. No vinieron, ni él ni mi madre. Cuando lo vi en el hospital la mañana antes de su muerte, le pregunté por qué y me dijo que no le importaba, pero antes de que me fuera confesó que tenía la copia del título que le envié guardada en su escritorio. Era un hombre muy retorcido y no sé si con esa frase pretendía hacer las paces conmigo o infligirme más dolor, pero ahora ya no me importa.

El día día que hablé con Miriam me dijo que Harrison y Lillian Phellps no eran mis padres, no en el sentido que de verdad importa. Por desgracia, biológicamente sí que soy hijo suyo. Miriam me dijo que la gente que me quería era mi familia, y que ellos siempre habían estado a mi lado. Y de repente vi que era verdad; ella siempre me ha apoyado en todo, a diferencia de Lillian, y Gabriel ha sido más un hermano que un amigo. Pero ahora ya no me conformo con ellos, quiero que tú seas mi familia.

No puedo dormir sin ti en la cama, ni en la de invitados, que huele a ti, y tampoco en el sofá. A veces pienso que jamás te recuperaré, que jamás volveremos a estar juntos, pero entonces me digo que tengo que confiar en ti, en nosotros. Lo siento, hoy no puedo escribir más.

Anthony

En los siguientes correos le contaba varias anécdotas relacionadas con su primer trabajo y le hablaba también de sus amigos Jack y Amanda y de lo mucho que lo estaban ayudando esos días. Había algún que otro comentario personal, alguna referencia íntima a lo que había sucedido entre los dos, pero en líneas generales Anthony mantenía su promesa de contarle solo cosas sobre él, sin abrumarla en ningún sentido.

Le quedaba el último correo, y tenía un miedo atroz a abrirlo. Solo contenía una línea:

Para: «Helena Martí» hmarti@gmail.com
De: «Anthony Phellps» aphellps@gmail.com
Asunto: Otra oportunidad

Te quiero. Dame otra oportunidad. Por favor.

Ni siquiera lo había firmado.

Anthony nunca se lo había dicho, y tampoco lo había escrito en ninguno de los correos, pero en el fondo de su corazón Helena supo que era verdad.

—¿Cuándo te vas? —le preguntó su hermana desde la puerta. Martina llevaba allí un par de minutos, pero Helena había estado tan absorta que no la había oído entrar.

—¿Qué? —le preguntó, secándose las lágrimas con la manga de la camiseta.

—¿Cuándo te vas a Londres? —repitió con media sonrisa.

—Ahora mismo —contestó, poniéndose en pie.

—Vamos, te ayudo a hacer la maleta. —Martina la abrazó—. Pero como se te ocurra quedarte a vivir allí, te arranco la cabeza.

Gracias a los puntos que Guillermo tenía acumulados en una tarjeta de una compañía aérea, gentileza de su anterior trabajo, Helena consiguió plaza en un vuelo que salía para Londres a primera hora de la mañana. Y además en clase preferente, lo que en su estado no le pareció nada mal. Después de que el avión aterrizara, buscó la maleta, en la que solo llevaba ropa para dos días, y fue a la caza de un taxi. Ella se acordaba perfectamente de la dirección del apartamento de Anthony, pero Gabriel había insistido en apuntársela en mil sitios, así como los teléfonos de todos sus amigos de Londres. Solo le había faltado apuntar el de la guardia del palacio de Buckingham.

Llegó sin ningún problema y llamó al timbre, pero nadie le abrió. Era domingo, así que Anthony no estaba en el trabajo, aunque podía estar en cualquier parte. «Quizá debería llamarlo», pensó, pero no lo hizo. Dejó la maleta apoyada contra la pared y, justo cuando iba a sentarse a esperar en el portal, oyó que a alguien se le caía un vaso a rebosar de líquido. El ruido fue seguido de su nombre pronunciado a media voz.

Se volvió despacio y allí estaba Anthony, con los pantalones manchados de café y la mirada fija en ella.

—¿Helena?

—Hola —susurró.

Él eliminó la distancia que los separaba y se detuvo frente a ella. Levantó una mano, sin poder ocultar que estaba temblando, y la acercó a su mejilla. No la tocó.

—Tengo miedo de que si te toco desaparezcas —confesó con los ojos cerrados.

Helena le sujetó la muñeca y le llevó la palma hasta su rostro. Al hacerlo, Anthony no solo notó por fin el tacto de la piel de ella bajo la suya, sino que vio que ella llevaba puesto su viejo reloj, el que le había dado para que se lo guardase el día del trasplante y nunca le había devuelto.

—Estoy aquí —le aseguró como si él necesitase otra prueba para creerla.

Anthony soltó la respiración que retenía y notó que su pobre corazón, que había estado muerto hasta entonces, volvía a latir.

—Siento...

Ella le tapó los labios con dos dedos y Anthony inclinó la cabeza hasta apoyar la frente contra la de ella.

—No pasa nada.

Estaban en silencio, todavía no se habían besado, pero apenas el aliento separaba sus labios.

—¿Quieres entrar en casa? —le preguntó él.

La estaba sujetando por los hombros y seguro que Helena podía sentir la desesperación corriendo por sus venas. Estaba dispuesto a retenerla si ella le decía que no.

—Claro —respondió Helena, y poco a poco le deslizó la mano derecha por el brazo hasta entrelazar los dedos con los suyos.

Anthony le soltó los hombros, pero se agarró a aquellos dedos como si su vida dependiera de ello. Porque en realidad así era.

Subieron la escalera en silencio. Anthony llevó la maleta y, después de abrir, la dejó en medio del recibidor. No le importaba lo más mínimo adónde fuera a parar; su cuerpo y su corazón solo sabían que necesitaban besar a Helena cuanto antes. Cerró la puerta e, igual que en las películas en blanco y negro que tanto le gustaban, le sujetó la cara y la besó. Durante menos de lo que dura el latido de un corazón, Anthony tuvo miedo de que ella lo apartara, pero cuando notó que entreabría los labios debajo de los suyos comprendió que no iba a hacer tal cosa. La besó con tanta pasión que el dolor que había acumulado durante toda su vida fue derritiéndose. Helena estaba entre sus brazos, besándolo y abrazándolo. Le recorrió el interior de los labios con la lengua y se apartó de ella. Esperó a que abriera los ojos y cuando la vio sonreír le dijo:

—Te quiero. —No se dio cuenta de que estaba llorando hasta que ella atrapó la lágrima que le resbalaba por la mejilla—. Te quiero muchísimo —repitió—. Jamás se lo había dicho a nadie. Jamás creí ser capaz de sentirlo por nadie.

Helena le acarició la nuca y se puso de puntillas para ver si con sus besos conseguía hacer que dejara de temblar. Anthony le devolvió todos y cada uno de los besos y los multiplicó por dos, o por mil, y con las manos fue recorriéndole la espalda hasta llegar a la cintura. Allí se detuvo y, despacio, muy, muy, muy despacio, las dirigió hacia su vientre. La curva era más pronunciada que la última vez que la vio. Igual que en la calle, Anthony no la tocó, sino que detuvo las manos a pocos centímetros.

—¿Puedo? —le preguntó con la voz rota.

Ella le sujetó las muñecas y colocó ambas palmas encima de su abdomen.

—Es una niña —susurró Helena.

Anthony la miró a los ojos y las lágrimas contenidas empezaron a fluir. Para ser un hombre que había estado convencido de no ser capaz de amar, en aquel preciso instante sintió tanto amor que cerró los ojos para tratar de controlarse. Segundos más tarde, volvió a abrirlos y se encontró con el rostro de Helena. Ella también lloraba, pero esbozaba también una dulce sonrisa.

—Te quiero —repitió él—. Nunca me cansaré de decírtelo. —Le dio un beso—. Ni de sentirlo.

Iba a darle otro, pero ella lo detuvo y lo miró a los ojos.

—Yo también te quiero.

Anthony sintió que le flaqueaban las rodillas y, como por fin había comprendido que con Helena no tenía nada que temer, se arrodilló delante de ella y se abrazó a su cintura. Ocultó el rostro en el abdomen en el que crecía su hija y le dio un beso.

—A ti te quiero mucho —susurró como si fuera un secreto—, pero a ti —levantó de nuevo la vista, orgulloso de sí mismo por haber superado sus miedos y consciente de que sin Helena nunca habría llegado a sentir nada parecido al amor—, a ti te quiero más que a nada en este mundo.

—Y yo a ti. —Le pasó la mano por el pelo y se quedó mirándolo—. Te quiero, Ant. No vuelvas a desaparecer de nuestras vidas, por favor.

—No lo haré. No sobreviviría. Te quiero demasiado.

Él volvió a cerrar los ojos y respiró profundamente. Ahora que tenía todo lo que necesitaba entre los brazos, lo demás carecía de importancia.

EPÍLOGO
LA VIDA ES BELLA

Barcelona, unos meses más tarde

Helena fue la primera en despertarse y se quedó mirando al hombre que dormía a su lado. Anthony siempre había sido muy atractivo, pero a lo largo de los últimos meses había ganado una paz que lo hacía irresistible. Ahora ya no ocultaba nunca sus problemas y le contaba todo lo que le pasaba por la mente. Seguro que se había acostado tarde, pensó. Últimamente no paraba de dibujar y había hecho tantos esbozos de la niña, que todavía no había nacido, y de todas las habitaciones, casas y palacios que iba a construirle, que la pobre necesitaría como mínimo diez vidas para poder vivir en todas ellas.

Salió de la cama y fue hacia la cocina para preparar el desayuno. Quizá pudiesen desayunar en la cama, pero con la barriga que tenía no se veía capaz de llevar la bandeja hasta allí sin derramar nada. Regresó al dormitorio y vio que él seguía durmiendo. Estaba tumbado boca abajo y no llevaba la parte de arriba del pijama, y Helena jamás había sido capaz de resistir aquella espalda. De repente recordó algo y fue a la habitación que Anthony había convertido en su estudio. Luego, sin hacer ruido, se sentó a su lado y abrió el tintero.

Él tembló al notar el pincel sobre la piel desnuda.

—¿Qué estás haciendo? —le preguntó medio dormido y sin moverse.

—Escribiendo —respondió Helena—. Estate quieto.

Volvió a mojar el pincel y trazó otra línea.

—¿Qué escribes? —Anthony había pasado de estar medio dormido a medio despierto y completamente excitado.

—Ya lo verás. —Ella notó que a él se le aceleraba el pulso y le alegró ver que no era la única.

—Dímelo.

—¿Qué me escribiste tú? —Otro trazo.

—Tú primero.

—Está bien. —Tenía tantas ganas de besarlo que se dio por vencida—. «Mío.» He escrito «mío».

Anthony tragó saliva. Llevaban algunos meses viviendo juntos y Helena le decía a menudo que le quería, y se lo demostraba a diario, pero él siempre se emocionaba.

—El símbolo que yo te dibujé... —empezó, pero tuvo que parar cuando ella le besó el cuello— suele traducirse por «eternidad».

—Eternidad.

—Sí —dijo Anthony y, a pesar de que le encantaba que Helena le besara la espalda, se puso de lado para poder mirarla—. Ese era exactamente el tiempo que quería pasar contigo.

—¿Era? —preguntó medio en broma—. ¿Ahora ya no?

—No, ahora no creo que me baste con eso —respondió muy serio.

—Estás loco —susurró, pues él empezó a quitarle el camisón.

—Seguramente, pero no se me ocurre nada mejor que estar loco por mi esposa. —Se incorporó un poco más y le dio un beso en la barriga, para luego recorrer el camino hacia arriba. Iba a besarle los pechos cuando ella lo detuvo otra vez.

—¿Esposa?

Anthony la miró a los ojos y le abrió su corazón.

—Es así como pienso en ti. —Entrelazó los dedos de una de sus manos con los suyos.

—¿Ah, sí? —Helena sonrió con ternura, aunque también notó que los ojos se le llenaban de lágrimas.

—Sí. Sé que me has dado más de lo que merezco, pero ¿crees que puedo pedirte algo más? ¿Crees que podría convencerte de que te casaras conmigo?

—Creo que, si me lo pides dentro de un tiempo, sí. —Le temblaron la voz y el corazón al responder.

Anthony la tumbó con cuidado en la cama y le dio uno de aquellos besos increíbles; demoledor y lleno de amor al mismo tiempo.

—¿Qué haces? —le preguntó Helena al ver que agarraba el tintero y la pluma.

—Asegurarme de que no te olvidas de que me has dicho que sí —le explicó, mientras le dibujaba a toda velocidad un símbolo oriental sobre el pecho izquierdo. Al terminar, volvió a mojar la pluma de tinta y repitió el símbolo justo en el lugar que ocupaba su corazón—. Ya está.

—¿Qué significa?

—«Para siempre.»

Anthony y Helena hicieron el amor y desayunaron en la cama y, aunque los símbolos se borraran, ellos dos estarían de verdad juntos para siempre.

Anthony y Helena

Capítulos exclusivos de esta edición especial

1

Barcelona, ocho años después

Para Anthony uno de los momentos favoritos del día llegaba a las cinco de la tarde, cuando se plantaba frente a la puerta del colegio de Kat y esperaba a que su hija saliera corriendo. Pero no era el único de sus momentos favoritos; tenía tantos que a menudo se asustaba al contarlos.

Cualquier cosa que tuviera que ver con Kat entraba rápidamente en esa categoría y, por supuesto, todo lo que tenía que ver con Helena. Helena siempre era su momento favorito.

Estaba de pie junto a uno de los árboles que había frente a la puerta principal de la escuela con los auriculares puestos. Estaba escuchando el último capítulo de un libro, una novela romántica, y no quería perderse nada. Llevaba mucho tiempo leyendo de esa manera, con los oídos, pero en los últimos años la oferta de audiolibros había aumentado tanto que su afición por la lectura había crecido exponencialmente. Ahora ya no tenía que conformarse con lo que encontraba, podía elegir entre miles de historias, y él, quizá porque se había pasado tantos años mirando los libros como objetos inalcanzables, estaba dispuesto a no perderse ni uno.

De momento podía afirmar que la ciencia ficción, la romántica y los clásicos eran sus géneros predilectos.

Oyó el timbre de la escuela por encima de la voz del narrador y se quitó los auriculares para guardárselos en el bolsillo de los vaqueros. Una madre pasó por su lado y lo saludó, repasándolo de arriba abajo con la mirada. Anthony le devolvió el saludo y se sonrojó, y dio gracias de que Kat y Helena no lo hubieran visto porque se habrían reído de él. Era absurdo, lo sabía, y no sabía a qué se debía. Antes no le pasaba y una parte de él, aunque no pensaba contárselo ni a su hija ni a su mujer, estaba convencido de que el cambio lo habían provocado ellas. Quererlas de esa manera le había cambiado por dentro y le parecía bien.

—¡Papá, papá!

—Hola, Terremoto.

Anthony se agachó para abrazar a Kat y darle un beso y, como cada tarde, el corazón le dio un vuelco cuando ella le rodeó el cuello con los brazos y lo estrechó con fuerza. No había nada como los abrazos de Kat.

—¿Qué tal te ha ido el día, KitKat? —Él era el único que la llamaba así.

—Muy bien. He entregado la redacción que te leí ayer y la profe me ha dicho que le ha gustado mucho, que era una historia muy original.

—Tienes que contárselo a tu tía Martina; seguro que se pondrá contenta.

—Lo haré. Después hemos jugado a fútbol y mi equipo ha ganado, claro que al final jugábamos toda la clase contra dos o tres de la otra.

—No parece muy equitativo, cielo.

—No, ya. Pero bueno, la pelota era nuestra.

—¡Ah, claro! Eso lo explica todo —dijo Anthony con una sonrisa—. Si algún día juego un partido de fútbol contra ti y tus amigos, me aseguraré de traer el balón.

—¿Vamos a buscar a mamá?

—Claro, vamos. —Anthony se miró el reloj, que no era el que había llevado él siempre. Ese se había quedado en la muñeca de Helena años atrás—. Está a punto de salir.

Kat, que se llamaba así en honor a Katharine Hepburn, la actriz protagonista de *Historias de Filadelfia*, la primera película que sus padres habían visto juntos, no dejó de hablar ni de cantar ni de saltar hasta que llegaron, cuatro calles más abajo, al centro donde trabajaba Helena.

Después de dar a luz a Katharine y de recuperarse del parto, Helena le comunicó una mañana cualquiera que ya sabía qué quería hacer. Anthony creía que Helena no podía hacer nada para que él la quisiera más, estaba convencido de que no existía más amor del que ya sentía por ella, pero esa mañana le demostró lo equivocado que estaba. Helena quería estudiar para ser maestra y especializarse en educación especial, en concreto para ayudar a niños con dislexia y otras dificultades de aprendizaje.

Anthony todavía recordaba que después de oír la decisión de Helena se acercó a ella y la levantó en brazos para besarla y llevarla de nuevo al dormitorio, donde procedió a hacerle el amor con locura, como hacía siempre.

Helena había compaginado los estudios con prácticas en varios centros especializados mientras cuidaba de Kat, y mientras ella y Anthony iban descubriendo la manera de ser felices juntos. Él estaba igual de involucrado que ella con la niña, pero Anthony, por mucho que Helena le asegurase que lo hacía bien, se sentía inseguro alrededor de la pequeña. Ya no, por supuesto, porque la propia Kat se aseguraba ahora de decirle cuándo hacía algo mal. Esos primeros años habían sido años maravillosos y difíciles, y por eso, aunque a los dos les encantaba ser padres, no habían tenido de momento más hijos.

—Mira, allí está mamá. —Kat le hizo volver al presente.

—Sí, ya la veo. —Y notaba en su corazón los efectos de tener a Helena cerca de nuevo.

Ella también los vio y les sonrió desde la puerta del centro, donde se despidió de dos niños que la miraban con cara de adoración. Anthony les comprendía perfectamente.

—Hola, cielo, ¿qué tal te ha ido hoy en el cole? —Helena se agachó para darle un beso a su hija en la mejilla y, cuando esta la rodeó con los brazos, respiró hondo. Le encantaba el olor que hacía la niña. La escuchó mientras esta le contaba a toda velocidad lo que antes le había dicho a su padre sobre el partido de fútbol y después se incorporó para quedar a la altura de Anthony.

Él era mucho más alto que ella, pero Helena siempre tenía la sensación de que el cuerpo de Anthony estaba pendiente de cualquiera de sus movimientos para anticiparlos. Si ella quería mirarlo, él enseguida inclinaba la cabeza hacia abajo para quedarle más cerca o la rodeaba con los brazos y la acercaba a él. Era curioso saber que ella ejercía esa especie de poder sobre él.

—¿Y tú, Ant? —Le sonrió.

—¿Yo qué? —Él le devolvió la sonrisa.

—¿Tú también has hecho trampas hoy en el trabajo?

Anthony se rio y despeinó a su hija, que se había pegado a su lado.

—No, yo no. A mí no me hace falta. ¿Y tú?

—A mí tampoco.

Él dejó de disimular y le colocó las manos en la cintura para besarla. Colocó los labios encima de los de ella mientras Helena aún sonreía y con la lengua saboreó esa alegría. Nunca se acostumbraría a besar a Helena; cada beso le recordaba que quererla era lo mejor que hacía en la vida y lo único que quería seguir haciendo hasta el fin de sus días.

—¡Papá, papá! —Kat le tiró de los vaqueros.

—¿Qué?

—Nada. Me dijiste que te avisara si volvías a besar a mamá en la calle y empezabas a hacer ruidos raros.

Helena soltó una carcajada.

—¿En serio le pediste eso a Kat?

Él se sonrojó y se encogió de hombros.

—¿Quieres que te mienta? Se lo pedí un día medio en broma porque ella me preguntó qué eran esos ruidos que hacíamos cuando nos besábamos. Deja que te diga que creo que se refería más a los tuyos que a los míos —le dijo él y le tocó el turno a Helena de sonrojarse—. Y le pedí que si volvía a hacerlos en un lugar público me avisara.

Helena le ofreció una mano a su hija, que sonreía orgullosa por su hazaña.

—¿Vamos a casa? Creo que todos tenemos deberes.

Tenía razón; Katharine tenía los deberes que le habían puesto aquel día en la escuela, ella tenía que corregir unos cuantos trabajos y seguro que Anthony quería repasar algunos planos o hacer trabajo pendiente. Hacía cinco años que él y Juan Alcázar habían abierto juntos su despacho de arquitectura en Barcelona y les iba muy bien. Los jefes de ambos habían lamentado mucho verlos partir, pero tanto Juan como Anthony se habían asegurado de dejar sus anteriores trabajos en buenos términos. Ninguno de los dos podía negar que no estarían donde estaban sin la experiencia que habían adquirido allí.

Años atrás, después de que Helena se presentase en el apartamento de Anthony en Londres dispuesta a darle una segunda oportunidad, los dos se pasaron días, semanas, hablando de qué querían hacer a partir de entonces. El embarazo era lo más importante y lo más sensato era que Anthony siguiera trabajando donde estaba porque necesitaban poder hacer frente a los gastos que les venían encima.

Él seguía teniendo el dinero de su padre, pero Anthony seguía sin tocarlo y Helena nunca le presionaría para hacerlo. Cuando Anthony decidiera qué hacer con él, ella le apoyaría en esa decisión, fuera la que fuese. Por suerte a ellos no les hacía falta.

Al principio alquilaron un piso en el mismo barrio de Barcelona donde vivía Martina y también Guillermo con Emma. Fue allí donde nació Kat y donde Helena hizo malabares para sacarse el Grado en Maestro de Educación Primaria. Después pasaron una temporada en Londres y, como Miriam sufrió una caída y tuvieron que operarla para ponerle una prótesis en la cadera, se instalaron con ella hasta que se recuperó. Durante esos meses, Kat fue a un colegio inglés; la niña lo hablaba a la perfección porque era el idioma con el que hablaba con su padre, y Anthony no tuvo ningún problema para trabajar en el despacho de Londres igual que hacía en el de Barcelona. Helena aprovechó ese tiempo para hacer un par de cursos especializados en dislexia.

Cuando Miriam se recuperó, les echó de casa porque «no era ninguna inválida» y ellos pudieron regresar a Barcelona. Helena encontró trabajo en el centro donde Anthony y Kat acababan de recogerla y, meses más tarde, Juan le planteó a Anthony la posibilidad de abrir ellos dos un despacho de arquitectura por su cuenta. Si lo llevaban a cabo, las raíces que había echado en Barcelona serían todavía más permanentes y, si bien eso habría asustado a Anthony años atrás, ahora solo le causaba alegría y quizá un poco de vértigo, para qué negarlo, porque a veces seguía teniendo miedo de ser tan feliz.

—¿En qué piensas? —le preguntó Helena cuando llegaban a casa.

—En que soy feliz.

Ella le acarició la mejilla y se puso de puntillas para besarle.

—¿Por qué sigues diciéndolo como si te sorprendiera, Ant?

—Porque me sorprende. —La sujetó de la cintura y se agachó para besarla, pero en medio del beso le sonó el móvil y soltó un insulto digno de un estibador irlandés.

Helena se rio.

—Será mejor que contestes, tal vez sea Miriam.

Anthony le dio un beso rápido antes de hacerlo y, al alejarse de ella con el móvil en la mano, le dejó claro con la mirada que con eso no le había bastado. A Helena le pareció bien.

Helena dejó las cosas en la mesa del comedor, que, cuando tenía que trabajar en casa, utilizaba como despacho y fue a cambiarse de ropa. Oyó que Anthony se reía y mencionaba el nombre de su sobrino, el hijo de Sabina, y sonrió. Con los hermanos de Anthony las cosas no habían cambiado demasiado a lo largo de los años, pero Harry adoraba a su tío y le llamaba con frecuencia, lo que a Anthony le encantaba.

Kat estaba pintando en su escritorio, había heredado esa pasión de su padre, y Helena aprovechó para terminar rápido el trabajo que le había quedado pendiente. Después llamaría a Martina, estaba preocupada por ella desde que esta le había contado lo de aquel viaje a Escocia, y si tenía tiempo llamaría también a Marc para ver cómo le iban las cosas.

—¡Mamá! ¿¡Qué hay para cenar!? —Kat gritó desde su habitación, alejándola mentalmente de sus hermanos.

—Pues no lo sé —respondió con sinceridad.

—Piensa en algo bueno, ¿vale?

—Vale —respondió.

Aunque la definición de «algo bueno» para Kat era muy difícil de interpretar, las pizzas era un acierto seguro, y pensó que esa noche podían hacerlas caseras los tres juntos y después ver una película.

No se le ocurría un plan mejor.

2

Anthony entró en la cocina justo cuando Helena empezaba a preparar las pizzas y se dispuso a ayudarla.

—Era Harry —le explicó.

—Lo sé, te he oído reír. —Helena se secó las manos en un paño y miró a Anthony—. ¿Sucede algo?

—No lo sé.

Helena dejó lo que estaba haciendo y dedicó toda su atención a Anthony; con los años había aprendido que a Anthony le llevaba un tiempo ordenar las palabras en su mente para decir exactamente lo que quería.

—Cuéntamelo, vamos.

—Harry se gradúa, en su colegio hacen una fiesta de graduación y quiere que vayamos. Ha insistido.

Helena oyó todo lo que Anthony no le estaba diciendo: la fiesta de graduación sería en Inglaterra, en el pomposo colegio donde su sobrino había estudiado. El mismo donde había estudiado su padre. El mismo del que habían intentado echar a Anthony cuando era pequeño.

—¿Quieres ir?

Anthony soltó una carcajada.

—Antes preferiría que me arrancasen todos los dientes —suspiró—, pero Harry...

—Harry te lo ha pedido y no quieres decepcionarle —adivinó ella.

—Su padre estará allí con su nueva esposa y su familia perfecta, y también estará Frey con sus hijos. Sabina está de su lado, pero ya conoces a mi hermana. Por mucho que haya cambiado...

—Cede ante la presión del fuego enemigo —Helena terminó la frase por él.

Sabina quería y apoyaba a Harry, y había hecho muchos cambios en esos últimos años para demostrar que no era la mujer frívola que todos creían. Y no lo era, tanto Anthony como Helena lo sabían, pero Sabina no dejaba de ser la hermana pequeña de Frey, el niño al que había idolatrado durante años, y cuando estaba cerca de él no podía evitar volver a comportarse como cuando los dos eran pequeños. Por no mencionar que también tendría que lidiar con su exmarido. Seguro que agradecería tener a alguien más en su bando y seguro que ese también era uno de los motivos por los que Harry había llamado a Anthony.

—Tal vez deberíamos ir. ¿Tú qué crees?

—Creo que depende de ti, Ant.

—¿No piensas ayudarme a decidir? Se supone que somos un equipo. —Tiró de ella para besarla.

—Y lo somos. Vale, voy a darte mi opinión: creo que a Harry le hará muy feliz que estés allí y que ahora debemos pensar en él. No me puedo imaginar lo que sentirás entrando de nuevo en ese colegio, pero sé que eres lo bastante fuerte para que te dé igual. Además, Kat y yo estaremos contigo.

—Pues si estáis vosotras puedo con todo. Tienes razón, lo primero es Harry. Voy a llamarle ahora mismo para decirle que cuente con nosotros.

—Vale. ¿Cuándo es la graduación?

—El próximo fin de semana. Si te parece bien, podemos aprovechar y quedarnos unos días más. Podemos llamar a Ágata y a Gabriel y pasar tiempo juntos, y también quedar con Miriam, Jack y Amanda. ¿Crees que te pondrán pegas en el trabajo?

Helena prefería pedir las vacaciones con algo más de tiempo, pero no estaban ni a finales ni a principios de curso. Por suerte el calendario escolar inglés seguía unas fechas distintas y la graduación de Harry no coincidía con nada importante. Además, le debían algunos días y supuso que podía organizarse. En cuanto a Kat, no creía que en el colegio fueran a ponerle ninguna pega.

—No, no te preocupes. Dile a Harry que iremos, yo después llamaré a Ágata para decirle que estaremos allí dentro de unos días. Será genial, quizá incluso podríamos coincidir con Martina —añadió, pero Anthony ya había salido de la cocina para llamar a Harry.

Llegaron a Londres el viernes antes de la graduación y se instalaron en el antiguo apartamento de Anthony. Normalmente lo tenía alquilado a hombres o mujeres de negocios que se quedaban durante unos meses en la ciudad, pero justamente unas semanas antes se habían ido los últimos inquilinos y todavía no había encontrado unos nuevos. Tenía contratados los servicios de una agencia, sin embargo, él les pedía que llamasen antes de dar el visto bueno. Anthony sabía que podía venderlo y, tal vez acabaría haciéndolo, aunque lo cierto era que le gustaba aquel apartamento; él y Helena habían vivido grandes momentos en él y le costaría mucho desprenderse de esas paredes.

Además, a Kat le encantaba estar allí.

—¡Voy a mi cuarto! —gritó contenta en cuanto llegaron—. Tengo que colgar mis nuevos dibujos en la pared.

Uno de los motivos por los que nunca alquilaba ese apartamento a personas que quisieran vivir allí por mucho tiempo era ese: quería mantener la decoración tal como él la tenía, quería saber que al entrar en esa casa todo seguía igual.

—Te gusta estar aquí —le dijo Helena pasando por su lado—. Siempre creo que no lo echas de menos, pero luego te veo cuando estás aquí y me pregunto si me equivoco.

—No es eso. Me gusta estar aquí porque nunca olvidaré que aquí fue donde estuvimos juntos por primera vez. Pero no echo de menos Londres o la vida que llevaba aquí, de eso no tienes que preocuparte.

Helena le rodeó la cintura con los brazos y lo estrechó entre ellos. Le resultaba imposible creer que alguna vez había creído que ese hombre era un témpano de hielo. Anthony Phellps era la persona con el corazón más grande y sensible que conocía, lo que pasaba era que sus padres le habían obligado a protegerse. Ahora que ya no le hacía falta, irradiaba ternura por los poros y resultaba mucho más atractivo que cuando parecía inalcanzable.

—¿A qué hora has quedado con todos? —le preguntó sin soltarlo.

—A las seis. Gabriel y Ágata vienen con las niñas y creo que Jack y Amanda también vienen con sus familias.

—¿Por qué sonríes?

—Porque hace apenas unos años éramos un grupo de amigos que se reunían para tomar una cerveza y contarse sus problemas, y ahora somos un jodido parque infantil. Y me encanta.

Helena depositó un beso en la camiseta de Anthony antes de apartarse.

—Recuérdalo cuando seis niñas te persigan por el jardín del *pub* donde hemos quedado porque quieren treparte como si fueras un árbol.

—A ti también te gusta trepar encima de mí.

Helena se rio y fue a deshacer el equipaje.

—Pagaría una fortuna por ver la cara de Frey cuando te presentes en vuestro antiguo colegio para la graduación de Harry —le aseguró Gabriel a Anthony un rato más tarde compartiendo una cerveza.

—No será para tanto —respondió Anthony.

—¡Lo que tú digas! Tu hermano te odia y en cuanto aparezcas por allí y vea cómo babean todos sus amigos importantes ante el eminente señor arquitecto, le explotará la cabeza.

—¿Se supone que el «eminente señor arquitecto» soy yo?

—Claro que eres tú. No me vengas con falsa modestia; esos premios que has ganado no se los dan a cualquiera. ¡Joder, Anthony! ¡Si en París hay un museo enorme que diseñaste tú!

—No es tan grande.

—Cállate o te golpeo con la botella de cerveza, y Ágata después me riñe.

—¿De qué estáis hablando? —Jack se sentó a su lado; había estado jugando con su hija y el resto de niños en el jardín trasero del *pub*.

—De que Anthony es idiota. Dice que el museo de París es pequeño.

—¿Ese por el que te dieron el premio? —quiso saber Jack.

—El premio se lo dieron al despacho de arquitectos. —Anthony tenía calor y empezaba a sonrojarse, algo que odiaba que le pasara delante de sus amigos.

—Te lo dieron a ti, capullo —le recordó Jack—. Seguro que a Frey mañana le explotará la cabeza cuando te vea.

—¿Lo ves? —Gabriel miró a Anthony—. Eso es exactamente lo que he dicho yo.

—¿Podemos cambiar de tema?

—¿De qué estáis hablando? —llegó Amanda, que estaba embarazada.

—Genial, hablemos de Amanda. ¿Cómo se va a llamar la niña? —le preguntó Anthony.

—Estabais hablando de ti y quieres cambiar de tema, ¿me equivoco?

Anthony se preguntó cómo era posible que echase de menos a sus amigos cuando se comportaban como una panda de payasos cada vez que volvían a estar juntos.

—Está bien, me rindo. El museo de París no está mal, el premio es muy merecido y mi hermano Frey se morirá de celos mañana cuando me vea. ¿Estáis contentos?

—Contentísimos —dictaminó Gabriel levantando su botellín de cerveza para brindar—. Nos alegramos mucho por ti, Anthony. Te lo mereces. Y si vinieras por aquí más a menudo no te torturaríamos tanto.

—Eso —dijo Amanda chocando la botella de agua con gas—. Al menos prométeme que volveréis cuando nazca la niña.

—Prometido —accedió Anthony viendo que Helena le sonreía desde donde estaba hablando con Ágata. En otro banco, vigilando a las niñas porque ahora era su turno, se encontraban el novio de Amanda y la mujer de Jack.

Brindaron los cuatro y Anthony guardó el recuerdo de esa tarde entre los mejores de su vida.

La mañana siguiente, Anthony, Helena y Kat se prepararon para la graduación de Harry. El colegio privado donde se celebraba estaba en una de las zonas residenciales más caras de la ciudad y, a medida que el taxi iba acercándose, a Anthony se le iba helando la sangre.

Helena se dio cuenta y entrelazó los dedos de una mano con los de él para recordarle que ella estaba allí y que lo que iba a suceder ese día no tenía nada que ver con el pasado.

—No pienses más en ellos, no se lo merecen. Piensa en Harry y en lo mucho que se alegrará de verte.

—Tienes razón.

El taxi se detuvo y Kat dio la mano a su madre cuando bajaron. La niña habría preferido quedarse jugando con sus primas, las hijas de Ágata y Gabriel, pero al final había entendido que Harry también tenía muchas ganas de verla. Ella también quería verlo a él; Harry era el primo más mayor que tenía y él siempre le contaba historias muy graciosas cuando se veían. Anthony pagó al taxista y después se acercó a Helena.

—Ahora mismo volvería a pedir ese taxi para que nos llevase de vuelta a casa —confesó.

Ella se acercó a darle un beso.

—Vamos, todo saldrá bien.

—De acuerdo, vamos. —Le ofreció la mano y ella la aceptó con la que tenía libre.

A Anthony le sorprendió que varias personas se giraran a mirarlos cuando entraron en el claustro donde se celebraba el acto. Tendría que estar ciego para no darse cuenta de que les recorrían con la mirada y hablaban de ellos con admiración.

—Muy discretos no son, que digamos —susurró Helena.

—Supongo que somos la novedad —sugirió él en el mismo tono.

—¿Por qué nos miran? —preguntó Kat, ella sin disimular.

—No lo sé, KitKat, pero tú ni caso —respondió Anthony.

Helena no dijo nada más, pero ella sabía que los miraban porque Anthony era una especie de leyenda urbana entre esa gente: era el animal herido al que habían echado del grupo y ahora volvía convertido en el rey de la selva. Vale, ella no era muy objetiva en lo que a Anthony y su hija se refería, pero las miradas de esa gente eran idénticas a las de los animales de *El Rey León* cuando reaparece Simba.

3

El acto de graduación en sí mismo fue rimbombante y bastante aburrido, pero ver la sonrisa de Harry cuando los vio entre el público y el saludo que el chico les lanzó cuando sus ojos se encontraron hizo que valiera la pena.

Tras el último discurso sonó un gran aplauso, probablemente porque los asistentes se alegraban de que hubiese llegado por fin el final, y los graduados lanzaron al aire sus birretes.

Anthony no entendía que celebraran ese acto cuando esos alumnos todavía tenían dos cursos más por delante antes de entrar en la universidad. Helena le había explicado que celebraban el final de una etapa y que estaba bien hacerlo, pero a él seguía pareciéndole innecesario. Aun así, se alegraba muchísimo de que Harry hubiera conseguido ese hito y de que le hubiera llamado para pedirle que formase parte del momento.

Los birretes empezaron a aterrizar y Harry, en cuanto encontró el suyo, bajó corriendo del estrado. Tras dar un rápido beso y abrazo a Sabina, que estaba en primera fila, corrió hacia donde estaba Anthony.

—¡Anthony, estás aquí! ¡Has venido! —Lo abrazó con todas sus fuerzas sin disimular lo feliz que le hacía que su tío estuviera allí y Anthony le devolvió el abrazo con la misma alegría.

—Por supuesto que estoy aquí. Te dije que no iba a perderme tu graduación por nada del mundo. Felicidades, Harry. Estoy muy orgulloso de ti.

—Gracias —dijo el chico visiblemente emocionado—. Sin ti no lo habría conseguido.

Anthony le mesó el pelo y volvió a abrazarlo.

—Estoy seguro de que sí, chaval. Estoy seguro de que sí.

—Yo también estoy segura —dijo Kat abrazando a su primo por las piernas.

—¡Eh, Katharine! —Harry soltó a Anthony para levantar a su prima en brazos—. Gracias por haber venido.

—De nada, Harrison.

Los primos se llamaban por sus nombres enteros, algo que solo se permitían entre ellos.

—Has crecido —le dijo Harry mirándola a los ojos—. Cuéntame qué quieres hacer estos días que estás en Londres. ¿Quieres que te enseñe mi nuevo escorpión?

—¿Tienes un escorpión?

—Está en casa. Y también tengo un montón de acuarelas nuevas; las compré porque sabía que venías y quería pedirte que me retratases a Violet.

—¿Quién es Violet?

—Mi escorpión.

Kat y Harry siguieron hablando de sus cosas. A Anthony le gustó comprobar que su sobrino no trataba a su hija como si fuese un estorbo y que la presentaba con orgullo al resto de sus amigos, un grupo de chicos y chicas de dieciséis años.

—Se parece a ti —le dijo Helena.

—¿Kat? Yo diría que se parece más a ti —respondió Anthony.

—No, Harry. Harry se parece a ti. Seguro que a los dieciséis años eras igual que él.

Anthony se rio.

—¡Qué va! Yo a los dieciséis odiaba al mundo entero y me pasaba todo el tiempo muerto de miedo por que alguien descubriera todo lo que no podía hacer. Él es feliz.

—Gracias a ti y a Sabina. Tú no tuviste tanta suerte.

—Tal vez —reconoció él girándose hacia ella para rodearla por la cintura—, pero después tuve toda la suerte del mundo al conocerte a ti.

Anthony iba a darle un beso a Helena cuando vio que un hombre se acercaba hacia ellos con la mirada fija en él. Tardó unos segundos en reconocerlo y, cuando lo hizo, no podía creerlo.

—Señor Phellps, buenas tardes. Lo estaba buscando. —Le tendió una mano—. Tal vez no se acuerde de mí.

—Por supuesto que me acuerdo, señor Nolan. —Aceptó la mano y la estrechó—. ¿Sigue siendo el director del colegio?

—Sí, sigo teniendo tal privilegio.

Anthony soltó la mano del director, la otra seguía teniéndola en la cintura de Helena, y esperó.

—¿Quería algo?

A Helena casi se le escapa la risa ante la pregunta de Anthony; era evidente que este no pensaba adular de ninguna manera al pomposo director.

—No sabíamos que usted iba a asistir a la graduación de su sobrino; si lo hubiéramos sabido habríamos preparado algo especial. No habríamos desaprovechado la oportunidad de que un arquitecto galardonado internacionalmente como usted dijera unas palabras durante el acto. Pero aún estamos a tiempo de remediarlo. Hemos pensado que...

—Espere un momento, señor Nolan.

—Nos adaptaríamos a su agenda, por supuesto —añadió el director ante la mirada de Anthony.

—No tengo problemas de agenda —respondió Anthony, y Nolan empezó a sonreír, hasta que él siguió hablando y le dejó las cosas claras—: pero no tengo intención de participar en ningún acto de esta escuela. Quizá usted haya olvidado cómo me trató cuando era alumno de esta institución, pero yo no, y le aseguro que si algo no soy es hipócrita. Le aconsejo que no pierda el tiempo conmigo, seguro que hay un montón de antiguos alumnos que se alegrarán de que les conceda tal honor —pronunció esa palabra como si fuera un insulto—. Ahora, si me disculpa, mi esposa y yo vamos a buscar a nuestra hija para irnos de aquí.

El señor Nolan se quedó petrificado y Helena balbuceó un leve adiós mientras Anthony tiraba de ella para sacarla de allí.

—No te imaginas lo mucho que me ha gustado decirle eso a este hombre —confesó Anthony cruzando uno de los pasillos del colegio en dirección al campo de fútbol donde Harry se había llevado antes a Kat.

—Creo que sí; se te nota en la cara.

—Ya. Soy una persona horrible.

Helena se rio.

—No, no lo eres.

—Lo soy —insistió él y Helena se detuvo y le obligó a hacer lo mismo—. ¿Qué pasa?

Ella le miró a los ojos. Habían girado hacia la izquierda y estaban solos, se oían las voces provenientes de la sala de actos y también la música que sonaba en el campo de fútbol, pero en ese pasillo no había nadie más.

—Dime que no lo dices en serio. Dime que no crees que seas mala persona.

—Me ha gustado rechazar a ese tipo, no le he insultado porque estabas tú delante, pero también lo habría hecho.

—Eso no te convierte en mala persona, Ant. Ese hombre no hizo nada para ayudarte ni para entenderte cuando eras alumno en este colegio. No perdió ni un segundo de su tiempo en tratar de averiguar qué te pasaba; se limitó a echarte porque le estorbabas. Es normal que no sientas cariño hacia él y es muy coherente por tu parte no querer formar parte de ningún acto de la escuela.

Anthony soltó el aliento y sus hombros perdieron algo de tensión.

—Odio lo que me hace sentir este lugar.

Helena se quedó mirándole. Anthony tenía la mandíbula apretada y en los ojos azules que ella tanto quería se había instalado aquel tono helado al que él solo recurría cuando necesitaba protegerse de algo. Ella sabía que él había acudido a la graduación de Harry por su sobrino, al que quería con locura y apoyaba siempre, pero no había comprendido hasta qué punto ese lugar le traía a Anthony malos recuerdos. Recordó entonces esa vez que se quedaron encerrados en el ascensor del hospital, el día que nació Mia, después de tantos meses sin verse, y que él la ayudó a superar el miedo que le producían los espacios cerrados.

—Tú estudiaste aquí muchos años, ¿no?

—Aunque intentaron echarme, sí. Hasta los dieciocho, ¿por?

Helena le dio la mano y tiró de él hacia las puertas que había más adelante.

—¿Qué hay aquí?

—Despachos de profesores, creo recordar.

—Servirá. —Helena abrió la primera puerta, que por suerte no estaba cerrada, y metió a Anthony dentro. Ante la mirada atónita de él, justo después echó el pestillo.

—¿Qué estás haciendo, Helena?

—Voy a hacer que tengas un buen recuerdo de este colegio. —Le empujó hasta la pared y Anthony tardó un par de segundos en entender qué estaba pasando. Cuando lo hizo una sonrisa le iluminó el rostro y, colocando las manos en la cintura de ella, la levantó en brazos.

—Te quiero.

—Lo sé.

Helena hundió los dedos en el pelo rubio de Anthony y tiró de él para besarlo. Era un beso ardiente y apasionado, quizá también con algo de rabia porque Helena odiaba que Anthony hubiese tenido que pasar por aquello cuando era un niño. Cuando se separó un poco para respirar el aire que rozó los labios de Anthony, lo sintió frío comparado con el fuego de la boca de Helena, y fue como si un rayo le subiera por la espalda y avivara de un modo incontrolable su deseo. Él siempre deseaba a Helena, nunca dejaba de hacerlo, pero aquel beso, en aquel lugar, saber que ella estaba tan metida dentro de él que conocía y entendía sus temores más profundos a pesar de que él no fuera capaz de contárselos, le hizo perder la cabeza. No iba a poder conformarse con ese beso, por espectacular que fuera. La suavidad de Helena, los sonidos que salían de su garganta a medida que seguían besándose y tocándose, su sabor, todo le hacía perder la cabeza. No recordaba una época en la vida en que no hubiese estado enamorado de ella y eso, sumado a la intensidad del beso, hizo que desapareciera el control que le quedaba.

—¡Joder, Helena! ¿Qué me estás haciendo?

—Lo mismo que tú me hiciste en el ascensor hace años —contestó ella tirando de él para volver a besarlo. Ella tampoco parecía capaz de detenerse.

—Yo no hice esto. —Anthony le mordió el cuello—. Ojalá lo hubiera hecho.

—Bueno —suspiró—, ya me entiendes.

Anthony había perdido la capacidad de razonar, deslizaba la lengua por el cuello de Helena hasta llegar a la clavícula y seguir bajando hasta los pechos. Ella tenía la espalda apoyada en la puerta y las piernas alrededor de la cintura de él.

Anthony bajó la cremallera del vestido de Helena, que por suerte era de fácil acceso porque estaba en un lateral de la prenda y no en la espalda, y suspiró aliviado al ver aparecer la delicada ropa interior. Siguió besándola en todos los lugares que iba descubriendo mientras ella le besaba también el cuello y le desabrochaba el cinturón.

—Si me tocas, Helena, no voy a poder parar —confesó él moviendo las caderas hacia delante, buscando esa caricia.

—No quiero que pares, Ant —le aseguró antes de morderle el labio inferior y hacerle gemir.

A partir de ese momento Anthony dejó de pensar dónde estaba o qué lo había llevado hasta allí. Lo único que quería era estar dentro de Helena y ver cómo ella se perdía en el placer que él se moría por darle. A menudo se preguntaba qué había hecho bien para merecerse estar con ella, para que la vida le diese un regalo como ella. Su instinto le impulsaba a moverse, a buscar la manera de conseguir que Helena suspirase de nuevo, gimiese una vez más y volviese a besarlo de esa manera. A él le había costado aprender multitud de tareas que eran simples para el resto. Leer había sido al principio un imposible y había tenido que engañar a su mente para lograrlo. Su mente y su cuerpo se habían pasado años aprendiendo, integrando en su ADN conductas que en otros eran naturales, pero hacerle el amor a Helena le salía de dentro porque ella formaba parte de él.

Él tenía una mano apoyada en la pared y deslizó la otra entre sus cuerpos para apartar la tela del vestido de Helena y su ropa interior.

—¿Estás segura? —se obligó a preguntarle por entre la niebla de deseo que enturbiaba su mente. Eso que estaban haciendo era una locura. Alguien podía llamar a la puerta de ese despacho, que ninguno de los dos tenía ni la más remota idea de a quién pertenecía, o Kat podía ir a buscarlos, o incluso Harry. Pero en esos instantes ni siquiera pensar en su hija logró detenerlo, eso solo podría conseguirlo Helena si se lo pedía. Anthony descansó la frente en la de ella y abrió los ojos; lo que encontró en los de Helena hizo que el corazón le golpease el pecho.

—Muy segura. Te necesito dentro de mí.

Y con esa frase tan simple y cierta, Helena le guio hacia su interior y Anthony dejó de pensar y les dio a los dos lo que necesitaban.

Media hora más tarde, un Anthony aún sonrojado levantaba a su hija en hombros.

—Pareces acalorado, Anthony —le dijo su hermana Sabina, que se había reunido con ellos en el campo de fútbol.

—Estoy bien —respondió mirando a Helena con una sonrisa. Todavía no podía creerse lo que había pasado en ese despacho.

—Ha sido un día muy excitante, eso es todo —dijo esta sin dejar de sonreír y adivinando que Anthony se lo haría pagar más tarde. Se moría de ganas de ver qué se le ocurría hacer para ajustar cuentas con ella.

—Sí, eso es cierto. Gracias de nuevo por haber venido. Harry ha estado nervioso toda la semana esperando que llegaras —le contó Sabina, ajena a lo que estaban pensando en realidad su hermano y Helena—. Frey al final no se ha presentado.

El hermano mayor de los Phellps había enviado un mensaje a última hora a Sabina para decirle que ni él ni su familia iban a asistir. Anthony sospechaba que lo había hecho porque no quería cruzarse con él y quizá en otra época ese desplante le habría hecho daño, pero ahora ya no. Y mucho menos después de lo que él y Helena acababan de hacer.

—Papá —lo llamó Kat desde lo alto de sus hombros.

—Dime, KitKat.

—¿Podemos ir a casa de la tía Sabina a ver el escorpión de Harry?

—Claro, Terremoto, podemos hacer lo que queramos.

Esa era la pura verdad.

4

Había llegado el último día de aquellas vacaciones improvisadas en Inglaterra e iban a pasarlo en compañía de Martina. Ya habían visto a Miriam Potts, que les había contado que llevaba semanas viéndose con un antiguo entrenador de fútbol jubilado y que, si las cosas seguían a buen ritmo, tal vez se lo presentaría en su próxima visita. Anthony se alegró por ella, pues Miriam se merecía a un hombre que la tratase como la reina que era, y cruzó los dedos por que el hombre fuese merecedor del brillo que tenía su antigua niñera en los ojos.

Kat se lo había pasado en grande con Mia y Charlie, añoraba a sus primas más de lo que creía, y también con Harry, que le había enseñado todos sus bichos y le había pedido que se los dibujara. Kat lo había hecho encantada y le había prometido a su primo que cuando volviera a verlo le traería un montón de dibujos más.

Todavía era temprano y Anthony y Helena seguían en la cama. Ella estaba dormida, mientras que él se había despertado hacía un rato y la estaba mirando. Nunca se cansaría de hacerlo y tampoco de acariciarla, como demostraba que ahora mismo le estuviera deslizando un dedo por la espalda.

Helena ronroneó y Anthony se agachó para depositar un beso en la nuca desnuda de ella.

—Buenos días.

—Buenos días —respondió Helena, soñolienta.

—Esta noche volvemos a Barcelona.

Helena se desperezó y se giró hacia él para mirarlo.

—Lo sé. Ha estado bien venir a la graduación de Harry, me gustó ver tu colegio.

Anthony se sonrojó, odiaba que le pasara eso, pero le siguió el juego.

—Y a mí enseñártelo. ¡Oh, vamos! No pongas esa cara de satisfecha. —Tiró de ella hasta pegarla a su lado y besarla—. ¿Te he dado las gracias por crearme tan buenos recuerdos?

—¿Lo dices por ese despacho?

Anthony sacudió la cabeza dándola por imposible y le mordió el cuello, justo en ese lugar que conseguía que Helena se derritiese.

—Lo digo por cada día que pasas conmigo.

—Lo mismo digo, Ant. —Ella deslizó la mano por el torso de él y suspiró.

—¿Qué pasa? —preguntó él.

—No pasa nada.

—No es verdad. Ese suspiro es de los que pasa algo.

Helena no pudo evitar sonreír y volver a besarlo. Él se dejó hacer, nunca rechazaría un beso de Helena, pero minutos después insistió.

—Cuéntame qué pasa.

—Estos días he visto a Kat con las hijas de Jack, y también con Mia y Charlie, y he pensado... —Helena apoyó una mano en el corazón de Anthony—. Sé que cuando me quedé embarazada de Katharine no fue planeado.

—¡Eh, para! —Anthony colocó una mano encima de la de Helena y apretó los dedos—. Para, por favor. No fue planeado pero, sin duda, es lo mejor que me ha pasado en la vida después de conocerte a ti. ¿No me digas que todavía crees que no me convertí en el hombre más feliz del mundo cuando me dijiste que estabas embarazada?

—No diste saltos de alegría, precisamente.

Anthony cerró los ojos y soltó el aliento.

—Esos días fueron los peores de mi vida, cariño, y sé que no reaccioné como debía. Pero creía que me habías perdonado por eso.

—Y lo he hecho. —Giró la cabeza para depositar un beso en el pectoral—. Lo he hecho. Y no es eso de lo que quería hablarte, me he ido por las ramas.

Anthony suspiró aliviado y la estrechó un poco más contra él.

—¿De qué querías hablarme? —le preguntó acariciándole la espalda con la mano.

—Desde que nació Kat los años me han pasado volando. Mis estudios, mis prácticas, tú empezaste a ganar premios de arquitectura... —Él detuvo la mano y echó la cabeza un poco hacia atrás para mirarla—. Abriste tu despacho con Juan y yo encontré trabajo en el centro. Nuestra vida es maravillosa y creía que no podía ser más feliz.

—¿Creías?

Helena asintió y, mirándole a los ojos, volvió a hablar.

—Sé que nunca hemos vuelto a hablar del tema y todavía recuerdo esa conversación en la que me dijiste que no querías tener hijos.

A Anthony se le detuvo el corazón, pero no tuvo tiempo de reaccionar y Helena siguió hablando:

—Pero la verdad es que eres el mejor padre del mundo y yo he pensado... —Tragó saliva y apartó la mirada, y Anthony por fin reaccionó y la tumbó en la cama para colocarse encima de ella y poder verle los ojos.

—¿Quieres tener más hijos? —le preguntó él a ella sin ocultar lo emocionado que estaba—. Porque yo sí quiero.

—¿De verdad? —Helena derramó una lágrima acariciándole la mejilla.

—¡Dios, Helena! Claro que quiero tener más hijos contigo. Lo quiero todo contigo, todo lo que tú quieras.

Mantenía el peso apoyado en los brazos porque no quería aplastarla ni agobiarla con su presencia, ni con el deseo que al parecer le había despertado descubrir que ella quería tener más hijos con él. Claro que a estas alturas ya tendría que haber asumido que bastaba con que Helena respirase cerca de él para excitarse.

—¿Y por qué no me habías dicho nada? —le preguntó ella, confusa.

—Porque soy un idiota y porque creía que era pedir demasiado.

—Ella enarcó una ceja y él vio que necesitaba explicarse mejor—: Tuviste que dejar tus estudios aparcados por Kat y eres tan feliz en tu trabajo, en tu vida, que no quería, no quiero hacer nada que te eche a perder todo eso.

—Tener otro hijo no me lo echaría a perder.

—Ya sabes a qué me refiero. El embarazo, el parto, todo eso solo puedes hacerlo tú, y me pareció que no tenía derecho a pedirte nada más.

—¡Oh, Ant! Te quiero. Tú siempre puedes pedirme todo lo que quieras. Igual que Kat y los niños que tal vez tengamos o no más adelante. No hay un límite en las cosas que puedes pedirme.

—No me digas eso; sabes que me resulta imposible contenerme contigo.

Helena tiró de él hacia ella hasta que sus labios casi se tocaron.

—Entonces, ¿quieres que tengamos otro hijo?

—Por supuesto que quiero. Cuando dije que no quería tener hijos era porque creía que dentro de mí había algo que hacía imposible que la gente me quisiera. Si mis padres no me querían, tenía que deberse a algo peor que mi dislexia, pero hace tiempo que sé que no es así. Contigo descubrí que no tengo nada malo, que puedo ser quien soy y que eso basta para que alguien tan maravilloso y perfecto como tú me quiera, Helena. Contigo lo quiero todo y no necesito esconderme de nada porque tú haces que todo esté bien, que todo valga la pena, incluso yo.

La besó con un toque de desesperación porque no podía creerse que Helena llevase tiempo dudando de que él quisiera volver a ser padre. Le dolía que ella recordase esa conversación y se prometió que encontraría la manera de que la olvidase para siempre. Él recordaba esa época, no podía negarlo, pero era como si la hubiese vivido otra persona, otro Anthony que no se parecía en nada al de ahora. El de ahora se veía incapaz de alejarse de Helena o de contener el amor que sentía por ella ni siquiera un segundo.

Ella le devolvió el beso y bajó las manos por la espalda desnuda de él hasta detenerlas en sus nalgas y empujarlo hacia ella.

—Cuando lleguemos a casa iré a ver a mi ginecóloga.

—Claro —dijo él sin saber muy bien qué respondía—, lo que tú quieras. ¡Joder, Helena! Te quiero. Me vuelves loco.

—Yo también te quiero, Ant.

Helena dobló las rodillas para que él quedase atrapado en medio y le mordió la mandíbula, lo que consiguió que Anthony dejase de hablar, al menos frases que tuvieran sentido, y solo repitiera una y otra vez lo mucho que la quería y deseaba y procediera a demostrárselo.

A la una del mediodía se reunieron con Martina en un *pub* cerca del Támesis, y al final también acudieron a la cita Gabriel y Ágata con Mia y Charlie. La hermana mayor de Helena había cambiado los planes que tenía para no perderse esa última charla con sus hermanas, además, sus hijas no le habrían perdonado jamás no ver de nuevo a su prima antes de que esta regresase a Barcelona.

Mia, Charlie y Kat se sentaron juntas en una mesa, como si fueran mayores, al lado de donde estaban sus padres, y se dispusieron a contarse sus cosas y a hacer planes para cuando volvieran a estar juntas en verano, esta vez en casa de sus abuelos en Arenys.

En la otra mesa, Ágata, Gabriel, Helena y Anthony escucharon a Martina mientras esta les contaba cuál iba a ser su plan de vida para los próximos meses.

—¿De verdad vas a vivir en Escocia tanto tiempo? —le preguntó Ágata—. ¿No podrías hacer lo mismo aquí en Londres? Así al menos te veríamos.

—El trabajo es en Escocia —les contestó escueta—. Esa parte no es negociable.

—¿Y tanto te interesa? —quiso saber Helena.

—Es la oportunidad de mi vida.

—Hay algo que no nos estás contando —adivinó Gabriel.

—Eso lo dices tú porque eres un periodista paranoico. No todo es una gran noticia.

—Cierto, pero tú nos estás ocultando algo, Martina —insistió él—. Mi detector de mentiras es infalible.

—Papá tiene razón —dijo Mia desde la otra mesa—. No se le pasa ni una y también se le da fatal mentir; se le mueve la ceja derecha cuando lo intenta.

—Gracias por avisar —Martina guiñó un ojo a su sobrina—; estaré pendiente.

—Eres una traidora, Whildemia —Gabriel se levantó para ir a dar un beso a su hija mayor y pedir al camarero otra bandeja de patatas fritas para las niñas y bebidas para los adultos.

—Enseguida vuelvo; voy a ayudar a Gabriel. —Anthony dio un beso a Helena y se levantó para ir con su amigo. No solo quería ayudarle; también quería dejar a las hermanas a solas por si Martina les contaba la verdad a las otras dos. Él también creía que la pequeña de los Martí les estaba ocultando algo.

—¡Ah! Bien pensado —dijo Gabriel cuando le vio—. A ver si a ellas les dice la verdad.

Se quedaron los dos en la barra del *pub* esperando a que los atendieran y observando las dos mesas que tenían a unos metros.

—¿Te imaginaste alguna vez que tendríamos tanta suerte? —le preguntó Gabriel leyéndole la mente.

Anthony sonrió.

—Yo te aseguro que no —respondió—. Todavía me cuesta creerme que Helena esté conmigo y creo que te lo debo a ti. Si tú y yo no nos hubiéramos conocido de adolescentes, dudo que la hubiese conocido a ella años más tarde.

—No sé —dijo Gabriel—, yo a veces también he pensado eso sobre Ágata. Es decir, que no la habría conocido si yo no hubiera sido amigo de Guillermo de pequeño y este me hubiese invitado a su casa. Pero la verdad es que creo que la habría conocido de todos modos, que algo dentro de mí me habría empujado a buscarla. No le digas a nadie que acabo de decir esto.

—Tranquilo, no lo haré —le aseguró Anthony—. Creo que tienes razón. Creo que sin Guillermo habrías encontrado a Ágata, y creo que yo también habría encontrado a Helena sin ti, pero me alegro de que seas mi amigo.

—Lo mismo digo, Anthony. —Se giró hacia la barra donde el camarero había empezado a dejar lo que habían pedido y le pasó una cerveza a su amigo mientras él se hacía con otra—. Por la amistad y por haber sido lo bastante listos para enamorarnos de las mujeres más maravillosas que existen.

Chocaron los botellines y bebieron un poco sin moverse de donde estaban.

—¿Tú qué crees que le pasa a Martina? —preguntó Anthony pasados unos segundos.

—No lo sé, pero me temo que tenga que ver con Leo.

—¿Leo? —Anthony silbó—. Creía que ya había desaparecido de su vida.

—¿Igual que tú desapareciste de la de Helena durante esos meses?

—Entiendo.

—Oye, ¿qué tal fue en el colegio?

Anthony casi se atragantó con la cerveza. Por suerte, Gabriel no se dio cuenta.

—Estuvo bien. Es curioso la fuerza que pierden los malos recuerdos cuando te enfrentas a ellos con la persona adecuada a tu lado.

Gabriel lo miró.

—Cierto, es como si dejasen de doler.

Gabriel y Anthony regresaron a la mesa cargados con más comida y bebidas. Más tarde, cuando estuvieran en el avión de regreso a Barcelona, Anthony ya le preguntaría a Helena qué les había contado Martina mientras ellos no estaban, y también le pediría a Kat que le explicase todo lo que había estado hablando con sus primas, pero en aquel instante, sentados en las mesas de ese viejo *pub* a las orillas del río, lo único que quería hacer era estar allí.

—¡Eh! —le susurró Helena al oído—. ¿Por qué sonríes?

—Porque soy feliz —respondió sin más.

—Pues prepárate —sonrió también ella.

—¿Por qué?

—Porque vas a serlo más.

Anthony se agachó y la besó. La mejor locura que había cometido en su vida era enamorarse de esa chica aquella tarde de lluvia y no pensaba volver a estar cuerdo jamás.

NOTA DE LA AUTORA

El año que publiqué DULCE LOCURA por primera vez fue muy especial porque nació Olívia, mi hija pequeña, y puedo asegurar que sin ella, sin Àgata y sin Marc ni esta historia ni las otras que estoy soñando y escribiendo existirían. No sé si son mi fuente de inspiración o de mi desespero, pero sin ellos no tendría nada que contar, tendría más tiempo, eso seguro, pero sin el caos que conlleva la felicidad de tenerlos en mi vida escribir no valdría la pena.

DULCE LOCURA se publicó originalmente en el 2010, es la tercera entrega de la serie de los hermanos Martí y su protagonista siempre ha sido uno de mis favoritos. Sé que no debería tenerlos, pero Anthony, con sus inseguridades y su valentía, siempre ha ocupado un lugar especial en mi corazón y mi mayor deseo es que ahora que conoces su historia también lo haga en el tuyo.

Cuando escribí *Nadie como tú*, la primera entrega de los hermanos Martí, no tenía ni idea de que se publicaría y mucho menos de que gracias a lectoras y lectores como tú tendría la suerte de continuar escribiendo. En *Nadie como tú* Helena aparece poco, es una de las hermanas de Ágata, la protagonista, y Anthony es uno de los mejores amigos de Gabriel, el protagonista. No comparten ninguna escena juntos y, sin embargo, cuando llegó el momento de escribir la historia de Helena Martí, supe quién iba a ser el chico con el que iba a vivirla; supongo que la magia de escribir es esa, que a veces los personajes te susurran al oído qué necesitan y Anthony necesitaba a Helena y Helena a Anthony desde el principio.

La novela que acabas de terminar tiene el alma idéntica a la que se publicó originalmente, pero ha crecido un poco. Ha crecido porque han pasado los años y porque, cuando volví a trabajar en ella para añadir esos capítulos especiales que te has encontrado al final de esta edición especial, me di cuenta de que había un aspecto de la relación de Anthony y Helena que quería explicar mejor. (No menciono aquí de qué se trata porque sé que hay lectores que leen estas notas antes de leer la novela y sería un *spoiler*.) Es decir, esta edición de DULCE LOCURA, además de los capítulos especiales que aparecen tras el Epílogo, donde han pasado ocho años desde el final de la novela original, incluye unas páginas inéditas en el grueso de la historia. Dudé mucho sobre si debía o no añadirlas, nada me dolería más que negar la validez de la primera versión, pero al final decidí hacerlo porque me lo pedía el corazón y porque creo que Anthony y Helena necesitaban estas líneas. Tal vez os preguntáis por qué no lo vi en su momento, yo lo hago, y la única respuesta que puedo daros es la verdad: DULCE LOCURA fue mi tercera novela, ahora llevo muchas más y a lo largo de este tiempo, gracias a las editoras con las que he publicado, a las correctoras que he tenido y a la generosidad de las lectoras, he aprendido mucho. Me siento privilegiada por haber podido aprender tanto y me parecía injusto no aprovechar la oportunidad que me ha dado Titania al reeditar estas historias y no añadir estas páginas.

Si esta es la primera vez que lees DULCE LOCURA, gracias de corazón por dar una oportunidad a esta historia, ojalá quieras conocer al resto de los hermanos Martí y te enamores de ellos.

Si leíste DULCE LOCURA hace años y ahora has decidido hacerte con esta nueva edición, gracias por estar aquí desde el principio y por darme la oportunidad de seguir escribiendo y aprendiendo. Ojalá te hayan gustado los capítulos especiales y esas páginas de más que hemos incluido en esta edición tan cuidada.

En cualquier caso, tanto si has descubierto a los Martí y a mí ahora como hace años, gracias por creer que los personajes reales e imperfectos se merecen vivir grandes historias de amor y encontrar su propia versión del final feliz.

Cierro esta nota de la autora con una anécdota sobre esta novela: cuando se publicó por primera vez lo hizo con una cubierta que fue mi primer disgusto editorial. No voy a decir si me pareció bonita o fea, solo diré que es la fotografía de una pareja en bañador besándose en la playa, tumbados en la arena y mojados por el mar, para ser exactos. La fotografía en sí no tiene ningún problema; el problema es que en DULCE LOCURA nadie va a la playa en ningún momento. Cuando me la enseñaron me quedé ojiplática y así se lo dije a la editora que, en su defensa, estaba como yo. Ella fue a hablar con el Departamento de Marketing y Diseño y su respuesta fue que ya sabían que en la novela no había ninguna playa, pero que habían decidido poner esa imagen porque la que yo sugería (una foto de Londres con un chico sentado en un banco dibujando) era demasiado triste. Discutí y perdí; la novela salió con la playa y varias lectoras y blogs comentaron que no encajaba para nada con la historia. Tenían toda la razón. Fue una lección importante para mí; aprendí que hay momentos en los que se puede ceder (ningún escritor, me atrevo a decir que nadie en ninguna profesión, puede salirse siempre con la suya), pero hay momentos en los que debo defender mi historia y mi criterio. No lo hice entonces y siempre que he visto la primera edición de DULCE LOCURA se me ha encogido un poco el corazón.

Ahora sí lo he hecho y puedo gritar a los cuatro vientos que esta edición es preciosa y que se lo debo al maravilloso equipo de Titania, en especial a su brillante editora, Esther Sanz, por creer en el alma de los Martí y por animarme siempre a ir más allá en mis historias. Y también a Luis Tinoco por crear y diseñar las preciosas cubiertas de esta serie y por dar por fin a los hermanos Martí el aspecto que siempre han tenido en mi cabeza y en mi corazón.

¿TE GUSTÓ ESTE LIBRO?

escríbenos y
cuéntanos tu opinión en

 /Sellotitania   /@Titania_ed

 /titania.ed

#SíSoyRomántica